U0666007

阿妹戚托

——易地搬迁奇迹

◎ 何中华　◎ 王光伦　著

中国原子能出版社

图书在版编目（CIP）数据

　　阿妹戚托：易地搬迁奇迹 / 何中华，王光伦著．
－－北京：中国原子能出版社，2021.8（2023.1重印）
　　ISBN 978－7－5221－1522－1

　　Ⅰ．①阿…　Ⅱ．①何…　②王…　Ⅲ．①报告文学－中国－当代　Ⅳ．① I25

中国版本图书馆 CIP 数据核字 (2021) 第 164854 号

阿妹戚托——易地搬迁奇迹

出版发行	中国原子能出版社（北京市海淀区阜成路43号　100048）
责任编辑	王　青　田镇瑜
装帧设计	崔　彤
责任印制	赵　明
印　　刷	河北宝昌佳彩印刷有限公司
开　　本	710 mm×1000 mm　1/16
印　　张	19.75
字　　数	242千字
版　　次	2021年8月第1版　2023年1月第2次印刷
书　　号	ISBN 978－7－5221－1522－1　　　定　价　98.90元

国家非物质文化遗产——晴隆"阿妹戚托"舞蹈（陈亚林摄影）

阿妹戚托小镇三宝塔景观（陈亚林摄影）

阿妹戚托特色小镇——新市民居住区（陈亚林摄影）

晴隆县易地扶贫搬迁阿妹戚托特色小镇——虎头山安置小区（陈亚林摄影）

阿妹戚托特色小镇——月亮湖景观（陈亚林摄影）

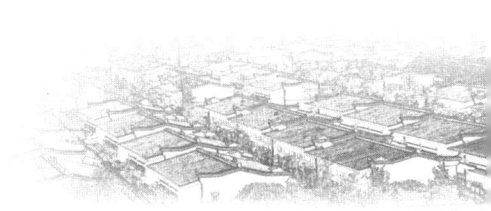

小镇一角（陈亚林摄影）

小镇一角（陈亚林摄影）

阿妹戚托小镇——牛头山安置区一角（陈亚林摄影）

晴隆县老三宝地理环境（陈亚林提供）

晴隆县三宝彝族乡搬迁前群众居住地生活场景
（陈亚林摄影）

晴隆县三宝彝族乡搬迁前群众居住地（陈亚林摄影）

彝族原生态舞蹈"阿妹戚托"（陈亚林摄影）

2019 年央视 CCTV-2 跨年节目《新年新世界》阿妹戚托小镇分会场节目直播现场（陈亚林摄影）

三宝彝族舞蹈"阿妹戚托"（陈亚林摄影）

国家级文物保护单位——晴隆县"二十四道拐"抗战公路遗址（陈亚林摄影）

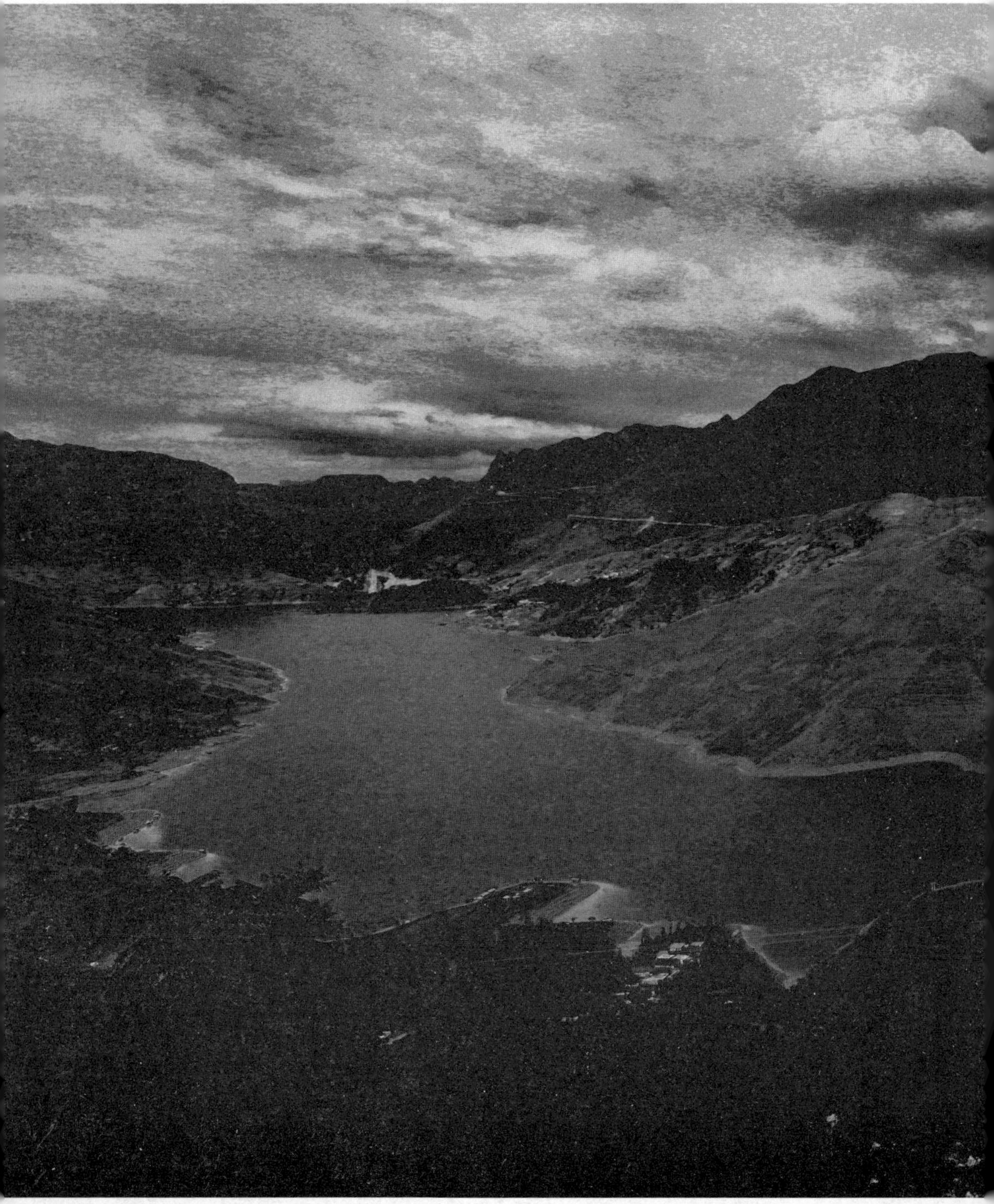

国家级北盘江水电站光照湖（陈亚林摄影）

省级重点保护单位——"欲飞"石刻（陈亚林拍摄）

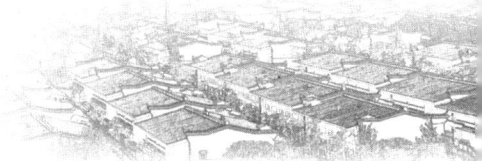

贵州晴隆民族盛装（陈亚林摄影）

晴隆县三望坪风景名胜区——仙人洞景观（陈亚林摄影）

三宝街道阿妹戚托小镇的民族手工绣娘（陈亚林摄影）

国家级非物质文化遗产——"阿妹戚托"舞蹈展示（陈亚林摄影）

阿妹戏杞

吕岩题

序

古老与新生的魅力

　　读者朋友，当你最初接触到何中华、王光伦这部名为《阿妹戚托——易地搬迁奇迹》的长篇报告文学的时候，也许，你也会像我一样，产生出一点懵懂和奇异的感觉！什么是"阿妹戚托"？这样的问题一定会被你提出来。可是，恰恰是因为你的懵懂和奇异感觉，又会导致你更有兴趣走近这个作品。

　　"阿妹戚托"是产生于贵州省晴隆县三宝乡的一种彝族民族舞蹈的名称，距今已经有 500 多年的历史。1956 年，晴隆的彝族姑娘们以自己独特个性的民族舞蹈节目，进京在中南海怀仁堂演出，获得周恩来总理好评。因为舞蹈本身具有很强的彝族民族特点，至诚动心、欢快热烈、节奏感强、刚健有力，似乎与西方的踢踏舞有相近似之处，随即被命名为"阿妹戚托"。"阿妹戚托"如今已经是国家级非物质文化遗产，被人们非常珍视和喜欢。

　　但是，《阿妹戚托——易地搬迁奇迹》所描绘和呈现的内容，却不单指"阿妹戚托"，而是贵州省晴隆县以"阿妹戚托"命名的一个新建彝、苗民族风韵强烈的特色小镇，一个在国家扶贫攻坚时代背景下，利用扶贫机会，将处于深山中的彝、苗贫困山村和零散人家，整乡搬迁到晴隆县城附近，大力挖掘开发民族文化艺术内容，积极开展旅游事业，实现了脱贫目标的一种先河行动情景。这里现在已经是多彩贵州民族文化的浓缩之地、是以旅游带动扶贫的示范标杆成果。现在这里既多姿多彩、风格奇异，又温情浓郁、魅力无限。衰败的情景已经远去，贫困的状况也成为过去。如今，这个呈现着蓝天白云、绿水青山、溪流清冽、生活温馨、社会和谐、歌声曼妙、景美人醉的小镇，似乎正是人们梦寐以求的生存家园。何中华、王光伦以报告文学的真实追溯描绘手法，再现了阿妹戚托小镇从无到有的曲折有趣和特色绚烂历程，为其历史和未来留下了非常珍贵的文化历史记忆，十分值得关注和收藏。

位于贵州省黔西南州晴隆县的三宝乡，是一个被大山紧紧包裹的彝族、苗族聚居的地方。这里，在过去很长的时间里，人们过着"食不果腹、衣不遮体、饥寒交迫、生活贫苦"的日子，贫困在摧残着人们的生活命运和文化习俗。贫困是人类公认的魔咒，千百年来，人类绞尽脑汁、费尽心力破解这道世界难题。贵州省晴隆县三宝乡的人们亦是如此。可是，此前或许是因为大山隔绝，因为力量微小，因为观念陈旧等各种原因，时间在匆匆地流逝，这里的社会生活面貌却很少改变，人们贫困的日子也少有改观。因此，这里虽然有国家的民族政策看护，有自己独特的民族文化内容表现并包含开发推广价值，可惜，都因为地处遥远和闭塞而被时间和社会所遮蔽了。

所幸，跨入 21 世纪以来，特别是中国共产党第十八次全国代表大会以来，中央明确全国扶贫脱贫的任务目标，举全国之力，从中央政府到基层单位，从国家领袖到各级干部都集中目标，坚定意志，攻坚克难，为实现脱贫而努力奋斗着。正是在这样的时代背景下，长期处于贫困的三宝乡百姓的社会生活环境、命运开始改变了。传统的个性灿烂文化被雨露滋润，勃勃新生，一个地方的历史文化开始翻新。

何中华、王光伦的报告文学，用他们自己真实的观察和感受描绘，将我们带进了这个历史的巨大变革年代，看到古老和新生的交替变化情景。曾经，因为意识到三宝乡地处深山峡谷，居住分散，交通不便，发展很受限制，个别解决，劳力费工，效果甚微。所以，经反复论证决定，在距县城附近的虎头山新择地点，根据民族特性风俗习惯，全新设计，整体整乡易地搬迁，借用发挥民族文化内容特长，开展旅游，实现脱贫的目标。这是一个大胆创新且富有实际操作的构想。它既是古今的交融，也是人与文化的新生。原贵州省省委书记孙志刚和现任贵州省省委书记谌贻琴曾多次到建设中的小镇进行指导和帮扶，指出小镇的旅游带动扶贫的发展模式，成功解决了"一方水土养不活一方人"这一难题。在晴隆县县

委县政府的领导下，在易地搬迁的主战场上，黔西南州从内部各地抽调了晴隆籍干部 100 余名参加三宝乡整乡易地搬迁工程，共筑千秋大业。这些干部，他们投入热情，身体力行，殚精竭虑，踏破脚皮、磨破嘴皮，洞晓明理、深情劝慰，采取"搬砖法"、当地干部亲属党员带头、小手牵大手等方式搬迁，最终将 1317 户、6263 人搬迁至 45 公里外的县城。《阿妹戚托——易地搬迁奇迹》全书全景式记录小镇建设中的"一波三折、突飞猛进、美轮美奂"三部曲，展示了党中央、省、州、县各级领导对易地扶贫搬迁群众的关心关怀，犹如打开一幅现代版的清明上河图。

作品真实并多角度地追述了小镇搬迁过程中的许多动人有趣的故事，同时，也为人们做了小镇的新特色内容的精简介绍。虽然存在某些不尽深入细致之处，但作品让我们十分有兴趣地走近并见识了《阿妹戚托——易地搬迁奇迹》，这个晴隆文化独特的新名片。这个小镇的从无到有及其积极效果，在全国的扶贫攻坚进程中空前独存，创造了贵州黔西南绿色脱贫、鲜活可信的"阿妹戚托"样本。

小镇新市民来自原晴隆县三宝乡。易地扶贫搬迁的人民群众，少数民族风情非常浓郁。景区根据彝族、苗族文化体系融合创新了 12 个景点，依据其民族图腾的信仰布局建设，遵循"依山而建，道法自然"的民族生态建筑风格，分别打造了"金、银、铜"三个文化广场，按照彝族对"虎神"的信仰，打造了"虎顶公园""虎眼公园"；按照苗族对"牛神"的信仰，打造了"牛鼻公园""牛鼻观景台"……根据彝族爱情传说"姑娘出嫁舞"打造了"月亮湖"水上娱乐中心。

坐在"三宝塔"内喝三宝红与二十四道拐绿茶，清香四溢，品出了人世间的美好与美妙真情。再看看一栋栋彝族风情的依山而建的亮褐色小楼、个性分明的苗族寨屋，错落有致的布局，层层叠叠的屋顶，色彩丰富的景象尽收眼底，美轮美奂。

2018 年 10 月开镇以来，这里先后成功举办了多项大型主题活动。如：开镇仪式、彝族火把节、苗族绣花节、中央电视台春节联欢晚会分会场，中国文联、贵州省文联文艺轻骑兵和百名艺术家进基层等，均以优质的服务质量、完善的配套设施得到了社会各方的赞誉。新华社、中央电视台、人民日报社、人民网等国内知名媒体曾到景区进行采风及重点报道，小镇已成为贵州省文化旅游的一张靓丽名片，累计接待国内外游客 50 余万人。"阿妹戚托"以独创性强的特点，成为践行"扶贫搬迁＋旅游＋发展模式"的成功案例。

何中华是一位居京的湖南作家，王光伦是晴隆县文联主席，他们相距千里，意外地在阿妹戚托小镇相逢，却一见如故，随即展开了撰写这部报告文学的行动。这是"阿妹戚托"魅力的作用，也是他们文学锐敏的表现。作品共九个章节，紧紧围绕小镇的建设、易地搬迁、新市民生活、二十四道拐传奇人物；介绍了中国早茶之乡晴隆，是世界茶籽化石发掘之地；生动地描绘了薏仁米、薏皇后酒、晴隆三碗粉等故事。这些内容都有机地丰盈厚重了作品的蕴含，给人不少的收获。

《阿妹戚托——易地搬迁奇迹》，别有意趣和包含，使我见识增益，向往新生。

李炳银

2021 年 1 月 23 日

李炳银，中国作家协会报告文学专委会副主任、中国报告文学学会常务副会长，全国报告文学理论研究联谊会会长。

序二

出京入黔　大山情怀

　　我曾在全国各地漫游，也曾经去过黔西南州的阿妹戚托。不过，我是以一个画家的眼光去写生的，也是以一位摄影师的身份去采风的。一次无意中的偶遇，让我遇见了本书的作者。

　　人生，相遇相知不易；挚友，相守相惜更难。我与作者相识多年，情同手足，心心相印。要说，世上最好的默契，莫过于心有灵犀。

　　说句大实话，报告文学非常难写，而作者偏偏喜欢挑最难的事情做。一方面缘于一个作家的社会责任感与良知。另一方面，他们创作的报告文学有更多的现代气息，与时代共脉搏，反映了时尚精神，充当了文化阵地的前哨，与那些低下腐朽的"报告文学"是格格不入的。

　　我不是专业的文学评论家，无法从文学的角度对中华创作的作品进行解读和阐述。但是，以普通读者的身份和眼光，我发现很多报告文学作品，缺乏当初的新奇和灵动，把人物写得过于呆板，无新鲜感和可读性，有千篇一律的雷同化倾向，让人大跌眼镜的是，不少报告文学作品仿佛都是机械式的"浇铸品"。那样的作品使人处于阅读的疲顿状态，大大减弱了作品的审美功能，降低了报告文学的高尚品格，丢失了报告文学的美好情怀。

作者对《阿妹戚托》的创作题材进行了强化的处理，采用同类集合方式加强对读者的带入感，用他们的话说，是把人物竖起来写的，由点到面，强化独立，采用多棱角多视角去诠释人物内心世界，其结构灵便，增大了作品表现的自由性和灵活度，还原了易地扶贫搬迁过程中所发生的人与事。每个故事都从全方位摄取，加以表现，作品的格局非常宏大；突破了过去那种偏于叙写一人一事的小格局，丰富了报告文学的表现形式；构架大，内容实，有一种广博的气势和力度。

读这些文字，是一种享受，在这部书中，始终有诗一般的灵秀穿透心肺，能让人感受到浓郁的文采气息。作者大胆借鉴小说、散文、电影等艺术方法技巧创作报告文学，作品中人物形象栩栩如生，结构布局精妙绝伦，语言运用生动形象，文情并茂，艺术感染力很强。

中共中央总书记、国家主席、中央军委主席习近平强调，消除贫困、改善民生、逐步实现共同富裕，是社会主义的本质要求，是中国共产党的重要使命。2020 年 11 月 23 日，贵州省宣布所有贫困县摘帽出列，至此，中国 832 个国家级贫困县全部脱贫摘帽。

值此良机，为扶贫攻坚喝彩的报告文学《阿妹戚托》成书付梓，即将面向全国发行，我在这里表示衷心祝贺作者创作丰收，祝福读者万事如意，祝愿全国人民生活蒸蒸日上！

斧 子

2021 年 1 月 25 日　北京房山

斧子，中国书画家协会北京分会副会长，国家一级美术师，北京市写作学会会员。

目录

故事梗概

晴隆县三宝彝族乡是国家级非物质文化遗产"阿妹戚托舞"的发源地，是黔西南布依族苗族自治州唯一的彝族自治乡。

"阿妹戚托舞"汉语意译为"姑娘出嫁舞"，是彝族人民农耕文化的结晶，距今已有 500 多年的历史。1956 年，阿妹戚托舞进京，在怀仁堂演出，并受到周恩来总理的好评。以"阿妹戚托"命名的特色小镇，开创了全国易地扶贫少数民族整乡搬迁的先河。是多彩贵州民族文化的浓缩，也是"旅游带动扶贫"的示范性景区标杆，更是继二十四道拐后，晴隆文化旅游又一张新名片。

"阿妹戚托"自 2018 年 10 月开镇以来，先后成功举办了多项大型主题活动。如：开镇仪式、彝族火把节、苗族绣花节、中央电视台春节联欢晚会分会场等，以优质的服务、完善的配套设施得到了社会各方的赞誉。新华社、人民日报社、中央电视台、人民网等国内知名媒体曾到景区进行采风及重点报道。

在这一场脱贫攻坚的伟大战役中，在省委、州委的坚强领导下，中共晴隆县委、晴隆县人民政府牢记总书记的殷殷嘱托，坚持把脱贫攻坚当作头等大事和第一民生工程，紧盯"高质量、成色足"目标，聚焦易地搬迁、产业扶贫、基础设施、"3+1"保障"四场硬仗"，建立健全指挥作战体系、制度责任体系、督战督查体系和能力提升体系，全面构建起县、乡、村、组四级指挥作战单元。

全书详细介绍晴隆县历史文化及阿妹戚托小镇建设及搬迁过程，党员干部倾力帮助贫困群众"挪穷窝，斩穷根"的感人故事，全景式记录了扶贫干部在易地搬迁脱贫攻坚路上的点点滴滴。通过不懈努力，他们在农有所收、劳有所得、学有所教、病有所医、住有所居、饮有所源、老有所养、弱有所扶上不断取得新突破、新进展。书中展示了党中央、省、州、县各级领导对易地扶贫搬迁群众的关心关怀，犹如打开了一幅现代版的清明上河图。

书中有小镇建设的艰辛，有搬迁路上的离情，有彝族、苗族同胞对家乡的眷恋和对美好生活的感恩。

全书结构严密、起伏有序，人物细腻、生动精妙，文字优美、故事感人，主题鲜明，民族文化氛围浓郁，是一部宣传易地搬迁、扶贫攻坚，弘扬正能量的精品力作。

第 一 章

晴隆古城　厚重芳华

巍巍晴隆山，滔滔盘江水，几千年的咏叹，数百载的悠扬山歌，几十万儿女孕育了晴隆厚重的文化。

在时光的隧道里，多少人在这里寻找散落的光阴。

岁月镌刻了千沟万壑，一刀一刀刻下去的，是弥足珍贵的记忆。

晴隆——滇黔咽喉

山，是晴隆的屏障，也是晴隆的风景。

巍巍晴隆山昂首屹立，滔滔盘江水奔腾不息。亘古天成的重峦叠嶂，似一部耐人寻味的经书，这方圆 1331 平方公里的苍茫大地。为生于斯、长于斯的 34 万多各族儿女的家园，留下深沉的历史痕迹。

当我们走进重建的"安南古城"，在青石板的街道慢行，残垣断壁时而浮现于眼前，时而印于脑际，仿佛诉说着一段厚重的历史，一曲幽怨浪漫、璀璨辉煌的过往……

晴隆县城地处云贵高原黔西南州北部，海拔 1460 米，坐落在玉枕山、独秀山、金钟山、狮子山、飞凤山和晴隆山的环抱之中，形似开放莲花，故名莲城，有着古老的传统文化和悠久的历史。

春秋战国时期，晴隆县是牂牁国和夜郎国的属地。秦始皇派屠雎为主将、赵佗为副将率 50 万大军平定南百越国，统一六国，云贵纳入华夏民族版图，设立县制。魏晋时期，东爨乌蛮首酋阿轮占据盘江地，废除县制，称作于矢部。明洪武二十五年（1392 年）设安南卫建安南卫城。

1941 年 11 月 1 日，经中央国民政府批准将安南县更名为晴隆县。

晴隆隶属黔境，金州治辖；东望关岭，南连兴仁；西同普安相近接壤，北与六枝划江为界。辖八镇，治三乡，四个街道办事处。青山秀水，物华天宝；历史悠久，人杰地灵。

晴隆县历史悠久，民族风情浓郁，具有"东方踢踏舞"美誉的"阿妹戚托"彝族舞蹈和苗族舞蹈"格尼角抖咎"等是民族歌舞中的奇葩；全球唯一的茶籽化石发现于此，经专家考证，晴隆是世界茶叶的发源地之一；晴隆柑橘在 20 世纪 90 年代获得"中华名果"之称；"晴隆模式"彰显了天、地、人和谐的统一；中外驰名的"二十四道拐"雄奇险峻；还有国家湿地公园光照湖、省级风景名胜区三望坪等，都是晴隆对外宣传的文化名片。

抗战时期，这个仅九百余户人家且无电缺水的山城小镇，由于特殊的地理位置和太平洋战争爆发，竟成了滇黔大通道上的抗战后方重镇。

"安南古城"是为了纪念抗日战争胜利 70 周年，拍摄大型电视剧《二十四道拐》而兴建的木质古楼。古城根据民国时候安南的古建筑仿建。城门、城墙用混凝土筑成，装饰成巨石砌就；街道一色青石路；房屋红檐青瓦，雕梁画栋，古香古色，店铺招牌林立，仪态万方。

漫步其中，酒旗迎风，青坎台阶。亭榭楼阁，错落有致。古情风情，画栋朝凤。佩玉相鸣，载歌载舞。倩影楚楚，珠帘幕幕……整个古城根据电视剧拍摄要求，有三条街道，分别设有：刘家大院、兵站医院、警察局等，所有能反映当时政治、经济、文化的设施应有尽有。"安南古城"虽然只是个影视城，但是只要你走进去，就会有一种回归历史的自豪感！

晴隆古城，人流中春花与华服交织着美的知性，踏着石板路，抚着长长延伸写满沧桑的城墙，登上古城城门最高处，感受她的从容，历经战争、繁华、萧条，静静地带给人们那深刻却又有些模糊的历史印迹。

晴隆历史人文，悠久璀璨；文物古迹，灿烂悠远。这里的名胜古迹众多：有舒柱石诗中的"七星宝石""独秀峰""玉枕山""西城门洞""莲湖公园"……还有新开发打造的"抗战文化广场""晴隆山观景台""三望坪省级风景名胜地""万亩草场"等景点，最重要的是阿妹戚托特色小镇的阿妹戚托舞。

清晨，去城中凤凰池纳凉，亭台楼阁，绿树成荫，花香阵阵；绿荫的树枝上悬挂着若干鸟笼，各种鸟儿也享受着这升平盛世，或呼朋引伴，或浅吟低唱，把整个娱乐广场带入鸟语花香的空灵境界，仿佛使人进入仙境"瑶池"！

中午，去水塘街找了一家餐馆，吃正宗的晴隆菜：辣子鸡、八大碗，再喝点晴隆的水酒，让人飘飘欲仙。

晚饭后，去阿妹戚托小镇看彝族姑娘表演阿妹戚托舞。"阿妹戚托"是一个集体搬迁民众居住和民族特色旅游景区为一体的国家 3A 级旅游扶贫示范小镇。"阿妹戚托"是全国唯一的一家彝族整乡易地搬迁民众的新家园。一栋栋独具民族风情、雕栏花窗、古色古香的特色民居，一个个内容丰富的民族文化体验项目，让你流连忘返，赏心悦目。

夜里，镇上灯火通明，广场上彝族姑娘手牵着手跳起了最具淳朴风情的阿妹戚托舞，前来游玩的游客不约而同地加入其中，热闹又欢快。坐在三宝塔里喝晴隆绿茶，细细品味古城的故事，滇黔咽喉，又谱新曲……

二十四道拐　一个时代的标杆

从"安南古城"影视城出来，我们驱车直奔"二十四道拐"。

如今，二十四道拐是晴隆县对外开放的一张名片，也是晴隆旅游拉动经济重要交流的窗口。

二十四道拐关隘在晴隆县城西南一公里，公路从关上至关下入口处。从晴隆山脚底大水沟处依山势以"S"形蜿蜒盘旋至关口，全长四公里，有二十四个弯道，故得名"二十四道拐"。

二十四道拐公路设计精妙，工程艰险。从山脚仰视，二十四道拐犹如一条巨龙欲腾升空，由关口俯视，像巨龙逍遥下山，其雄奇景致，蔚为壮观。

二十四道拐公路于 1928 年 1 月，贵州省路政局局长马怀冲派贾善祥带领公路勘测队从贵州黄果树至盘县沿线勘测，随即动工修筑。

1929 年因贵州省主席李晓炎引滇军入黔，内战复起而停工。毛光翔继任贵州省主席后，公路修建经费困难，无力修建滇黔公路，盘县、普安、安南（今晴隆）三县绅士自愿筹资 7 万银元续修。1931 年工程师邹岳生率勘测队再度对黔滇公路进行总体勘测，从而设计确定了二十四道拐的修筑方案。

同年 9 月，贵州省政府任命犹国才为公路督办，盘县、普安、安南三县各组织施工队 300 人施工，安南民工身系绳子于二十四道悬崖绝壁开山凿石，因工具简陋，工程异常艰难，从而进展缓慢。

1935 年 3 月，国民政府为"追剿"红军，军事委员会命令黔、滇两省修通黔滇公路，贵州承建黄果树至盘县段。工程师容祖诰由贵阳勘测至盘县的报告称原修路基已完成 80%，惟盘江两岸地形复杂，石方颇多，为全线工程最难处。路线纵坡有大于 15° 以上者，弯道半径有小至 5 米者，标准过低。

1935 年 9 月，行营公路处从湖南迁贵阳，组织两个总工程事务所边测量边施工。第一总段管辖黄果树至盘江铁索桥 77 公里。第二总段管辖盘江铁索桥至盘县 126 公里。农民自带粮食、蔬菜、简单的行李、锄头、大锤、钢钎、扁担、挑兜等工具，利用土火药爆破作业。

1936 年 1 月，红军二、六军团进入黔境，国民政府命令加紧建设，省政府陆续将 9 县民工各增半数（由原 9 县 18590 名增至 37180 名）外，另增 10000 名由普定、织金、广顺、紫云四县征调。石工除雇来的 3000 名外，另由平坝、清镇、关岭、安南、郎岱、兴仁、普安、水城、龙里、炉山、定番、麻江、瓮安、兴义等地区各调 100 名，镇宁、盘县、平越等各地区调 150 名，贵阳、安顺、贵定、都匀、黄平、独山等地区各调 200 名，共 3050 名加快施工进度。那时，修路是人山人海。

滇黔公路二十四道拐于 1936 年 9 月完工通车。

抗战时期，二十四道拐成了中缅印战区交通大动脉，承担着国际援华物资的运输任务。日寇曾多次派飞机对二十四道拐公路进行轰炸，欲截断黔滇咽喉。

据研究二十四道拐的史学家说，如果没有马怀冲将军的坚持，二十四道拐就不会经过晴隆县城，而且要绕道 100 多公里。

当年，周西城任贵州省省长时，贵州共分三派：周西城、王家烈、何辑武。周西城为了削减马怀冲军权，劝他离开军队到贵州省任路政局局长，给了他一个省府委员头衔。马怀冲不想夹在几股势力中争来争去，想一想到地方任职还能造福于民，主动交了军权。此时，国民党军政部部长何应钦的兄弟何辑武任贵阳市市长，在修二十四道拐公路时，马怀冲与何辑武发生了争执。因为何辑武是兴义县人，力争路应从兴义修过。

马怀冲经过计算，从关岭、晴隆、普安、盘县、富源县进昆明，比何辑武提出从他家乡兴义去昆明要短100多公里路程。

马怀冲是军人出身，敢做敢为，坚持的事情谁都无法改变。后来，二十四道拐还真的按照他的计算修建。

为了探寻历史的真迹，我们在晴隆学者杨应显（晴隆县政协退休干部）的陪同下，去了一趟哈马关。

杨先生说，二十四道拐当年验收地段在哈马关，也是马怀冲家乡所在地。

哈马关始建于明洪武年间，关洞高约3米，宽约1.8米，仅能容一人一马，过关者必须弯腰方能过关，故称哈马关。如今，哈马关这座石砌关门保护完好，其一层是一石拱门洞，进村人马均从门洞中通过。晴隆二十四道拐当时的验收大员是国民党交通部部长兼军事工程委员会主任委员曾养甫。因此石墙上题词落款是：《哈马关》民国二十五年夏——曾养甫。

1936年西安事变，国共两党第二次合作。1937年7月7日卢沟桥事变，国共两党共同抗日。

1941年12月7日，日本偷袭珍珠港，太平洋战争爆发，成立了欧洲战区、美洲战区、亚洲战区等。中国战区的总司令为蒋介石委员长，参谋长由美国的史迪威将军担任。

太平洋战争爆发后，美国对日宣战，加速了抗日战争结束的进程。作为后方交通枢纽重镇的晴隆，也驻扎过大量的美国军人。1942年，日军随后攻占缅甸，截断了国际通道滇缅公路，并沿路占据了缅北滇西，威胁中

国抗战大后方。美国陆军中将约瑟夫·沃伦·史迪威将军于 1942 年 3 月奉命来到中国直接参与指挥盟军援华对日作战（看过电视剧《二十四道拐》的知道晴隆县城是史迪威公路上的要冲，是入滇的咽喉之地）。

1945 年 1 月 28 日，中印公路举行通车典礼，蒋介石在重庆发表广播讲话，代表中国政府正式宣布将重庆—贵阳—昆明—畹町—印度利多的"中印公路"命名为"史迪威公路"。

杨应显先生告诉我们："抗日战争进入艰难时期，经二十四道拐运送抗战物资的车辆车水马龙，车祸频频发生，交通不畅。为保障车辆畅通无阻，美国盟军中国战区司令部陆军战时生产部安南办事处成立'公路改善工程处'，由美军和安南民工对二十四道拐进行整修改造，工程设计、监督、施工均由美军公路改善工程处派员全面负责指挥。"

二十四道拐经过美军抢修后，弯道角度增大，路面宽阔，转弯半径均在 15 米以上。美国援华抗战物资必须由二十四道拐公路运送到抗日前线和当时国民中央政府陪都重庆。同时，二十四道拐公路承担着数百万名中国远征军赴印度作战的运输任务，还要向保卫陪都重庆的川、鄂、湘、桂战区输送军需。美国的公路工程部队 1880 工兵营进驻贵州晴隆修筑滇黔公路，驻扎在沙子岭 3 公里处（又称美国车站），由连长麦顿负责，用美国制造的水泥砌挡墙，对二十四道拐进行维修，在当地群众的配合下，完成了修路任务，保证了运输畅通。

抗战时期，二十四道拐在二战中发挥了极为重要的作用，也是中美两国人民联合抗击日本侵略者的历史见证。

抗战中后期，国民政府在这里设置延伸了 100 多个办事机构。一个人口只有五万余人的晴隆县，每天均有 3000 多辆运送抗战物资的汽车，昼夜不停地经过晴隆，使这个交通运输的咽喉小镇显得异常繁忙紧张。

美国盟军中国战区司令部陆军战时生产部晴隆办事处、美国陆军晴隆管理站、罐头食品厂、汽车加油站、美国1880工兵营（距沙子岭3公里处之吴家大坪）、英国战时生产部驻晴隆办事处、陆军第57军（军长刘安祺）司令部等80余个单位、部门统一驻扎晴隆县城。难民如潮涌来，商贾云集，一时晴隆县城人口剧增，狭窄的街道，车水马龙，行头簇拥，不堪负重。食品加工业、服装业如雨后春笋蓬勃兴起，街上店铺、旅馆林立，一家挨着一家，可谓五花八门，晴隆县城一派繁荣景象。

入夜，星星点点的油灯，店铺、旅馆、茶楼、饭店的汽灯与美国盟军汽车站和驻军营地及国民中央政府迁驻部门的电灯相互辉映，晴隆县城一片辉煌。大世界饭店、大三元饭店、六华春饭店、国际饭店、安乐酒家、太平洋旅社、华锋旅社、华南旅社和顺成客寓等几家小有名气的饭店旅馆通宵营业，人来人往，座无虚席。

在烽火连天的八年抗战中，晴隆县城作为抗战后方战略物资的集散地，保障将国际援华45万吨物资沿二十四道拐公路和沙八公路源源不断地运到抗日战场支援抗战，为取得抗日战争的伟大胜利作出了历史性的贡献。晴隆县各族人民支援抗战也竭尽全力，出钱出力，家家户户在所不惜。

杨应显说，一个人口仅为五万余人的小县，有3983名热血青年应征到抗日前线，平均每15个晴隆人中就有1人从军杀敌。在"台儿庄保卫战""长沙保卫战""武汉保卫战""松山战役""衡阳保卫战"等著名战役中，档案中均能找到晴隆籍战士牺牲的记录。晴隆人民为抗战的最后胜利贡献了几乎全部力量。

岁月悠长，老照片上的历史弯道，如今已是绿树成荫，研究二十四道

拐，发掘二十四道拐的历史事实及相关史料，成为研究二战史的热点。

晴隆县县委县政府把"二十四道拐"列为红色旅游重要景点开发项目，与二十四道拐相关的人文风情及其相关景点也在积极开发过程之中。

如："抗战文化广场""晴隆山观景台""万亩柑橘园"、易地搬迁的"阿妹戚托特色小镇"、一年一次的"汽车拉力赛"等一批批带动晴隆旅游项目都在晴隆的规划中。

云雾缭绕的晴隆县，仿若养在闺中人未识的人间仙境。

去过贵州的人知道"一山分四季，十里不同天"，这才是真实的贵州。

陪同我们参观二十四拐的晴隆县工业园办公室主任杨斌说，当年修筑二十四道拐是很科学的，日机无论从哪个方向飞来都很难炸坏二十四道拐盘山公路。二十四道拐有晴隆山作壁障，日机若不拉起来，就会撞上晴隆山；若飞得太高，又投弹不准。站在二十四道拐对面抗战纪念馆的台阶上，望着婉若游龙的二十四道拐，我们感觉：这才是天才的大手笔。

难怪二十四道拐被称为"一夫当关，万夫莫开"之关隘，乃言不虚传。

当今中国公路，没有第二条公路或某一段公路的险、雄能出其右。

二十四道拐是一道美丽风景，也是公路建设史上的神话。除了其修筑的艰巨与复杂外，更重要的是这段公路有一个显著的历史故事。所以，这段公路才值得研究和珍藏。

2006年6月，国务院将"二十四道拐"公布为全国第六批重点文物保护单位。一段公路，由此成为了承载历史风云、见证历史沧桑的宝贵文物。

晴隆县县委县政府为了以旅游带动扶贫，在距二十四道拐两公里的县城一角建设了阿妹戚托特色小镇，开创了全国易地扶贫少数民族整乡搬迁的先河。它是多彩贵州民族文化的浓缩，也是继二十四道拐，晴隆文化旅游又一张新名片。

　　让我们沿着二十四道拐巍峨的山峰，聆听婉约的山歌，体验晴隆的民风民俗，感受"易地搬迁，情暖晴隆"不一样的人生故事……

第 二 章

搬出大山 斩断穷根

一方水土养一方人。当一方水土养不起一方人时，易地搬迁就是为贫困群找一方好水土。挪穷窝、寻新家，重新扎根、建设家园，是搬出大山的重要举措，从根本上解决搬迁群众脱贫发展问题，达到易地搬迁脱贫的成效。

搬出大山，搬出一片新天地。

一方水土　养不起一方人

自 2015 年 12 月率先在全国打响易地扶贫搬迁"当头炮"以来，贵州省全面贯彻落实党中央、国务院新时期易地扶贫搬迁的决策部署，以"六个坚持"贯穿始终，走出了一条易地扶贫搬迁的贵州新路，让百万群众搬出大山、搬进幸福。

《贵州日报》的一则新闻报道："黔西南州'十三五'规划易地扶贫搬迁 33.58 万人，搬迁人数占全国的 3.39%，占贵州省的 18%，占黔西南州农村人口的 14.33%。截至 2019 年 3 月 5 日，已实现搬迁 23 万人，剩下的 10 万余人将在 6 月底前完成搬迁。"

2019 年 3 月 14 日中国网报道："易地扶贫，贵州省三年搬迁 132 万人，2019 年上半年还要再搬 56 万人，总共 188 万人，超过三峡工程 113 万移民人数总和，是全国新一轮易地扶贫搬迁规模最大、人数最多的省份。易地扶贫搬迁人数全国第一。"

谈及黔西南州为什么要进行如此大规模的易地扶贫搬迁时，全国人大代表、黔西南州州长杨永英解释：对于石漠化严重的黔西南而言，要脱贫致富，只有搬出大山。因此，易地扶贫搬迁势在必行。

"黔西南州是全省易地扶贫搬迁任务最重的市（州）之一。"杨永英说，"在搬迁过程中我们总结出'三个新'，一是以城镇化集中安置搬出'新市民'；二是实施区域化搬迁搬出'新天地'；三是实施新市民计划搬出'新生活'。"

杨永英介绍，2018 年，黔西南州易地扶贫搬迁围绕稳得住、快融入、能致富的目标，精心组织攻坚，出台"1+13"政策措施，同时出台 15 项改革办法，实行"新市民居住证"等一系列后续措施。

杨永英说，搬迁工程涉及人数多、覆盖面广、影响面大，牵一发而动全身。

这是一个奋进的时代，也是一个英雄辈出的时代。

时光总会"林花谢了春红"，脚步太匆匆。

在追寻梦想的路上，在三宝彝族乡（简称三宝乡）整乡易地扶贫搬迁主战场上，这里有"八千里路云和月"的旷达；有"风萧萧，易水寒"的悲恸，也有"青青子衿，悠悠我心"的真情。

我们撰写了多位扶贫英雄的故事，他们只是易地扶贫搬迁工作众多人物中的一抹光亮，是"雨打灯难灭"的坚韧顽强，是"三百六十日横戈马上行"的不辞艰辛，是"高清已逐晓云空，不与梨花同梦"的超越境界，是"回看射雕处，千里暮云平"的襟怀坦荡，是"富贵非所愿，与人驻颜光"的无私奉献。

在长达三年多的易地扶贫搬迁工作中，他们身体力行，殚精竭虑，采取"搬砖法"、干部亲属带头、党员带头、小手牵大手等办法和方式搬迁，通过走访动员，最终将三宝彝族全乡 1317 户、6263 人搬迁到 45 公里外的晴隆县城阿妹戚托小镇。

英雄自古常如此，愿逐月华流照君。让我们跟随奋斗者的足迹，去见证易地搬迁奇迹。

亲历感受 原住地贫穷

2020年4月15日上午9时，三宝乡扶贫干部杨坤开着面包车，带着笔者和摄影记者青衣从阿妹戚托小镇出发向三宝乡原居地进发。

车子行驶在"Z"字形的盘山公路上，山高谷深。透过车窗玻璃，沟壑深不见底，当面包车靠近公路边沿时，我的心提到了嗓子眼，我不能让杨坤看出我的胆颤。

与我一道采访的记者青衣说："这弯弯曲曲的公路，有点吓人啊！"

杨坤微笑着说："路峭弯多，还是蛮安全的。前方三宝乡的公路还没这三分之一宽，那是一条单行道。"

柏油路年久失修，尘土飞扬。但并没有影响我们的兴致，青衣举着手机在拍窗外风景。黔西南浓浓的生活气息，一幅幅乡村春景图映入眼帘。说实话，大山的植被不厚，山坡上零星长着几棵松树点缀着大山的巍峨，弯弯曲曲的水田，已经翻过的泥土，远处的村庄炊烟袅袅。诗歌和远处田野的美丽，可以说是城里人向往的生活。

从县城去三宝乡的路况不好，车子在路上颠簸前行。

上午10点20分，我们在三宝水库边停下，水库的水质很好，有游鱼经过，记者青衣惊喜地追逐着一群游鱼拍照。水库边有两栋民房，早已人去楼空，路边的杉木长得十分茂盛，层层叠叠、绿油油的，一派生机盎然。

贵州是一个少数民族集居地，具有浓郁民族风情和乡村风光的三宝乡，是一个有着几千年历史的古村落。人、乡、山峰，无数古树静物，构成了一幅乡村风景画。

杨坤知道我在看眼前的林子，便对我说："何老师，古树林在 1958 年时被毁了，这片林子是 20 世纪 60 年代三宝人民种植的，如今都已长成了参天大树。"

杨坤是晴隆县一个乡镇的小学校长，因为有亲戚在三宝乡，是这次抽调来的搬迁干部。

我感叹着："好地方啊，绿色的天然氧吧！可惜就是太穷了。"

杨坤接过话茬说："是啊！为了让三宝乡彝族、苗族群众的子孙永远离开这个穷地方，国家才花大力气搞整乡易地搬迁。"

青衣拍了许多风景照，追着问："杨老师，三宝乡政府还有多远呢？"

杨坤说："过了这个水库，大概还要 20 分钟车程。"

11 点 30 分，我们来到了三宝乡原政府，遇见了刚从农户家出来的吴信学副乡长。

吴信学是晴隆本地人，1999 年 9 月参加工作，黔西南农校毕业后，在村支书位置上干了多年。2016 年 11 月，吴信学被提拔为副乡长，主管农业、道路交通、国土林业、消防筑建。

他说："二位老师，欢迎你们来到三宝乡原住地采访，这里条件十分艰苦，没有什么招待，请多多包涵。"

我说："吴副乡长，我们来这里就是想看看，为什么孙志刚书记会说'这里的一方水土养不好一方人'。"

吴信学就三宝乡基本乡情及搬迁必要性进行了介绍。

吴信学的介绍跟《人民日报》报道的"人挪了穷窝 地拔了穷根"基本上一致。

我说："你介绍得很到位，我们也听明白了。三宝乡实施整乡搬迁是从根本上挪穷窝、拔穷根，阻断贫困代际传播，是明智之举。基层的领导干部真了不起！"我对他竖直了大拇指。

吴副乡长感悟：一代人有一代人的使命，一代人有一代人的烙印。

吃过中饭，我们便往县城赶，在车上，我们看到了一个老年人在路边放牛。

我问："杨老师，这里怎么还有人放牛呢？不是都搬走了吗？"

杨坤说："个别老人暂时留在这边，因为家里的畜生没有处理完，待处理完了，他们会回到阿妹戚托小镇的。"

都说：一方水土养一方人。若不是全乡人均耕地不足1亩造成了贫困。政府是不会花大力气，让三宝乡整体搬迁的。

杨坤一边开车一边说："三宝虽然贫穷，但这里的农副产品蛮丰富的，有薏仁米、土豆、玉米……彝族人喜欢养鸡、养牛，鸡可以拿到鸡场镇集市上去卖，土鸡能够卖到每斤30元的好价钱。晴隆县的黄牛肉比贵阳的好，都是吃草的，肉质特别嫩，牛肉能卖到每斤45元，一头牛可以卖到一万多元。"

青衣说："这里山高水低，土地贫瘠，薄薄的黄土下全是青石，在这儿玩几天还行，如果让我长期待下去，肯定受不了。"

我说："人不能选择自己的出身，这里的农民有土地情结，祖祖辈辈在这里生活。外面的世界再好，毕竟不是自己的天地。"

为了让他们留得住乡愁，阿妹戚托小镇的建设按照原地名没有改动，大坪村、干塘村、三宝村分别改为：新坪社区、新塘社区、新宝社区。

返程途中，我们去了三宝乡小干塘组，面包车在马路上行驶，在沟底一块土坪上，发现一家四口人牵着一匹马在干农活。

我问："杨老师，他们在种什么？"

杨坤说："应该是种薏仁米和土豆。"

青衣又是忙着下车拍照……

回到北京，我一直在想一家四口人，他们究竟是在种薏仁米，还是在种土豆呢？

土豆，有大的小的，有北方产的，有南方种的，我倒是见过许多，薏仁米我还是第一次听说。临登机时，贵州的朋友说忘了送我薏仁米粑粑了，下次去贵州，一定得尝一尝。

挪穷窝　斩穷根

晴隆县三宝彝族整乡易地扶贫搬迁还得从五年前说起。

2016 年 8 月 19 日，时任黔西南州州委书记张政赴三宝乡调研，并对易地扶贫"整乡搬迁"作了指示。之后，三宝乡专门成立工作组，组长由时任副县长兼三宝乡党委书记龙汉勇担任，待到三宝乡搬迁时，晴隆县副县长兼三宝乡党委书记贺伯果接替了的工作。

贺伯果说：整乡搬迁在全国仅此一家，采用"省、州、县、乡、村"五级联动办法。当时，搬迁 1317 户、6263 人。副州长任脱贫攻坚副组长，亲自指挥了这一场易地搬迁工作。

具体做法分为三步走：一是突破"小手牵大手"，也就是说，先搬中小学校，实行破冰之履；二是干部带头搬，3 个行政村 19 个村民小组的干部带头搬；三是先搬带后搬。为此，县里抽调了在黔西南州工作的三宝籍干部共计 55 人回乡做亲戚朋友的思想工作，通过宣传发动亲情感化，请了寨老、能人相助，围绕"三子"开展工作（"三子"即：搬进县城住新房子，老家分票子，充分就业过日子），推动了这一场艰难的易地扶贫搬迁工作。

三宝乡属典型的深山区，气候高寒冷凉，可用耕地较少，人均可用耕地仅 0.9 亩且土地零碎贫瘠，每年冷涝、冰雹等自然灾害频发，地质结构疏松，对农作物生长影响较大，严重制约群众的生产发展。

截至 2015 年年底，人均可支配收入 4971 元，人均占有粮食 298 公斤。

全乡共有贫困人口 654 户、2928 人，低保贫困户 508 户、2420 人。贫困发生率为 50%，居全州最高，且绝大多数分散生活在"一方水土养不起一方人"的深山区，基础设施薄弱，隐患较大。因此，移民搬迁是三宝乡群众摆脱贫困的根本出路。如何从根本上解决三宝乡群众的贫困问题，使群众有一个好的生存环境和生活质量，提高幸福指数，通过调研，认为现实的选择就是实施大规模、整建制的移民搬迁，只有走出大山，才能彻底告别贫困。

理由如下：

第一，村、组自然条件差。三宝乡可用耕地较少，人均可用耕地仅 0.9 亩且土地零碎贫瘠，不适宜机械化耕作。

第二、工程性缺水严重。三宝乡群众吃水非常困难，通过国家农村安全饮水工程、小水窖行动等人饮解困工程，基本解决了人畜饮水问题，但和农业生产一样，也是"靠天吃水"，成本大、费用高。

第三，基础设施依然落后。现有通乡马路只有 1 条，且仅有 4.5 米宽，由于是低等级公路，弯多路窄，受恶劣气候影响严重，交通事故频发，管养困难。全乡 19 个村民组中还有 3 个组尚不通路，虽然实现了户户通电，但由于受地形气候和投资的影响，电线损毁严重，电网改造投资较大，电压严重不足，停电断电现象频发；受地形的影响，全乡只有乡政府所在地通宽带网络，其余两个村群众都无法享受宽带服务，全乡手机通信网络除三宝村能勉强覆盖外，其余大部分村组受地形气候的影响手机信号都不通畅，与外界的信息联系常常处于中断状态。

第四，公共事业滞后。全乡只有 1 所中心学校和 3 个教学点，有乡卫生院 1 所，村卫生室 3 个，村医 2 名，医疗设备陈旧，连普通的 B 超器材都不具备，医疗水平偏低。全乡综合文化场所和农村现代信息场所缺乏，群众业余文化生活较贫乏，获取信息的渠道较少。

第五，思想观念落后，因病因残返贫现象突出。群众受教育程度相对较低，接受新生事物的能力有限，扶贫、培训等工作效果不明显。全乡贫困户中，因病、因残等缺乏劳力的贫困户约占贫困户总数的35%，返贫现象突出，大多贫困户长期处于贫困状态，主要依靠政府帮扶和社会救助，脱贫难度较大。

贺伯果的结论是：

首先，三宝乡整乡搬迁投入的成本与在原址改善群众生活环境相比投入相对要小。由于特殊地形气候特征，群众居住比较分散，在同等规模的基础设施投入上都需要付出比其他地方更加巨大的投资成本，全乡只有5000余人口，高代价的投入与收益不成正比，相关设施的效益发挥不高。

其次，搬迁可以从根本上挪穷窝、拔穷根，阻断贫困代际传播。由于三宝乡远离县城，即使投入较大的基础设施建设，也难以从根本上改变贫困群众的落后观念，思想脱贫的目标难以实现，只有对三宝乡实施整乡搬迁，才能从根本上让贫困群众真正挪穷窝、拔穷根，阻断贫困代际传播。

最后，搬迁是旅游发展和小城镇建设的需要。对三宝乡实施整乡搬迁，这不仅能够形成巨大的、有效的投资需求，消化晴隆县水泥、建材等行业过剩产能，还可以助推城镇化进程，有效扩大消费，丰富旅游产业发展，形成新的经济增长点，特别是能借助黔西南州山地旅游大会和晴隆"二十四道拐"旅游景区建设、大力开发"阿妹戚托"等少数民族特色文化，实现晴隆两张名片比翼齐飞，延伸旅游产业链。

第 三 章

小镇建设　使命必达

　　阿妹戚托小镇建设之初曾遇到这样和那样的问题，但通过多方努力，小镇建设终于

走上正轨。

　　中国人常说，好事多磨。

　　生活，一半诗意一半烟火……

一个惊艳世界的作品诞生

阿妹戚托小镇是由中煤集团重庆设计院马飞院长团队设计的。封汪鑫副县长曾在多种场合谈过马飞在国内外荣获多项设计大奖。

当这一个英俊、豪气、睿智的青年男人出现在我们的眼前时，我们感觉到他不但是位优秀的院长，而且是一名才华横溢的设计大师。

阿妹戚托特色小镇由中煤集团重庆设计院马飞团队设计

1981 年 3 月，马飞出生于重庆忠县石宝寨，父亲是军人，母亲在当地乡镇政府工作，是一名优秀的党员干部。作为军人的父亲从小给予马飞是红色的教育。这样的家庭成长起来的男孩子，怎能不出类拔萃呢？ 18

岁的马飞以优异的成绩考上河北工程大学，2004 年 6 月毕业后分配中煤集团，2011 年 11 月提拔为重庆设计院二所所长，2016 年 1 月担任重庆设计院副总建筑师，2017 年 12 月担任重庆设计院第六建筑设计院院长。

马飞院长，对阿妹戚托的设计方案有另一番解释：2016 年 7 月，晴隆县县委领导邀请中煤集团重庆设计院来这儿投标，当时，马飞院长带着张海蛟、程昊两名优秀设计师来到了晴隆，接待他们的是东观街道工委书记王峰。

王峰给他们提出了一个要求：阿妹戚托的设计方案必须融合彝族、苗族的文化符号，即便是整乡搬迁过来了，也要让他们记得住乡愁。

乡愁是什么呢？

乡愁，是心灵的归属，是灵魂的眷顾；是根，是一弯明月，一泓溪流……无论飞多高，走多远，身在何处。乡愁，是心头的坚守。喜欢写诗的马飞院长回到重庆后，在院里开展了一次"记得住乡愁"的作品征集设计大赛。收到的作品都很棒。但是没有一幅作品能够拿去投标。马飞便带着团队去了海南、四川、江西、贵州，考察了黎寨、藏寨、苗寨等。然后又回到晴隆去彝族、苗族原住地，请教了寨子的长老们，挖掘了一些故事。

站在三宝塔的山岭上，向对面的山头望去，突然有了灵感，惊奇地发现右边的山像牛头，左边的山稍做改造一下，可以成为虎头山。"牛""虎"正好是两个民族的"文化符号"。

竞标时，"苗王"上来就抓住马飞的手，激动地说："马院长，你们的设计完全到我们的心坎里去了，堪称完美！"

马飞说："苗王，我们并不知道评委们能否通过我们的设计方案。"

"不管政府选不选中，反正你们的设计就是我们所看中的了！"

马飞平静地回答苗王提出的每个问题，在谈及设计灵感来自哪里时，马飞说他们爬到彝族山顶（虎头山）时，瘦骨嶙峋的山坡上生长着几株小树苗，由于山上土壤较小，裸露的石头缝里，杂草丛生。他弯腰从地上捡起几枚石子，嗅了嗅，寻找着灵感，之后又和着外衣躺在石头上，静静地倾听山的声音。

就这样静静地躺在山梁上，倾听山的声音，泥土的芳香，山的精灵，大自然给予了他们丰厚的馈赠，一时之间，灵感凸现，脑子里有数道光闪现，一头金牛向他走来，牛头牛眼在逐渐放大……他告诉身边的张海蛟："海蛟，我找到了……彝族的文化符号。"

张海蛟说："马院，快说，快说啊！"

"我们可以把它设计成'虎头山'，与'牛头山'侧身相望，彝、苗文化相得益彰。"

程昊说："好，好，独立于其他人的设计，这个创意非常好。"

说干就干，那些赶设计图的日日夜夜，他们几个人倾注了心力，从原始地貌拍照开始，一张张对比，又一张张修订。

竞标的那一刻，惊艳四座，所以才有了苗王那大声的称赞。

在竞标现场，有一家设计公司的设计师对苗王说，苗族有一个爬牛棚的故事，他们想把它设计到里面。原本想讨好苗王，拍一拍马屁，结果苗王大怒："你们了解苗族文化吗？"

设计师说："我们专门查阅资料，也考虑了苗族的文化习俗。"

苗王质问："'男大当婚，女大当嫁'，这是中华民族的文化，苗族的习俗也一样，那个时候因为贫穷，男女幽会在牛棚边，并非爬牛棚，你们不懂苗族文化。"

三家公司竞标，最后，晴隆县县委县政府通过了中煤集团重庆设计院的设计方案。

2016 年 9 月 18 日，"阿妹戚托"设计方案中标，9 月 25 日，中煤集团重庆设计研究院拿到了标书，整个团队在办公楼里，欢呼跳跃，激动得相互拥抱，互相鼓励。

马飞大声说："同志们，静一静。听我说，我们能够在众多的竞标中，以绝对优势中标'阿妹戚托'项目设计，与张海蛟、程昊、姜鹏等优秀的设计师的努力是分不开的，我们当以热烈的掌声对他们表示祝贺。"

阿妹戚托的设计方案虽然通过了，但设计中的修订存在重重困难。因为依山而建的每一栋房屋的设计都不一样。既要尊重民族文化特色，又要按照特色小镇的标准和要求去打造。马飞带着他的团队倾注了精力和心力。

如：他们把设计好的方案，去做模拟试验，才能知道这个小镇的建筑群的小气候，是否适合生态设计，是否适应新市民的生活要求。

排水给水、道路出行、休闲娱乐、商铺酒店、路灯站牌等等，难就难在既是人文的，又是生态的、标准的。

为了更好地造一个独一无二的阿妹戚托特色小镇，马飞请来了结构所所长邓杰、总工程师唐忠军。这两位有功之臣，一直驻扎在阿妹戚托项目指挥部。他又向重庆总部求援，搬来高级设计师和设计能手。此后，参与阿妹戚托的设计的有：张海蛟、程昊、姜鹏、黄薇、唐忠军、龚炼 、吴霞、刘斌、曹星、代碧伦、王星（排名不分先后）等人，设计的图纸多达数吨重。

正当设计、工程建设按计划推进时，阿妹戚托工程又突然叫停。

马飞说："一日清晨，有领导给项目指挥部负责人打电话，说这个项目工程量及投资太大了，不能这样建，如果建安置房，省时省钱，又省力，规划设计虽然漂亮，能否建得出设计效果图上的样子，而且超出政策性补助资金部分怎么解决能？"

"你们何苦要这么干呢？"

……

"另外找一块地吧！"领导说得铿锵有力。

那天晚上，封汪鑫请来贵州建工集团八公司的陶光明总经理和重庆设计院的马飞及工程指挥部副指挥长王峰、王飚等人，坐在一起商量，如何解决阿妹戚托复工问题。

陶光明说："封县，我几千人吃住全在这里，几个工区的'三通一平'都快完工了，一区的建设已经启动，现在突然叫停，我怎么向兄弟们解释呢？"

马飞说："我的设计图纸都完成了两大卡车，人马健壮，只等全力以赴，突然叫停，情何以堪？"

王峰说："我的压力比诸位还要大，今晚把大家请来就是想办法，如何去说服上面的领导，让工程尽快复工。"

王飚接过话茬儿说："为了加快推进工程进度，我们今天还新聘了6个大学生，管理施工。我们现在缺的是有力的数据。"

封汪鑫微笑着说："大家畅所欲言，把问题说透了，现在要统一思想，形成共识，寻求一个解决问题的办法。"

"我想请二位老总把工程的进度和具有说服力的数据尽快报给王飚同志。"

陶光明、马飞异口同声地回答："好。"

一天之后，县长查世海、副县长封汪鑫拿着数据顶住压力找上面领导沟通："为了三宝乡易地搬迁，省、州、县三级政府付出了这么大的努力，如果不建了，或重新选址，大家情感上受不了。"

最终，封汪鑫拿着实用数据作支撑，说服了那位领导。

临危受命　共渡难关

人这一生中，充满了挑战和变化。因此，选择对于每个人至关重要。

面朝大海，春暖花开，是海子的选择；人不是生来被打败的，是海明威的选择；耶鲁村官秦玥飞选择了希望和田野；红丝带校长郭小平选择了呵护与守望……

选择是一次又一次重塑的过程。让我们不断地成长，不断地完善。如果说，人生是一次不断选择的旅程。那么当千帆过尽，最终留下来的就是一片属于自己的独一无二的风景！

晴隆人对封汪鑫的评价是"谦卑、和善、担当"。

封汪鑫办公室的书柜里摆着厚厚一叠荣誉证书。已入不惑之年的他头"顶"多个光环：黔西南州"十大优秀青年""民族进步先进个人""优秀党务工作者"等荣誉。

有人说，封汪鑫在平凡的工作岗位上做出了不平凡的贡献。但在成绩和荣誉面前，封汪鑫并没有流露出丝毫的骄傲。因为他深知，工程管理与扶贫工作容不得半点虚假和懈怠。他是阿妹戚托项目建设的指挥长。

最了解阿妹戚托建设的当数常务副指挥长王峰。

王峰，1974年12月出生，晴隆县鸡场镇人，贵州省省委党校法律专业，现任晴隆县东观街道党工委委员、书记。已入知天命之年的王峰，长得高大魁梧，为人正直坦荡，说话声音洪亮。

他与封汪鑫副县长之前共过事，配合默契。阿妹戚托2016年11月就开工了。当时，推进速度太慢，大家心里很着急。

2017 年 6 月 7 日，黔西南州州委、晴隆县县委县政府领导陪同时任省委副书记、省长孙志刚到晴隆调研，专程来到阿妹戚托小镇施工现场。

王峰找一个空档向封汪鑫诉诉苦、说说心里话。

封汪鑫说："是不是有什么棘手的问题？"

王峰说："现在项目推进非常艰难，我是一个急性子，又无能为力。"

由于，省、州主要领导对阿妹戚托建设速度不太满意。2017 年 6 月 11 日上午县委通知开会，封汪鑫刚到会议室，县委书记张国志便找他谈话。

"汪鑫，孙志刚书记考察三宝乡后，对易地搬迁阿妹戚托项目的进展不太满意，省委副秘书长安九熊向我们传达了孙书记的指示。根据州委州政府主要领导安排，要求我们调整项目建设指挥长，我和县长商量，决定派你担任阿妹戚托项目建设指挥长。

封汪鑫被张书记的话惊呆了。因为他正担负着城市建设指挥部指挥长，负责县城棚户区改造与城市建设、征地拆迁重任，同时还担负着晴普拓展区 10000 多亩土地和 150 多户房屋征迁工作，肩上的任务繁重，怎么能顾得过来呢？这些张书记都清楚啊！现在县委县政府主要领导要他来挑这个担子，这是领导对他能力的认可，又是一次巨大的挑战。阿妹戚托项目建设能否成功，关系到三宝乡能否按期整乡搬迁，这个项目又是孙志刚书记主抓的移民点。容不得半点马虎，必须全力以赴。

这是命令，容不得他去思考，他看着张书记信任的目光，说："我怕自己干不好。"

"派你去负责阿妹戚托建设，我们是经过深思熟虑的，对你有信心。"

一天清晨，封汪鑫早早地来到了阿妹戚托施工现场。

由于道路狭窄，车辆、施工人员较多，路边山头到处都是堆放的建筑材料。

在一个工棚前，王峰、王飚向封汪鑫走来。

王峰说："封县长，您来得早啊！"

封汪鑫说："你们不比我还要早吗？"

王飚说："我们早就盼着你来了。"

王峰说："是的，是的，我们之间的工作配合默契。"

封汪鑫说："你们的拼劲我知道，不过身体是干革命的本钱。希望大家在推进工作进度的同时要照顾好自己。"

王飚说："按照您的指示，项目办制定了值班表和项目推进的议事规程，夜间施工必须有业主代表和监理员在场，涉及重大事项决策，小事不过夜，大事不出周。"

封汪鑫说："这个好，必须加强跟设计院、施工方的沟通，遇到疑难事件及时报告处理。"

笑谈间，他们三人来到了指挥部，王峰、王飚二位就阿妹戚托项目推进情况向封汪鑫做了一个简短的汇报。

封汪鑫笑着说："你们说了这么多，容我消化一下，通知指挥部的所有成员上午9点到这儿开会。"

封汪鑫花一个多小时时间把整个指挥系统梳理了一遍。

上午9时，指挥部的成员全部到齐，等大家坐下之后。

王峰副总指挥长给大家做了简短的介绍。

王峰说："自今日起，阿妹戚托项目建设总指挥由封汪鑫副县长担任，今天组织大家开一个会议，总指挥有重要的事情宣布。"

封汪鑫说："我讲三个方面的内容：

一、对项目管理干部分工做一下调整，任命王峰同志为常务副指挥长，王飚同志为副指挥长。

二、成立征拆组、融资组、项目建设组，王飚任征拆组组长；刘周任融资组组长；龙剑杰任项目建设组组长。各组认真履责，确保项目建设进度和质量。

三、为加强现场管理，充实力量，同意聘用6位新上岗大学生，参与项目建设管理工作。"

一个简短的会议开得很有成效，理顺了项目管理分工合作的关系，敢于授权，敢于放权，做到了权为公用，让管理人员有施展才华的空间。

王峰、王飚两位同志有了信心，开始甩开膀子大干一场。

第 四 章

易地搬迁　滚石上山

贵州人走出大山、追求新生活的愿望一刻也没有放弃过。

在这一场破冰之履中，有"柳氏四兄弟、文家三姐弟"等众多搬迁明星，他们跋山涉水，

磨破脚掌，走得艰辛，走出了成绩。他们是一束光，也是一个时代的楷模。

柳氏四兄弟亲情感化

阿妹戚托特色小镇，是中国西南彝族、苗族文化生态保护实验区、核心区，居民中 99% 为彝族、苗族，也是一个集易地搬迁、商贸、旅游为一体的国家级 AAA 景区，被誉为中国最美生态文化旅游名镇。

去晴隆旅游，必须去阿妹戚托特色小镇，在那里，你可以感受到不一样的风情。有着琥珀色眼眸的阿妹讲述远古的历史、皮肤黝黑的大叔能做出最精致的银饰、爱唱山歌的大嫂端出美味的花椒鱼、帅气的小伙子能酿出晶莹剔透的黄酒、年近古稀的绣娘依然在一针一线绣着百蝶衣……他们共同汇成了一幅流动的水墨画，画中的人，又藏着怎样的过往呢？

2018 年 7 月，小镇迎来了第一批主人，让我们亲耳聆听他们讲述搬迁的故事。

碰壁！碰壁！四处碰壁！

柳松、柳仕武、柳仕状、柳仕泽是同一个爷爷的堂兄弟，2017 年 11 月，他们分别从晴隆县农业局、花贡镇政府、兴仁县中医院、册亨县公安局抽调回三宝乡加入动员搬迁工作队。

四兄弟同一日回到三宝村长耕组，柳松说："我们现在是同一船人，船能否靠岸要看大家努力了。"

柳仕武接过话茬儿："兄弟同心，齐力断金。"

柳仕状说："两位哥哥说得对，万事开头难，先找一户人开张。"

老满柳仕泽说：“不如从堂叔柳开国家入手。”

柳松、柳仕武、柳仕状附和着：“哦，要得，要得。”

第一个目标锁定在组长柳开国的身上，柳开国文化不高，在组里却是一个“唾沫掉在石板上都能砸出一个坑”的狠角色。四兄弟商量，先把堂叔的思想工作做通，然后让他一起帮忙去做其他人的工作就容易多了。

他们一道走进柳开国的家。柳开国见几个侄子一起来看他，很高兴，于是叫婆娘倒茶、杀鸡、做饭。

叔侄寒暄几句后，柳松说：“叔叔，我们今天来是想跟您商量搬⋯⋯”

柳松的话还没说完，柳开国就火了，怒视着他们：“是亲戚，来喝酒管够，搬迁的事免谈。我公开地告诉你们几个小子，就算县长、乡长来我们家，我都不会买账的，你们再说下去，恐怕会影响叔侄之间的感情！”

柳开国这一顿数落，吓得他们几个人哑口无言。

在堂叔家碰壁后，柳松、柳仕武、柳仕状三个人一起望着柳仕泽。

柳仕泽笑了笑说：“兄弟们是不是想从我家打开一个突破口啊！”

柳松说：“你懂的。”

柳仕泽的父亲柳开明，是刚从乡长位置上退下来的干部。

柳仕泽用手抓着头说：“我这次抽调回来，父亲非常清楚回来做什么的，不过⋯⋯”

柳松（右一）与搬迁群众交谈

柳仕武说："别不过了，我们一起去你家吧！"

柳仕泽走至家门口，突然停了下来，转身说："你们在外面等我一会儿，我先进去探一探消息。"

不到三分钟，柳仕泽被母亲骂了出来。

"不搬！就是不搬！要搬你爸一个人搬，我坚决不搬！"柳仕泽的母亲车光辉很生气地说。

柳松、柳仕武、柳仕状三个人看着柳仕泽从家中走出来，摇了摇头。

柳仕泽做了一个鬼脸，无奈地说："我搞不定我妈。"

柳松说："这一个上午就碰了两回壁，怎么办呢？"

柳仕武说："都是硬角色，没有软肋哟！"

柳仕状说："要不要去老表车文贵家试试看。"

柳松说："我们打小一起长大，关系不错，可以试试。"

"好。去老表家试一试！"

兄弟四人一起来到了老表车文贵家。

车文贵见四个兄弟到来，十分高兴，急忙请他们在火塘边坐下，一人倒了一碗酒。几个老表开始聊天、喝酒，柳松看时机差不多了，就说："老表，我们今天其实不是来喝酒的，是来劝你搬家的。"

"讲搬家就不要来我家了。"车文贵一边说，一边站起来，气势汹汹地抢过柳松的酒碗。

"今天只管喝酒，不谈搬家。"柳仕泽急忙站起来打圆场。

"几个老表难得聚在一起，谈点高兴的事情。"柳仕武也站起来劝说。

"从现在起，哪个喊我搬家，我就撵哪个走。"车文贵坐下来，又给每人倒了一碗酒，满脸的不高兴。

虽然又一次碰壁，但大家还是选择继续，一起来到柳仕武的父亲柳开荣家。柳开荣是一个师范毕业生，是三宝乡少有的文化人，有主见，有个性，妻子王顺珍什么都听他的，家中大小事情也都是他做主。

"老爸，我们回来，主要工作是动员亲戚们搬家。"柳仕武说。

一听这话，柳开荣脸色瞬间变得铁青，站起来，顺手提起门背后的木棒，高高地举着，吼道："我还以为你们回家来看望老子，原来是喊老子搬家，都给我滚！"

"哪个喊你搬家嘛，我们来给你汇报回乡要做的事情。"柳仕武见状，急忙解释。

柳开荣口里念念有词，气冲冲地把木棒丢在堂屋里就出门了。

再一次碰壁。柳松、柳仕武、柳仕状、柳仕泽相互对笑，也跟在柳开荣的身后，走出了房间。

柳松说："兄弟们别泄气啊！易地搬迁工作没有这么简单的，咱们哥几个连自家的亲人工作都做不通了，政府抽调我们来做什么呢？"

柳仕武鼓着劲："对，好事多磨，坚持下去。"

柳仕状打着气："不气不馁！"

柳仕泽自我嘲弄着："开门做生意，总得开一个张的啊！"

柳松说："我们目标一致，但是方向有问题。"

三兄弟围过来问道："什么方向有问题，我们哪里错嘛！"

柳松卖起了关子不说话。

三兄弟急得连忙发问："老大，装什么清高。"

柳松笑了笑说："心急吃不了热豆腐，我们就是性子太急了。"

四兄弟在村子外转了一圈，坐在一株大松树下一边抽烟，一边乘凉。

夕阳的余晖染红了半座山，孩子们围着古树追着打闹，山村里鸡鸣狗吠的，很是热闹。

柳仕武知道，父亲特别爱看书，是一个嗜书如命的书虫。今天看到父亲弯着腰捡木棍时，背有点驼，柳仕武想起朱自清的《背影》。

记得，或记不得；说得，或说不得，父亲都在那里。那是一个我们一生下来就能看到的人，可是要真正读懂他，需要我们用掉一生的时间。

儿时读朱自清的《背影》时，没有什么感觉，为人父之后，才理解为什么偏偏是那样一个蹒跚的、略显笨拙的背影击中了自己的心呢？

柳仕武想：这期间的跨度刚好 100 年，100 年的人世沧桑，中国发生了翻天覆地的变化。但是《背影》却代表了千千万万个不善言辞的朴素而深厚的父亲形象，如果说母亲是我们随时可以避风的港湾，那么父亲则更像在我们出海的船，以把我们推向远方的方式，拥我们入怀。

父爱如山，比山更伟岸；父爱如海，比海更包容。不管父亲驼背与否，在自己的心中，父亲的形象一直是伟岸的、高大的。为什么这次回来，父亲一反常态呢？他左思右想不得其答案。

柳仕泽见柳仕武坐在旁边发呆，用胳膊顶了顶他说："叔叔，这几年老得很快。"

柳仕武说："这些年，因为忙对家里照顾较少。我们今天的谈话，有些过激了。"

柳仕状安慰着："仁武，慢慢来，叔叔是一个通情达理的人，他的思想早晚会通的。"

柳仕武用手指着旁边房子说："要不我们去王发珍嫂子家坐一坐，看看有什么路子没有呢？"

柳松说："好啊！可以去试一下。"

柳仕武、柳仕状的亲大哥柳仕龙，是柳家这一辈中的老大哥，大嫂叫王发珍，家中三个孩子都在上大学。

四人一起来到柳仕龙家。柳仕龙见柳松、柳仕武、柳仕状、柳仕泽几个兄弟一起过来，打心眼里高兴。除了过年，平常几个兄弟难得一聚，王发珍急忙把家里仅有的一碗花生米端来给他们下酒。喝着喝着，就自然聊到了搬家的事。

"我三个小孩都在读书，搬出去，若没有经济来源，拿什么供孩子读完大学？还有老家房子拆了，就没有退路。"柳仕龙担心地说。

"要搬你大哥搬，我不搬！你大哥要是真搬的话，我就和他离婚！"一听说搬家，王发珍脸上的笑容立即消失了，没好气地说道。

又是碰壁！四个人垂头丧气地从柳仕龙家中走出。连日来，他们在寨子里一家一家地走访，遇到的都是关门谢客，连一起长大的伙伴也不愿意见他们了。

碰壁！碰壁！碰壁！到处碰壁！怎么办？

柳松说："我们先在这里住下来，与亲朋好友同吃同住同劳动，像冷水煮青蛙一样慢慢把他们煮'熟'。"

柳仕泽答道："住下来我同意，要感化，很难！还是从自家人打开缺口。"

于是，四兄弟在三宝村长耕组住了下来。

不搬，就是不搬，再说母子断往来

三宝村长耕组的空气特别好，这里海拔在 1400 ~ 1800 米，是国家级非物质文化遗产"阿妹戚托"的发源地之一，森林覆盖率为 73%，绿色的天然氧吧！若不是因为山高水寒，地瘠人穷，党和政府是不会让祖祖辈辈住在这里的彝族、苗族人民搬出大山的。

柳仕泽回家与父亲柳开明住，柳仕武回家与父亲柳开荣住，柳仕状住到大哥柳仕龙家，柳松和柳仕泽一起住。

一天晚上，柳松与柳仕泽陪着柳开明在火塘边喝酒聊天，聊着聊着，柳开明就问："你们回来工作我很清楚，我也很支持你们，支持易地扶贫搬迁。我在三宝当乡长的时候也曾经想过，让大伙搬到好的地方去，可是那时只有生态移民搬迁项目，我们这里找不到适合的地方搬，也就没有办法了。现在好了，习近平总书记亲自抓脱贫攻坚，抓易地扶贫搬迁，能够搬到晴隆是多好的事情！只不过我们这些亲戚没有出去过，不了解外面的世界，总是认为这个地方好。"

"要不你带着我妈先搬？这样我们就好做其他人的工作了。"柳仕泽劝道。

柳开明向里屋努了努嘴，没有说话。柳仕泽站起来，穿过堂屋，到里屋门口喊："妈，出来和我们一起说说话嘛。"

"你们几爷崽喝酒，我就不凑热闹了。"

"有事情商量呢。"

"什么事情嘛？搬家的事情没商量！"

"妈，你是神仙啊！既然你都知道了，就快点出来嘛！"

"出来也不搬。"车光辉一边说一边坐到了火塘边。

"娃娃们的工作要支持。"柳开明说。

"他们一个两个在外面工作得好好的，跑回来做哪样？亲戚都被你们得罪完了，个个见着我像躲瘟神一样，跑得远远的！"

柳开明帮儿子说话："那是我们这些亲戚没有出过远门，不知道外面的世界有多好。"

车光辉没好气地说："你出过远门！你知道外面的好处！要搬你自己搬，我就是不同意搬！"

柳开明说："我跟你说，你去看看要搬的地方，说不定你也喜欢呢。"

"我们都是黄土埋到脖子上的人了，还去折腾干嘛？"车光辉起身进屋，"嘭"的一声把门关上了。

柳松与柳仕泽看着柳开明，柳开明抬起酒碗："温开水泡茶——慢慢来。"

于是三人继续喝酒。

"我们回来一个星期了，没有签订一家协议，心里着急啊！"柳松说。

"急有什么用啊？做老百姓的工作就得有耐心，要靠时间慢慢去磨。"

"你不带头，开国叔不和我们说话，亲戚们一个个都不见我们，你说我们咋个磨啊？"柳仕泽声音提高了八度。

"易地扶贫搬迁的确是好事情，我是坚决支持的。但你们也要晓得，你妈没有文化，我们这些亲戚多数也没有文化，没有文化的人都有小富即安的思想，他们都只能看到眼前的利益，没有敢干敢闯的精神，更没有创新精神。他们把土地看作是命根子，祖祖辈辈离不开土地。你要他搬家，就是离开土地，就是要他的命啊！谁会愿意？"柳开明语重心长地说。

"那就无招了？"柳松的语调也提高了。

"也不是无招，这招就在你婶娘身上。"

"我婶娘？你都搞不定，我们有什么办法呢？"

"这个事情交给我，今天晚上只管喝酒。"柳开明自信地说。

夜已经很深了，一壶酒已经见底，柳开明踉踉跄跄站起来，还要去倒酒。

"叔，休息吧！今天晚上已经喝得够多了。"柳松急忙站起来扶着柳开明。

"那就各自回房间睡觉。"柳开明举起右手挥了挥。

柳开明走到自己房间前，习惯地推门，门已被车光辉反锁了，怎么也推不开。

车光辉把门反锁了，结婚几十年，这是从未发生过的事情。为了搬迁，夫妻之间，母子之间搞得结怨，多么痛苦啊！

柳开明站在房门前一愣一愣的，带着酒劲狂叫："孩子他娘，你不开门，我睡哪里呢？""快开门啊！"

柳松怕叔叔用脚踢门，立即冲上去。柳仕泽急忙上前扶着柳开明说："爸，别喊了，今晚就和我们挤一下吧。"

柳开明双手一摊，头甩得跟拨浪鼓似的，叹了一口长气，说："唉，走吧，睡觉去。"

无招胜有招

柳仕武回家与父亲柳开荣住，柳仕状住到大哥柳仕龙家。

柳开荣见儿子柳仕武在三宝村长耕组住了下来不走了，脸上虽然不好看，但心里还是蛮高兴的，儿子大学毕业参加工作后就很少回家。有时候想儿子孙子回来，就让老伴打电话催促，儿子总是说工作忙，工作忙，等闲了就回家。没有想到等回来的是劝自己搬迁。

柳开荣在自留地转了一圈，看着几个小子，一直跟在他身后，不敢走近他。心想：老子还是有点威望的。然后，摘一把青菜便回到了家中。

晚上，柳仕武一直在房间里看书，时不时向坐在客厅的父亲望望。

父子俩心里都在想着对方，就是谁也不肯低头。

柳仕武的母亲王顺珍忙了半天，坐在屋外的台阶上，摇着蒲扇纳凉。

柳开荣叫了两声："孩子他妈，天黑了，你咋还不进屋啊？"

王顺珍是一个大大咧咧的性格开朗的女人，边走边说："你就看不得我坐一会儿，有啥事？"

柳开荣说："我跟儿子生气，你跟他生什么气，儿子大老远回来，你还真能饿着他？"

王顺珍说："还用你说，我亲儿子，我当然心疼！"于是转身去了厨房，下了一碗面条，上面还卧了两个荷包蛋。

对着房间喊："儿子出来吃面条了，你今天都忙一天了，不吃点东西怎么行。"

柳仕武看着面条对母亲说："怎么只有一碗，我爸不吃吗？"

柳开荣高声喊道："吃什么吃，气都气饱了，你自己吃吧！"

这时柳仕武的手机响了，是侄子车福生打来的电话。

车福生说："叔，你睡了吗？"

柳仕武说："没，这怎么睡得着，你有事吗？"

"你能不能出来一下？有事想和你商量。"

"啥事？这么神秘，说吧，去哪儿？"

"我在村口的井旁等您。"

柳仕武放下碗筷，只身走出了屋。

老远还听着王顺珍在喊："这孩子，怎么好好的，面条没吃完就走了呢？"

柳开荣见儿子大晚上的接一个电话便出去了，这黑灯瞎火的，又怕儿子有什么事情，也从躺椅上爬了起来，出门时，随手拿着一根木棍，跟着走了出去。

柳仕武只顾向村口水井赶，不知道父亲此刻也跟在身后。

车福生坐在井边一块青石上向柳仕武招手："仕武叔，我在这里呢？"

柳仕武边走边说："有什么事情，不能在电话里讲，搞得跟犯罪似的。"

车福生说："叔，我刚才跟我爸大吵一架。"

"你不是今天下午才从广州回来的吗？吵什么？"

"没错，我是下午到家的。您帮我分析分析，是我不对？还是我爸不对？"

柳仕武笑了笑说："你这小子几年不见，懂事多了。"

"那是啊，我谈恋爱了！"

"哦，真的长大了。女朋友是哪里人呢？"

"晴隆人啊！我们在广州打工认识的。"

"好事，喜事。"

"可是，我爸不同意。"

"你谈恋爱，你爸不同意？你慢点说，把我给搞糊涂了。"

"我女朋友是三宝乡隔壁的一个乡镇的，也是这次移民到阿妹戚托的，就是因为，她听说我也是易地搬迁到阿妹戚托，才同意嫁给我的。"

"下午我跟你柳松、仕武、仕状几个叔叔去你家做你爸的工作，希望你爸能够响应国家政策带头搬迁，结果他老人家把我们几个骂得狗血淋头。"

"就是因为，这个事情我才跟我父亲闹翻的。"

"福生，叔跟你说……"于是，柳仕武附在车福生耳边轻轻地说了几句话。

远处柳开荣靠在一株大树上，只是听到车福生的声音，但并不知三更半夜，他们俩说了什么事情，又怕回头被儿子发现他的跟踪。急着往回走，结果被一块大石头给绊倒了，不由自主发出几声："唉哟，唉哟！"

"谁呢？"柳仕武、车福生异口同声地说。

柳仕武拿着手机电筒光照了一下，一个老人倒在路旁。走近一看，柳仕武吓了一跳，心疼地说："爸，摔到哪里呢？"

车福生说："开荣爷爷，您怎么这么晚了还出来呢？"

"这，这儿，腰杆动不得了。"

"您躺着，别动。我马上打120。"

"打什么120？是不是想让村里人看我笑话，快扶我起来。"

柳仕武、车福生小心翼翼地把柳开荣扶到了家。

车福生走后，柳仕武用红花油给柳开荣揉了揉，然后又找来麝香膏药给他贴上。

柳开荣心想：儿子还是挺孝顺的，不是因为搬迁，儿子哪里有时间回来呢？他是退休教师，拿着国家的退休金，属于三宝乡少数的文化人，县城无论是医疗条件，还是其他方面，都比乡下好。就是同意搬迁，但他也不能当第一个啊！免得乡里乡亲说闲话。

柳开荣声调平和地说："孩子他妈，这腰经仕武这么一弄，好像不怎么疼了。"

"这是你儿媳前年去新加坡旅游买的红花油，儿子给你揉了大半瓶。你何苦呢？"

"你别在这里啰嗦了，儿子忙了半宿了，快让他去休息吧！"

柳仕武回到房间，刚上床，手机的信息提示音"叮咚"响了。

柳仕状发来短信："哥，你那边怎么样？"

柳仕武回复："正在努力中，或许会有转机！你的情况怎样？"

"这几日与哥嫂同吃同住同劳动，总算找到了问题的症结。"

"好事，看来我们离乡多年，并不了解他们的生活。"

"哥嫂最大的担忧是离开三宝乡后，没有了土地，他们拿什么供三个孩子上完大学。"

"中国的农民是有土地情结，你得想办法说服他们。"

"我晓得，哥，你早点休息。"

"晚安！"

……

那个晚上，三宝村长耕组不眠的并非只有柳仕武、柳仕状两人。

车文贵看车福生回家了，叼着根烟对他说："你这个臭小子，这么晚不睡觉，你干嘛去了啊！"

车福生怯怯地走到车文贵面前说："爸，我去找仕武叔了。"

"你没事找他干嘛？今天下午柳松带着他们几个人来我家劝我搬迁，被我撵走了。"

"我是去赔礼道歉的。"

"你怕是吃饱了撑着——没事干，找他们赔礼道歉，赔什么礼？道什么歉？"

"爸，我累了，不想跟您争了，您早点睡吧！"

车福生说后"砰"的一声关门进房了。

车文贵本想再说几句，但转念一想儿子大了，性格又像他比较倔强，再说，怕父子俩吵起来，会引起邻居说闲话。

随手从上衣口袋里摸出香烟，点燃一根，坐在屋里，吸了起来。一个人吐着烟圈，想着心事，车文贵的脑子里反复浮现几个字"搬"还是"不搬"呢？

再说柳开明、柳松和柳仕泽三个人挤在一张床上，却谁也睡不着，借着酒兴，接着聊整乡搬迁的事情。

"老爸，我倒是有个主意，应该行得通。"柳仕泽说。

"你说来听听。"柳开明说。

柳仕泽神神秘秘地说了他的具体步骤，三人都忍不住笑起来。

这边柳仕状正在做柳仕龙、王顺珍的工作。

柳仕状说："县城的条件好，国家体谅我们的难处，阿妹戚托就建在县城旁边，你们搬过去后，每家至少有一个人可以申请低保，嫂嫂可以去产业园工作，每个月 2000 ~ 3000 元工资，晚上还可以去跳阿妹戚托舞。"

"弟，你莫骗我们啊！"

"嫂子，我们是一家人，血浓于水。我骗你干嘛？"

柳仕龙说："顺珍，仕状是实在人，不会骗自家人的。"

"我去上班了，你哥做什么？一个大男人，总不能让我一个女人来养啊！"

"大哥还有园林栽培技术，去小镇做花卉护理每个月也有 2000 元收入，最重要的是老家这里的收入也不会少，依旧可以回来种薏仁米、天麻……家里收入变多了，更何况县城里各方面条件都不错，医疗技术先进，不过是换个住的地方而已。你们搬迁过去后就成了新市民，再也不是农村人了。将来三个侄儿成家，也有面子。"

柳仕状的一番开导过后，柳仕龙夫妇有点动心了。

说一千道一万，不如亲眼看一看

大清早，车文贵就起床了，他走近电视柜准备拿着牙膏牙刷去洗漱。发现电视柜旁边有一张照片，他随手拿了起来，瞳孔突然放大，像自言自语，又像是对这个美女说："这个女孩长的还蛮俊的。"

然后，脑门上充血一样，对着屋里大喊："福生，你出来。"

车福生正做着美梦，他梦见了自己牵着新娘子的手走进婚姻的殿堂，父亲这一声吆喝，把车福生吓醒了。

他推开房门走了出来，睡眼惺忪地说："爸，大清早，你喊什么啊！"

"这，这照片是哪儿来的呢？"

车福生理直气壮地回答："我的未婚妻啊！"

"你女朋友都没有找，哪来的未婚妻呢？你莫在外面打工跟人学坏了，你妈去世得早，我一个人把你拉扯大不容易……"车文贵唠唠叨叨的像一个婆娘一样说着没完。

车福生大喊道："爸，爸，你想太多了，真的是我女朋友，我们已经谈了一年多了，这次就是回来结婚的。"

车文贵一屁股坐在凳子上，两眼直翻白珠子。

车福生冲上去，用手掐了掐父亲的人中穴。

车文贵长叹一口气："唉哟！儿子啊，我家三代都是老老实实的农民。"

"爸，没有骗您，真是我的女朋友。"

原来老人，都有隔代情结，看着儿子已经长大成人，他早就想抱孙子了，但是三宝乡这个穷地方，哪里会有姑娘愿意嫁过来呢？

"女方是哪里人呢？"

"隔壁乡镇的，他们家也是晴隆的移民户，刚搬到阿妹戚托。"

车文贵试探地问："那要彩礼不？"

"咋能不要呢？"

"要多少呢？"

"估计没有十万八万不行。"车福生说后，暗自笑了，没有想到柳仕武给他出的这一招，还真管用。

"你跟女娃说清楚，我家没有什么钱，十万八万彩礼我也拿不出啊！"

"女方说了不要钱，他们家希望我们家带头搬去阿妹戚托，这几天我们就把婚礼办了。"

车文贵把烟灰抖了抖，站起来说："什么！你是要气死我阿！反正我家不搬迁，更加不可能做长耕组搬迁第一户！"

车福生说："我搬了家，就有婚房了，她愿意嫁给我，不搬迁，怎么结婚呢？"

车文贵一掌拍到桌上吼道："谁让你搬家的，搬走了我们吃什么？你爱结不结，随你！"

车福生顶撞道:"住在这里才会饿死,我妈死得早,从小我就跟着你,两个人一亩三分地,你知道我饿了多少餐吗?这些年,我们一家人过的是什么生活?我命苦,从小就是个没妈疼,没娘爱的孩子,你拉扯我长大,我也是为了让你过得好一点我才去广州打工,我现在工作稳定,马上就可以娶妻生子,你为什么不愿意和我一起住到县城去,我知道反正你也不在乎我这个儿子。"

车文贵第一次听见儿子这么对他说话,懵了,半晌才对儿子说:"你女朋友真是这么说的吗?"

车福生弱弱地说:"她都把我介绍给她们家的亲戚朋友了,我当着她爸妈的面拍着胸脯保证,我们一定会搬到县城来,跟你们家一起住新房子的……"

车文贵摇了摇头说:"唉,臭小子。罢了,罢了,自从你妈去世后,家里就没过过一天喜庆的日子,也让你跟我穷了大半辈子,我做爹的不能继续耽误你,明天你骑摩托车带我去那个什么阿妹……镇看看。"

车福生更正说:"阿妹戚托。"

"就你能耐。明天就去阿妹戚托。"

"真的?爸你真的愿意搬迁?不对,为什么要坐摩托车,多冷啊,我明天租一辆车,我们坐车去县城。"

"我只是同意去看看,这事还能大张旗鼓?我可不愿意乡亲们看我家的笑话。"

"行行行!都听您的,但是明天你可要多穿点衣服!"

鸡叫第二遍的时候,车福生就载着车文贵去晴隆,山路滑得很,车福生双手紧紧握着摩托车把手,慢慢往前开,车文贵靠在儿子肩上,全神贯注地看着前方，一句话也不说。

到了晴隆街上，车福生把车停下来，扭头望着父亲，说："到晴隆了，现在我们去阿妹戚托！"

车福生载着车文贵向阿妹戚托驶去。此时的车福生心情特别好，他脑海里浮现出那个女孩的甜甜的笑容……到了阿妹戚托，车文贵笑了，穿梭在小镇里，越走越兴奋说道："儿子，这里好呀，你女朋友今天能见着吗？"

"好啊，我联系一下她。"

"儿子，她不会有意见吧！"

"她说只要您同意搬，我们明天就去领证，后天就办酒！"

"好，就是为了你能够娶到媳妇，你爸我也要搬啊！"

在阿妹戚托街道上，车文贵父子碰到了柳开明、柳松和柳仕泽三人。

车福生老远就喊："开明爷爷，你们也来看新房了。"

柳开明说："听柳松说，小镇建设得不错，过来一看，果然名不虚传。"

柳松说："我与仕泽特意陪老爷子来的，你们来得还挺早的。"

车福生说："碰上你们真好，我过几天就要结婚了。"

柳仕泽说："恭喜，恭喜，女方哪里人？"

"晴隆人，也是移民户，她们家刚搬到阿妹戚托。"

车文贵说："开明叔，柳松、仕泽兄弟，请你们一起来喝杯酒。"

柳松说："日子选好了？"

车福生一时为难，望着父亲。

车文贵说："我刚才在来的路上掐指算了一下，后天是一个好日子，就定后天。"

柳仕泽说："地点定了没有？"

车福生说："还没有？我们想搞一个简单的婚礼。"

柳松说："你们到那边的公园坐一下，我去打一个电话。"

一场特殊的婚礼

一刻钟后，柳松高兴地扬了扬手机，快步走了过来，向大家报告一个喜讯。

车福生急不可待，催促着："柳松叔，什么好消息?"

"一个特大喜讯要送给你们。"

柳开明说："柳松，你先别说，让我猜一猜，看我猜得准不？"

车文贵、车福生、柳仕泽满脸疑惑地望着柳开明。

柳开明说："一定是跟福生的结婚有关吧？"

柳松说："文贵老表答应搬迁的事情，我向副县长兼三宝乡的党委书记贺伯果汇报了，福生结婚的事情我向县委常委、副县长兼移民局局长封汪鑫汇报了，两位副县级领导答应了我的请求。福生侄子的新婚典礼由中天酒店免费提供场地，并邀请最专业的主持人主持婚礼。"

柳开明、车文贵、柳仕泽一起鼓掌。

车福生弯腰向柳松鞠了一躬："谢谢，谢谢开明爷爷；谢谢柳松叔叔、仕泽叔叔。真的太谢谢你们了！"

柳松望着车文贵，并使了一下眼色。

车文贵说："开明叔，您是三宝乡的老乡长，福生结婚我想请您当证婚人。"

柳开明说："一是搬迁，二是儿子结婚，双喜临门，这个证婚人我接受邀请。"

那天晚上，柳松留柳开明父子在他家过夜。第二天，柳松和柳仕泽又陪着柳开明在阿妹戚托转了转。

柳松说："开明叔，小镇修建的时候，征求了彝族、苗族学会和寨老们的意见，你看，全部是按照彝族与苗族的住宿习惯来设计和修建的。"

柳开明说："这房子建得好，跟电视上那些有钱人住的别墅一样，能够住在这里当然好。"

中午时，车光辉见老伴柳开明出去了一天一夜，还没有回来，便跟儿子柳仕泽打了电话。

柳仕泽说："明天车文贵老表的儿子福生结婚，爸爸这几天就住县城了，您还是过来陪爸爸。这几天车文贵父子一直在忙，让我告诉您一声。"

车光辉说："福生结婚我做姑姑的一定来，但是搬迁的事别提！"

柳仕泽说："您先过来看看嘛，爸爸可是证婚人呢。"

11 点 48 分，中天酒店门前大红囍字挂在婚宴大厅的正中间。大红的花朵彩虹桥摆在酒席的两旁，大厅金碧辉煌，华丽的灯光照射在婚礼现场，把地板照得熠熠生辉。门外前来参加婚礼的嘉宾络绎不绝，参加这次婚宴的有封汪鑫、贺伯果两位副县长，还特邀了几名贵宾：贵州建工集团八公司的陶光明总经理、重庆设计院的马飞院长等。

婚礼正式开始了，新娘挽着新郎的手踩着欢快的音乐走进现场。

主持人说完开场白后把话筒交给了证婚人柳开明。

柳开明说："我是车福生的爷爷，特意从三宝乡赶过来参加福生的婚礼的。"

"今天是一个好日子，首先，非常感谢中天酒店为这对新人免费提供

了婚庆服务，也感谢各位嘉宾的光临，让我们共同见证一对新人步入婚姻的殿堂！"

"下面，我要对新郎新娘说两句话，12个字，非常好记。记住了，会受用一生。"

"第一句，今天之后，你们就长大了，夫妻之间要：爱慕，理解，包容。"

"一对夫妻做到这6个字不容易。检验的标准是时间，几十年后，还能不能做到，不乱于心，不困于情。爱你如初，疼你入骨？只有不忘初心，不负韶华，相互理解，彼此包容，才能暮雪白头！"

"第二句，为人处世也是6个字：孝顺，勤俭，积善。"

"忠孝大于天，父母辛辛苦苦把你们养大，抚养成人不容易，孝心无价，不能等待。勤俭是美德，要勤俭养德，勤俭持家。积善人家，富贵有余。"

"为人要善良，要有悲悯情怀，这是祖宗留下的祖训，是中华民族有别于世界民族的精髓。"

"让我们共同举杯，祝贺这对新人：新婚快乐，多生贵子，事业有成，白头偕老！也祝大家身体健康，家庭幸福，财源滚滚，心想事成！"

主持人从柳开明手中接过话筒说："福生的爷爷柳开明老人，曾是三宝乡的老乡长，为三宝的建设与发展贡献了自己的一生。但是，他在退休前有一个遗憾，这个遗憾是什么呢？下面我们请晴隆县县委常委、副县长兼移民局局长封汪鑫来回答。"

封汪鑫说："三宝乡整乡易地搬迁是晴隆县的一件大事；阿妹戚托特色小镇的建设能够如期竣工，得到了陶光明总经理、马飞院长的鼎力支持和各兄弟单位的厚爱。在此，我代表建设指挥部感谢大家。"

封汪鑫向大家鞠了一躬，然后说："这是一个双喜临门的好日子，祝贺你们成为阿妹戚托新市民，祝愿你们新婚快乐，喜得贵子。"封汪鑫把话筒交给了主持人。

主持人说："大喜的日子必须有歌舞，下面请各位嘉宾欣赏，阿妹戚托舞。由阿妹戚托第四代传人——文安梅领舞。这是三宝人跳的原生态舞蹈，该舞在国内比赛中多次获大奖，并于 2014 年 8 月列入第四批国家级非物质文化遗产项目名录，如今已成为晴隆向外界宣传和推介的一张文化名片。"

16 名彝族少女跳起热情洋溢的阿妹戚托舞蹈。舞蹈整齐划一、自然流畅，独具地方民族特色的阿妹戚托舞蹈，宾客们看后热烈鼓起了掌。

主持人说："谢谢你们的掌声，我们把高潮交给晴隆县副县长兼三宝乡党委书记贺伯果，大家欢迎。"

贺伯果说："热烈的掌声代表着大家'挪穷窝、斩穷根'的迫切要求与强烈渴望。易地扶贫搬迁无非就是指两个方面，一是建；二是搬。习近平总书记说，一方水土养不活一方人的地方，要搬出来，让他们到有利于发展的地方发展。2016 年 8 月，三宝乡打响了一场易地搬迁扶贫的战役。故土难离，整乡搬迁谈何容易。动员工作一开始，就阻力重重。我们成立了十几个动员搬迁工作队，车文贵能够成为阿妹戚托第一个签约户的经验是值得宣传与推广的，这是我们的初衷。车福生能够在这么好的地方举行结婚典礼是幸运的，祝你们新婚快乐，百头偕老。下面我要宣布一个好消息，我们的老乡长柳开明已经签下了第二份协议，在此，我相信，会有更多的搬迁户加入阿妹戚托。预祝我们三宝乡整乡搬迁工作取得圆满成功！谢谢大家！"

三天后，柳仕龙向弟弟柳仕状要了一份搬迁合同，他高高兴兴地签了约。

软磨硬泡　死缠烂打

柳仕武参加完车福生的婚礼回到家后，见父亲柳开荣已经睡了，他就把一本资料"落"在了电视机旁边的遥控器上，把遥控器全盖住了。他知道，父亲每天早晨起来的第一件事情，就是打开电视机。

果然，柳开荣清晨起来就去开电视机，他看到了厚厚的一本资料，便随手翻看。他被资料上的一张彩色照片吸引了，那就是阿妹戚托。他端详着相片，心潮澎湃。他继续翻阅，搬迁政策历历在目，内心再也不能平静了。他推开柳仕武的房间门。

柳仕武知道火候到了，就装着呼呼大睡。柳开荣又把门拉上，随即又推开，就这样反复几次，也不见柳仕武醒来，便直接走进去，推了柳仕武几把。柳仕武才揉着眼睛坐起来："老爸，你这是咋个了？大清早的。"

"我问你，你这资料上说的都是真的？"

"那些都是党的政策，哪会是假的啊？"

"这些照片拍的是哪里？"

"这就是阿妹戚托，就是三宝搬迁的地方。"

"漂亮呢。"

"现在知道漂亮也不晚。"

"你起来，带我去看看。"

"你早就该去看看喽，昨天幺叔和幺婶娘都签字了。"

柳仕武起来，急忙给柳仕泽打电话，叫他把车开过来。

在阿妹戚托，他们与车文贵相遇了。

"大舅，你也想搬家了？"

"过来看看再说嘛。"

"哎哟，开荣兄弟也来了，你们早就应该来了，去我家坐坐，就在前面一点点。"已经搬到这里来的本村三宝组的甘兴城远远地就和他们打招呼。

"甘大哥，搬到这来感觉怎么样？"

"我给你说，好得很。去我家，我给你慢慢说。"

"我们就不去了，你说好就肯定好，我还是回去把协议签了，搬过来和你打堆，天天都可以在一起玩呢。"

僵局终于打破。过程虽然辛苦，结果还是让柳家四兄弟兴奋不已。他们厚着脸皮，锲而不舍地与亲戚们交流，取得了成功。

渐渐地，有的亲戚跑到柳开明家来询问，有的要求去阿妹戚托看看。只要是去看的，柳仕泽都开车带去，看环境，看房子。那段时间，是他们四兄弟最忙的时候，也是最快乐的时候。

到 2019 年 6 月，柳氏四兄弟在长耕组 10 户直系亲属和全乡 33 户亲戚全部入住阿妹戚托，带动长耕组其他 27 户全部搬迁入住。

搬迁告一段落，柳仕泽和柳仕状回到原单位；柳松和柳仕武继续留下来做后续工作。柳氏兄弟用真诚感化亲情，在阿妹戚托小镇传为佳话。

文家三姐弟　带着乡亲前行

在三宝街道新宝社区有一家人声名鹊起，他们是文家三姐弟：文森、文雯、文瑜。文家的故事，还得从三年前说起。

使命召唤

2017 年 11 月 28 日，晴隆县召开三宝乡易地搬迁工作动员大会，文家三姐弟都是被请回来做搬迁动员工作的。县委书记张国志在动员会上说："三宝乡易地扶贫整乡搬迁将于今日启动了，我们从全县抽调 55 名干部和从外县抽调 20 余名三宝籍干部，肩负着重大的神圣使命。按照省委安九熊副秘书长的指示，抓住返乡群众回家过年的机遇，晓之以理，动之以情，做好深入细致的工作。"张书记的话慷慨激昂，令人振奋。

文森（左一）、文雯（右二）、文瑜（右一）在大姐新房会后，副县长兼三宝乡党委书记龙汉勇对文家三姐弟说："把你们抽回来搞搬迁，群众工作不好做啊！要有受得了气、耐得了烦、挨得了骂的思想准备。"

文森说："龙县，请您放心，为了三宝群众拔穷根、换新颜。天下无难事，只怕有心人。"

"但还是要按照我们订的'小手牵大手、干部亲人带头搬和先搬带后搬'三个原则办事。"

文家姐弟谨记龙副县长的叮嘱。动员工作，先从自家亲人做起。原本以为，他们的回乡与亲戚会好沟通交流，真正谈起来，才发现自己错了，想法是那么理所当然。

1985年6月，文森出生于三宝乡三宝村三宝组，2011年7月从黔西南州民族师范学院毕业，干过记者和老师，对整个贵州和晴隆地区的时政、经济、教育和社会等方面都有深入的了解。1992年9月，因父亲从三宝乡调到鸡场镇工作，文森便开始离开三宝随父亲四处辗转，一家人很少回到三宝乡。

2017年11月，为了响应国家号召，文森以三宝籍干部的身份被抽调回三宝乡参与搬迁动员工作。多年的辗转生活造就了他独立思考的性格。回乡之后，看到亲人依然贫穷，心生感慨，更加坚定了易地脱贫搬迁工作的决心。

2018年8月，文森被任命为三宝乡三宝村党支部书记。这突如其来的任命，让他惊喜又惶恐。

对于动员群众搬迁，三宝乡的干部说："难！非常难！在开展整乡搬

迁的调研时，很多群众是愿意的。但是，想搬和要搬却是两回事。"所以，这些干部一直在"想搬和要搬"之中寻找答案，文家三姐弟也不例外。

文森说："历朝历代以来，中国农民跟土地息息相关，勤劳勇敢，热情淳朴，自强不息，这是一种农耕精神。身为土生土长的三宝人，他真切地感受过这种农耕精神，也能理解农民对土地的眷恋、不舍与热爱。虽然大家都过怕了以前的苦日子，想要走出去、对搬出去有期待，但是真正要搬迁时，又不免产生了许多畏难情绪。"

事实上，改革开放后，三宝乡的年轻人都去城里打工了，留守在村子里的老人们依旧窝在自己的田地里，日出而作，日落而息，舍不得离开这片土地。由于教育、医疗、养老等多方面的压力，三宝村大部分家庭经济来源早已不再依靠农业收入了，但各家各户的地却没有一片荒废，依然荡漾着浓浓的乡村气息。春天有绿油油的小苗，夏天有粗壮的枝干，秋天有沉甸甸的果实，冬天有干净的白雪，四季的景色总能在这片土地里得以呈现。

上初中之前，学业也没有那么繁忙，生活节奏也很慢，跟他们童年打交道的，除了学校里的小伙伴就是田地里的庄稼和漫山的牛羊。记忆中，童年的夏季天气特别热，没有空调，只有两毛钱一袋的小冰水。炎炎烈日下，他们姐弟几个经常给地里耕作的爸爸送饭，也会爬在耕牛后面的木齿磨上磨疙瘩，给玉米苗和土豆苗除虫施肥。直到现在，离开田地生活已经二十多年了，他对地里的庄稼依然了如指掌。每逢庄稼成熟的时候，村头村尾的人总会聚在打谷场上谈论着谁家的玉米长得好，谁家的土豆剖得多，谁的薏仁米打得多，这种声音远远比城市车水马龙的喧腾更具温情。

由于漫长的历史和闭塞的环境等多种原因，三宝群众的内心深处早就植入了故土难离的观念。让他们举家搬迁离开深山，离开他们祖祖辈辈生活的地方的确不是一件容易的事情。身为农村人，如果让他们离开土地，他们会慌了神，觉得生活空虚无比，哪怕这片土地一年的收成比不上在外打工一个月挣的工资。这大概就是三宝人对土地的依赖，更是对土地的一种深厚感情。

首战失败

据悉：三宝乡的整乡搬迁，大多数基层干部的动员对象都是从老家的亲戚和寨邻开始的，文森也不例外。一开始文森的担心并不多，觉得亲人与朋友间的交流沟通会比较顺畅，只要有人愿意搬进新家，他们就会体验到不同于以往的生活和社区服务等多种便利，从而便可以带动更多的村民搬出来。理想是美好的，等到真正实践起来，文森才发现，只不过是自己一厢情愿罢了。

第一站，文森来到了自己幺奶奶家，王兴会是文森的幺奶，平日里王兴会也常常念叨文森这孩子乖，有出息有孝心，逢年过节都会回来看她。

文森去的那天，特意买了两盒礼物，王兴会见孙子回来看她，百般高兴。坐下来家长里短的唠了半天话，文森七拐八转地说："幺奶，你看这个房子都几十年了，下雨可能也会漏雨，冬天快到了，这些板壁也会漏风吧！"

"谁说不是啊，你幺叔出去打工了，等他回来了，我就给他说，让他多挣点钱来把房子翻盖一下，现在政策又好，盖房子国家还有补助。"

"幺奶啊，我倒有个想法，不如搬到阿妹戚托去，那里……"

"不搬！"文森话没有说完，王兴会脸色一变，说话语气也提高了，几乎是吼出来的。

首战失败，文森被赶出了幺奶奶的家。

文森没有气馁，骑着摩托在回乡政府的路上。心想：农民对土地的感情不是一朝一夕的。从呱呱坠地落下户口那天起，你就是村里的小社员了。村里会根据先后顺序给你划分出属于你的那一亩三分地。但对于像幺奶奶那样，60岁以上的人群，他们虽说地不是很多，但不种地又没别的收入。打工吧，一是没技术，二是年纪大了没人用。但总得生活啊，所以做好老本行把地种好也是上策。

不管怎么说，有地种就有粮食吃。一年还剩个仨瓜俩枣，省吃俭用也行了，这部分人更是断断舍不得放弃土地的。

但是，三宝这个地方山高水寒，土地贫瘠，不拔穷根，群众怎么奔小康呢？让老百姓脱贫致富，这是国策，自己受点委屈又算得了什么呢？

文森边骑边想，摇了摇头，竟然独自笑了，工作得慢慢做，得有婆婆心。他只好把幺奶奶王兴会放一边。下一家去哪里呢？下一家还得去亲戚家啊！他想到了姑妈家，姑妈和表弟都是通情达理的人，应该马到成功。

姑妈家住得偏僻，文森骑摩托到离姑妈家最近的地方，放好摩托，又走了十多分钟山路，才到姑妈家门口。

姑妈和表弟柳华见到文森来串门都很亲切。柳华急忙抬来板凳，请文森坐。文森坐下，姑妈埋怨道："听说你们几姊妹都回来了，也不见你家两个姐姐来看我。"

"本来她们要和我一起来的，有其他事情，今天没有来，改天一定来看您。"

"有其他事情？是不是又叫这些亲戚搬家啊！"

"哈哈，姑妈成神仙了，什么都瞒不过您。"

"看着你这些娃儿长大，哪能不晓得你们那点心思？不好好工作，一天到晚跑来跑去的，瞎折腾。"

"姑妈，哪里是瞎折腾啊？这是国家的好政策，您想想，你们小时候，爷爷不是带着你们到处去看地，想搬离这个地方吗？"

"那时条件不好，现在公路也通了，种的粮食也够吃。还去瞎折腾哪样？那个家好搬得很啰？"

性子耿直的柳华站起来指着文森说："表哥，你们一直让我们搬到晴隆去，搬到晴隆有土地种吗？能养牲畜吗？"一连问了几个问题，然后丢下一句话："我爸爸妈妈视土地如命根子，我们都不愿意住城里去，也不想拆掉老家的房子。"柳华说完，冷漠地走出了家门。

姑妈喃喃自语：土地也真是个好东西，种啥长啥。像个听话的孩子，年年摆弄。变戏法一样，种瓜得瓜种豆得豆。

文森喜欢写诗，他知道农民对土地感情深。

在广袤无垠的田野上，在崎岖的山梁上，有多少农民，头顶烈日，挥汗如雨，不知疲惫地劳作。土地就像一个至亲至爱的母亲，把那种朴素的情感，化作肥沃的养分，源源不断地输送给庄禾，在雨水中"咔咔"拔节生长，在烈日下抽穗灌浆，金色的麦浪，在和风中快乐的舞蹈，秋风送爽，稻香飘满了，炊烟袅袅的村庄，那些在土地上劳作的农民呀，黝黑的脸上，闪烁着憨厚的微笑……

诗人艾青说：为什么我的眼里常含着泪水，因为我对这土地爱得深沉……那时他只是简单明了艾青的爱，浅浅明白他爱的深沉，不曾感受土地给予他骨髓里的热情。

土地，在城市人的世界里是一种想象美。土地，在庄稼人的世界里是一种成熟美。土地，在写作人的世界里是一种自然美。土地，在真实人的世界里是一种生活美，土地，无论怎样都很美……

当自己亲身触摸和感受，忽然悟到土地是神奇的，是自然的恩赐，有着热情与深邃。那一番狂热的爱，那一样深沉的爱，应是人间的另一种情怀……

文森望柳华远去的背影，直摇头……

越挫越勇

次战再败，文森抠着脑壳反思，问题出在哪里呢？当晚，文森倒在床上，翻去覆来睡不着。

农民最大的乐趣，就是源于脚下这片土地上春种秋收。农民和土地，如同鱼和水的关系。在历朝历代中，农民始终把土地当成自己的生命。农民为了土地，不惜一切代价，去争取去付出。土地的贫瘠和肥沃，直接关系到农民的命运。农民拥有土地的多少，也是衡量一个农民家庭财富多少的一个标尺。

农民失去土地，就像秧苗失去根基，失去生命活力。

如果让他们离开生他养他的故土，去城里生活。他们会对未来感到害怕和恐惧的。为了打消搬迁群众的疑虑和恐惧心理，他决定找一家最靠谱的人家，打开被动局面。于是，他把目标定到三叔高荣平家。前两年，听高荣平说要去县城买房，方便孩子们读书。后来，因为家人在外遇到车祸，人生地不熟，又没有文化，没有得到应得的赔偿。住院治疗期间，把"家底"

都花完了，才没能在城里买房。文森想，高荣平一定会同意的。

吃过早饭，文森来到了高荣平的家，坐下就说明来意："叔叔，今天就是来和您商量一件事情的。"

"是不是搬家的事情啊？"

"叔叔神算啊！我还没有说您就猜到了！"

"谁不知道，这几天，多少人轮番来我家轰炸，哪个来不是说搬家的事情。"

文森也不解释，直奔主题："两年前，您就想在晴隆买房子，现在搬迁国家给你的房子相当于是白送的，你不花一分钱就能住到县城，弟弟妹妹读书更方便了。"

"侄儿啊，我自己在城里买房，老家也有房子，想住哪边就住哪边。如果和你们搬迁到晴隆，老家房子被拆除了，以后回来时，连个住的地方都没有了，我家不搬，你走人。"

文森无奈，只好乖乖地离开三叔的家。

他的信心彻底受挫，自信也有些打折扣了。

土生土长的文森始终认为，三宝群众只有搬出去，才能从根本上挪穷窝、拔穷根，阻断贫困代际传播。今天才明白，面朝黄土背朝天的农民，对于故乡来说，穷也好，富也罢，都是命，祖祖辈辈就是这么过来的，故土难离的观念根深蒂固到三宝乡的每一个人，尤其是上了岁数的老年人。

文森回到兴义市家里，向父亲讨教工作方法。父亲曾任三宝乡的乡长，在乡里威望极高。

父亲说："信心比什么都重要，做工作不能遇到挫折就打退堂鼓，男人任何时候都是压不垮的脊梁。"

"去了一个月了，工作一点进展都没有，连姑妈都疏远我了，我也真着急。"文森向父亲倒着苦水。

父亲边倒茶边提醒他："你回去找你甘兴城外公，我最了解他，他年轻的时候去广西、云南、四川闯过，也看过许多地方，就想从三宝搬迁出去，他应该会同意的。"

"我都去过，沾亲带故的我都去过了，都不同意。"

"甘兴城怎么说？"

"没有说具体的，就是两个字'不搬'。"

"你去给他说，就说我劝他搬，如果他再不搬，我就回去动员他搬。"

文森高兴地来到甘兴城家。

"你这个娃娃，怎么又来了？"还没有坐下，甘兴城就有些不耐烦地说。

"这是我老爸给你的两瓶酒，他让我给您送来。"

"你老爸怎么不来看我？叫你送来？"

"他在家给我招呼娃娃，要不然就来了。"

"兴义来一趟也不容易，还是叫他别来了。他做心脏手术都有 8 年了吧？"

"是啊，已经 8 年了，不过身体还算可以的。他也时常念到您，也想来看您，只是他的身体来这里怕是吃不消。您要是搬到晴隆就方便了嘛，晴隆去兴义一个小时就到了。"

"不搬。"

"我老爸说，你年轻的时候就想搬家，可是没有搬成，现在机会来了，你又不搬了，是不是人老了，思想顽固了喽。"

"你老爸给你说没有？我是搬家好还是不搬好？"

"我老爸说，让你搬，你再不搬，他就来和你说。"

"他真的这样说了？"

"真的。"

"你老爸对我最好，很孝顺我，他在乡里面工作，在这里已经是'大官'了，还经常来看我。我虽然不是你的亲外公，但是你外公在世的时候，我和他感情最好，就像亲兄弟一样。你还不晓得吧，我现在的房子的地基还是你外公的呢。"

"那你愿意搬了？"文森有些激动了。

"你老爸劝我搬我就搬，他来晴隆看我也方便，我倒是去不了兴义看他了，晕车，恼火得很。"

终于有了突破，文森那种喜悦溢于言表，三步两作揖向外公鞠躬辞行。

甘兴城老人搬家的那天早上，文森特别兴奋。起床后，到卫生院买了两支晕车药水和一瓶葡萄糖，勾兑好便开车到三宝组甘兴城老人的家里，给他喝了一半，帮助他把头一天打包好的生活用品抬到车上，带他搬新家。

甘兴城老人晕车严重，走在泥泞的道路上，不时要停下来歇息一下，一路呕吐使老人精神状态十分差，到达阿妹戚托时，老人路都走不动了，文森一边把大包小件拿到他的新房里，一边观察他的状况。扶他到新家里的沙发上躺下，上街买了一碗羊肉粉，老人实在吃不下，便帮着把带来的东西整理好，铺好床了才回到晴隆住处休息。

傍晚，文森心里放不下老人，又去看了他。老人在二中读书的外孙也陪伴着他，听说吃了点粉。看着老人精神有所舒缓，文森就教他怎么使用卫生间和厨房，与老人聊了一会儿天，才回去歇息。

次日一早，文森便接到老人的电话，说是他装有重要物件的一个袋子找不见了，问落在他车上没有。文森赶紧下楼去车上找，没有找到。怕老人担心，他又快速赶到老人家里，问他昨晚重新整理过东西没有，老人说没有。文森心想所有的东西都搬下车了，是不是自己疏忽把东西弄掉在楼下，被别人捡去了？文森忽然想到，昨天来的时候不是给文大伯捎带了几个袋子吗？难道遗落在他家？但是，打电话问文大伯，文大那个袋子里装的是老人的各种证件。如果真把老人东西弄丢了，那就无地自容啊，是老人对他信任，才同意搬家的。

文森暗下决心，一定要找回来。于是他再次从卧室一样一样地翻找着，还是找不到。焦急中，文森的目光定在了饭桌上。昨天不是把带来的电饭锅和一桶油放在桌上的吗？怎么不见了？难道别人动过？

大脑在快速转动着。突然，一个机灵，他快步走进厨房，打开橱柜，一个浅绿色的布袋就在柜子里。拿出来打开，户口簿、身份证……

老人激动地说道："就是这个，就是这个。奇怪了，我都没有动过，怎么会在柜子里。"

袋子找到了，文森揪着的心也终于放下了。

成效显著

晴隆县县委常委、副县长兼移民局局长封汪鑫找到文森，安排他担任一个赴外组的组长，让他带一个小组把外出务工的老乡请回来搬家。

2017年12月4日，他们出发了，同时出发的还有4个工作组，分别奔赴海南、浙江、广东、福建等地，文森带的小组是赴海南三亚。小组有4名成员，出发前文森拿着统计好的在三亚务工群众名单，组织召开了第一次会议。研究方法，制定路线，按照族别和亲疏关系，采取专人专户对接。

到三亚时已是晚上。他们在机场附近找了一家宾馆住下。随后电话联系二哥王天胜，约好次日见面。王天胜猜到他们是为搬迁做动员工作而来的，第二天王天胜如约而至，寒暄了一会儿，便接他们4人到他的杧果园做客，还主动把附近的7户乡亲叫了过来。

为了避免误解，文森首先表达了来意，说明动员的目的。然后开玩笑说："动员是我们的义务，不能说你们现在没有想通就不欢迎，等想清楚想明白了再回晴隆也不晚啊。"

每次交谈文森都用简单而诙谐的开场白，让气氛由低沉转为和谐。

在海南，三宝群众主要从事杧果工，所在杧果园较偏僻，离村镇最远处有30公里，近则7～8公里。整整半个月，小组每天早上打三轮车一村一寨地找，到达目标地周围，然后再走小道，穿越杧果林区，没人领路时就像无头苍蝇四处乱撞。不便的是晚上的归途无车可搭，只能打着电筒走3～4小时回到宾馆。

每到一处，他们都会把国家的易地扶贫搬迁政策做好宣传，为群众算好经济账，算好未来账；向他们讲述阿妹戚托的房屋设计、环境规划、发展前景等等。

大多数老乡听得进去，都热情招待他们，也有几户躲着不见，三宝组的王开友最为典型。当得知文森一行到三亚后，便告诉其他人不得把他的联系电话给文森，也不允许任何人告诉文森他住的地方，甚至还说了一些伤感情的话。

海南之行，虽未签一户协议，但为后来的工作打开了一片天空。

回到晴隆后，每当文森回忆起这段往事时，总会笑着聊以自慰："有些群众文化不高，说我们找人就像搞传销的一样，四处乱窜、瞎打听……"

文森没有失去信心，他给队友说："我们继续与他们电话联系，当好婆婆嘴，时间长了，他们就会被感动，我坚信他们会回老家搬家的！"

不出意料，海南务工的人回来过年时，很多都已选房入住；王开友也搬了，还带着二弟一家一起搬迁了；幺奶王兴会家、姑妈家也搬迁了；三叔高荣平家也搬了，住着新房子，感觉舒服多了。

2019 年春节，高荣平专门打电话告诉文森，他发动的三家也搬来了。

文森的二姐文雯说起搬迁，一肚子辛酸委屈仍写在脸上：搬迁动员工作开始时，不管走到哪家，总是碰壁。哪怕他们的出生地三宝组和她"包保"的长耕组，亲戚们对她也不欢迎。

文雯是三宝长大的，知道三宝是一个极贫的乡镇，只有通过搬迁才能奔小康。因此，她下定决心，不怕碰壁，勇往直前！

三宝乡易地搬迁最初动员时，文雯就出现在浩浩荡荡的动员队伍中，她不顾山高路远，直奔田间地头，走村串户，入群众家里，宣传政策，展望未来的生活，从子女就学、老人抚养、看病、医疗保障等方方面面替群众算好每一笔账，这是大多数人家考虑搬迁的主要因素。搬到新家如何生活？是群众搬迁的一个很大的顾虑。群众怕搬迁进城，无地无钱没法生活，文雯就从低保的提升和就业安排做了一遍遍的解释。

车光权家是文雯的"包保户"之一，文雯也不知道自己去了车光权家多少次，每次去车光权都是拿话搪塞她，说："让我再考虑考虑吧！"

那天，阳光出奇的好，文雯与队友又一次来到车光权家。

"舅舅，你考虑得怎么样了？"文雯直截了当地问。

"你们也知道，我家娃娃一个在贵阳上大学，一个在晴隆读书，家里困难得很。暂时不去了，等娃娃们读书出来，再说吧。"

"你们一家搬到阿妹戚托，表弟读书也近，还可以天天回家呢。"

"现在学校都是封闭式的，哪里能够天天回家啊？"

"周末他们回家也方便嘛。"

"姑娘，我给你说，我没有文化，在外做不了工，挣不了钱；搬迁去了，就没办法让娃娃读书了。"

"就是担心没有钱供娃娃读书才不愿意搬家？"

"像我们这个年纪的人，主要还是为娃娃着想。"

"你这样考虑就对了，不过你不用担心供不起娃娃读书的事情，你搬家过去，政府就安排你们工作，每个月都有稳定的收入，比你种地强嘛。"

"说是安排工作，我听说有的搬去几个月了还不是没有得到安排。"

拉了半天家常，车光权还是不表态搬家。不过文雯心里已经有数，走在回乡政府的路上脚步也就轻盈起来。

回到乡里，文雯就推荐车光权的爱人到食堂煮饭，一个月2000块钱。车光权后顾之忧解决了，一家人高高兴兴地把家搬了。

文瑜是文森的四姐，产假没有休完，就背着婴儿加入动员搬迁的队伍中。每天还要不停地走访、动员，带人到阿妹戚托看房、选房和搬迁入住。尤其是在开会时，到处找人帮忙照看女儿，显得力不从心，让她对搬迁动员工作有了畏难情绪，想打退堂鼓了。

文瑜看着二姐文雯和弟弟文森为了说服一户人家搬迁，拖着疲惫的身体不断奔跑，她觉得自己愧对父亲对自己的教育，慢慢地全身心投入到工作中。

文瑜到二叔文德全家做搬迁动员工作。她把易地扶贫搬迁政策宣讲了一遍后就问文德全："二叔想搬不？"

"姑娘，搬迁是好事情，但是我们家不搬。"

"是好事情，怎么又不搬呢？"

"搬出去，吃哪样？"

"政府给你安排工作，领取工资了，还怕没有吃的？"

"那只是短暂过渡罢了，政府只是想把大家'哄上去'。"

"其他人会哄你，难道我会哄自己的亲叔叔吗？"

那次还是无功而返。恰好，阿妹戚托要招环卫工和保安，抱着试试的心态，文瑜又一次去到文德全家。

"二叔，想不想到晴隆县城找一份稳定的事做？"

"想啊，我们以前在晴隆做事情，就是不稳定，今天做这个，明天做那个，有时候几天都没有做的。"

"现在安置点那里招保安和扫地的，你可以去当保安啊，二娘可以去做环卫。两个人一起，一个月将近4000块钱。"

"真的有这样好的事情？"

"哪个还会哄你嘛？你同意明天我就带你去。"

"愿意，愿意。"

"那明天就去。"

"明天我们等你来接我，路上你二娘给你背娃娃。"

"不过，这个岗位都是安排易地扶贫搬迁老乡的，你去工作了就要把家搬了。"

文德全没有立即回答，看了看自己的老婆，见老婆点头了，慢悠悠地说："只要我和你二娘都有工作，天天和她在一起，也就不担心什么了，搬就搬！"

"哎哟喂，二叔都这把年纪了，还这样粘我二娘啊！"文瑜笑着说。

"傻姑娘，你懂哪样？这叫公不离婆，秤不离砣。"文德全也笑起来。

文瑜急忙从包里拿出搬迁协议书，叫文德全签字按手印，文德全拍了拍手，接过了协议书和笔。

文家几姊妹遇到的事情，几乎在黔西南州各地的搬迁动员工作中都是一样的。

一次动员不成功，并不足以打击基层干部们的积极性。通过多次走访，文森用真情打动了身边的人，三叔一家成为了最早搬入阿妹戚托特色小镇的一批人，接着还带动了更多的人搬迁。

情暖人心

晚上8点，天逐渐黑了下来，不过这才是阿妹戚托一天中最热闹的时候。每天晚上，小镇居民自发来到广场，围着篝火跳起欢乐的阿妹戚托舞，这不仅成为小镇居民的日常活动，也逐渐成为阿妹戚托文化特色，吸引来各地游客。

在动员搬迁的过程中，被骂过，被撵过，流过汗，流过泪。但是，"每当夜晚看着阿妹戚托越来越多的洋房小楼里亮起灯光，摘帽的信心油然而生，脱贫致富的前景就在眼前，再苦再累也值得。"文森由衷地感慨。

在文森的家庭中，和文森一起在三宝奋战的还有两位姐姐以及正在休产假的妻子。都说"百姓爱幺儿"，从小被宠爱的"幺儿"文森，在生活和工作的打磨中，没有丝毫娇惯。在外是百姓的好干部，在家是妻子的好丈夫，妻子休产假期间无法外出开展工作，文森就代替妻子去完成。在村里待的时间越长，他逐渐成长为一个像模像样的彝族农业青年，成为名副其实的村支书。

脱贫攻坚的验收工作在即，各级干部的工作和压力都增加了很多，文森只是众多基层干部的一个缩影。极贫乡镇三宝乡已将成为历史，下一步，各级干部将加班加点，全力做好易地扶贫搬迁的"后半篇文章"，让小镇明天更加美好。

易地搬迁就是一场战役

在这一场破冰之履中，有像"柳氏四兄弟、文家三姐弟"等众多搬迁明星，还有一位至今令人难已以忘记的彝家阿哥——刘金松。刘金松是黔西南州民宗委干部，赴晴隆县挂职三宝乡副乡长。

刘金松慰问贫困户

2016年8月，三宝乡打响了一场易地搬迁扶贫的战役。一年过去了，三宝乡三个自然村5800余人同意搬迁的人数并不多，搬迁一度陷入僵局。

一天，组织部门的领导找刘金松谈话："金松，派你到三宝开展帮扶工作怎么样？"

刘金松想了想说："我没有问题，服从组织安排，什么时候去三宝呢？"

"三宝乡易地扶贫搬迁工作很重，他们极缺干部，尽快吧！"

就这样，这位原本和三宝并无任何交集的彝家阿哥来到了三宝乡，与从黔西南各地抽调来的55名三宝籍干部紧密地与群众联系在一起，上演了一幕幕真实而感人的故事。

2017年7月3日，是刘金松来三宝乡报到的日子。

刘金松开着小车从晴隆县城出发，45公里的路程开了两个多小时，从县道到乡道，越往里走，路越窄、弯越多。终于到了三宝水库了，他停下车，向当地的彝人打听"三宝乡政府还有多远？"

"就在前面，大约两公里。"

刘金松之所以记得那么清楚，是因为三宝给他的第一印象太深刻了。狭窄的进乡断头路、零星的两家小商铺以及几栋破旧的办公楼便组成了三宝乡的政府所在地，无论是当地群众艰苦的生活条件还是恶劣的居住环境，时刻萦绕在他的脑海，让他夜不能寐。

报到后，正赶上吃中饭，接待的同志把他领到食堂吃饭。

一百多人吃饭的食堂只有三四张桌子，这些抽来的干部排着长队，轮到他了，师傅给他装了饭，两瓢菜盖在饭上。很快，他就融入这里的生活。

9月，乡人代会选举他为副乡长。11月，经晴隆县县委研究，决定任命刘金松任三宝乡党委副书记并主持政府工作，三宝易地扶贫搬迁的重担一下压在了他的肩上，此时，距他到三宝工作还不到半年的时间。

整乡易地搬迁无疑是三宝最好的脱贫路径，然而对于文化程度普遍偏低、接受能力较弱的三宝群众来说，面对国家易地扶贫搬迁好政策，有持观望态度的，有回避的，甚至有抵触的。如何打消群众顾虑、如何转变群众思想观念成为了刘金松心里一直在思考的问题。

故土难离 也得离

刘金松知道：中国的老百姓一般都有一个土地情结。你让他举家搬迁离开生他养他的家乡，是一件很难办的事情。

有一首诗写得好：乡愁，是故乡的一星一月、一草一木，一人一物……

路遥写的"双水村"，陈忠实写的"白鹿原"，而莫言写的山东高密，都有一种故土难离的思乡情结。三宝人，也有望云山上的古树茶、天麻与薏仁米……

用余秋雨先生的话来说，除了故乡，人这一生不过一直在借住而已。凌乱的摆设，老旧的祖屋，还有那道扶摇而上的炊烟，所有的所有，那都是家的味道啊！那些隐隐约约的人和事但凡一提起便是亲切扑面而来。每一条河流，每一棵树，甚至是每一道蜿蜒的小路都有无数可以让我们喜悦的往事。

没有故乡的人是不幸的。因为故乡贫困，而要举家搬迁的三宝人，是痛苦的。在他们的骨子里，不管故乡贫穷与富有，她从来就是一种灵魂深处的依附，那些淡淡的乡愁中，除了儿时纷繁的记忆，也有成长路上见证父辈的艰辛与疼痛，不能否认每一次的回望也有落泪的冲动。然而正是那片土地上发生的种种才让他们更加懂得生活的沉重，以及生命的珍重。

诗人余光中说：故乡，最贴近大地的胸膛，有着最苍茫的力量，粗犷而狂劲！

故土难离也要离，要将全乡1317户、6263人搬出来谈何容易。不愿意搬迁的老百姓有千万种理由……

有人说：三宝是贵州脱贫攻坚的一个主战场，显然所言非虚。刘金松十分明白，要不辜负组织重托，如期打赢三宝易地扶贫搬迁攻坚战，必须具备巨大勇气和情怀，这种勇气和情怀，蕴含着夜不能寐的艰辛，也意味着将要忍受更多的不理解和委屈。在乡政府二楼一间大约15平方米的办公室，刘金松经常茶水一杯接一杯地续，香烟一支接一支地点，熬夜苦思搬迁对策。

谩骂、威胁是常态

对于刘金松来说，在搬迁动员工作开展过程中，因为群众的不理解，进村入户"吃闭门羹"是常有的事。在动员三宝村谢开忠、杜明玉、李绍春，大坪村王天星、甘兴富等户搬迁时，就曾多次遭到谩骂、诋毁甚至威胁，他们都说刘金松是"河对面来的传销头子、山那边来的洗脑人"。即便如此，刘金松仍然"厚着脸皮"一个电话接一个电话地打，一次又一次地往他们的家里跑，不厌其烦地讲扶贫政策、搬迁好处、房屋权益、后续保障等，帮助群众算经济账、环境账。经过反反复复的耐心细致动员，谢开忠等"包保户"终于转变了思想观念、打消了顾虑，举家搬到县城阿妹戚托过上了"城市人"的生活。现在，他们的生活越过越红火，对刘金松的态度从抵触逐渐转变为了感激。在这场易地扶贫搬迁硬仗当中，像刘金松一样遭到谩骂、威胁的干部并不是个例，乡村干部或多或少都有经历过，刘金松经常在大会小会提醒全乡干部："我们做的是对三宝乡父老乡亲、子孙后代功德无量的大好事，群众的不理解只是暂时的，再苦再难我们也要坚持下去，绝不后退半步。我们后退了就会成为历史的罪人。"

时间不等人　钢板也得啃

"我们不是在啃骨头，我们是在啃钢板，时间不等人"，刘金松是这样说的，也是这样做的。为打破工作僵局，尽快撕开易地扶贫搬迁的口子，刘金松卷上铺盖就直接到三宝村长耕组柳青户"落户安家"了，除了偶尔回乡参加必要会议和处理一些重要文件，其余时间不是在村里走村串户就是奔走在田间地头，天天与群众吃住在一起，农村出身的他最懂得如何和群众打交道，往群众堆里一站就是地地道道的农民。

"刘乡长，他太忙了，有些文件需要他处理的都得提前打电话约他回来，有时遇到急件我们还得跑到群众家才能找到他。"党政办文件收发员小吴说。

刘金松的时间观念强，每天的工作都安排得满满的，有时候实在是累到撑不下去了，才勉强趴在办公桌上歇一歇，同事们担心他身体会吃不消，劝他要注意休息。他总是笑呵呵地说："时间紧，任务重，搬迁工作完不成，群众脱不了贫，睡也睡不着啊。"因长期劳累、休息不够，导致他的右眼玻璃体出血，在医院治疗期间，他不顾医生劝阻，多次"逃出"医院，简单上点药就回到了工作岗位。

一年多的朝夕相处，刘金松早已和干部们交了朋友、和村民们认了亲戚。他是干部的"老大哥"，是村民们的"老村长"，干部在工作中遇到困难时都喜欢向他请教，群众生活中有困难时也总是乐意找他帮忙，他都是来者不拒，热心开导或帮助别人。他带领全乡干部职工积极探索"攻克

小寨攻大寨、搬动彝族带苗族"的"分步实施"战法，实施州领导指点的"小手牵大手"工作法撕开了整乡搬迁工作的口子。

钱不多　先拿去应急

为了更好地服务搬迁群众，乡党委、政府围绕"稳得住""能致富"两大目标在安置点设立了新市民服务中心，开展就业创业培训及日常服务工作。在新市民服务中心成立初期，因乡财政紧张，设备设施配备不到位，乡综治办负责办公用品采购的小鄂向他汇报后。刘金松个人立即拿出了6000元，并安慰她："钱不多，先拿去购买，不要急，其他的我再想办法。"

现在，阿妹戚托新市民服务中心已搬到宽敞的新办公楼，所有服务窗口都完成了标准化建设，每天服务群众上百人次，看着服务中心取得的可喜成绩，再看看来回穿梭在办事大厅的群众，刘金松的脸上露出了笑容。

爸　您是我的偶像

三宝乡易地扶贫搬迁期间，刘金松难得有时间与家人相聚，经常靠电话与临近中考的孩子联系。

每次和孩子通电话，他都会故意拉长声音问："儿啊，你还记得我们的约定吗？"

这时候儿子刘朝晖就会提高嗓门回答："老爸，记得、记得！我们共同努力，六月份我中考考出好成绩！六月份你易地扶贫搬迁工作也要取得好成绩！"

儿子告诉他："爸爸，您就是我的偶像！"这是他听到最暖心的话，也是他最引以为自豪的事。

因为忙，刘金松与家人聚少离多。爷爷卧病在床的时候正逢三宝脱贫攻坚重要阶段，他打电话回家："爷爷，等我忙完这一阵，我就回来看您。"然而，命运之神还没等他忙完那一阵子，就夺走了最疼他爱他的爷爷，爷孙俩最后一面都没能见上；次子刘朝旭出生时，刘金松正在田间地头开展搬迁动员工作，孩子长到了一岁半，父子俩相聚也不足10次。

因为忙，他无暇顾家人，那份内疚、自责难以言表。时间长了，妻子难免有怨言，刘金松便时常叮嘱儿子刘朝晖："你要理解妈妈，也要帮我劝劝妈妈。"

"如烟往事俱忘却，心底无私天地宽。"刘金松，这位望云山上的彝家阿哥，凭着爱岗敬业的精神，精湛扎实的工作能力，大爱无疆的情怀，忠实履行一个扶贫干部的神圣职责，始终把脱贫攻坚作为最大的政治责任、历史使命。三宝群众在他的奉献中，感受到了党组织的温暖。从2018年3月30日开启破冰之旅，至2020年4月，最终将1317户、6263人搬迁至45公里外的县城，让彝族、苗族群众快速融入阿妹戚托新市民生活，实现了三宝乡整乡易地搬迁目标。

本书脱稿之后，采访过程中听说这位可爱可亲可敬的"彝家阿哥"刘金松因脱贫攻坚工作期间积劳成疾，于2021年3月病逝。

第 五 章

和衷共济　圆满交卷

温暖潮湿的黔西南，用雨丝织出了她的春，用情丝织出了她的韵。

如画的山川风情，总是食不厌精，脍不厌细。她的每寸土地，都刻有自己独特的烙印，

一代又一代晴隆人，留给这片土地的财富，是无形之中的血脉传承！

雁鸣阵阵，黔韵悠悠；一曲赞歌，唱给英雄。

领头雁的担当

诗圣杜甫在《茅屋为秋风所破歌》中说："安得广厦千万间，大庇天下寒士俱欢颜。"这是当年诗人在自己的茅屋顶被风刮走之时写下的祈愿文字，但不是为自己，而是为全天下的寒士。千百年来，无论是孟子的"穷则独善其身，达则兼济天下"，还是范仲淹的"先天下之忧而忧，后天下之乐而乐"，这些圣贤们总是用自己的思想影响后世文人，感动了无数的中国人。

万物之始，大道至简。下面我们讲一个发生在晴隆县阿妹戚托建筑工地上的故事，故事的主人公是贵州建工集团晴安建筑工程有限公司（简称贵州建工集团八公司）项目经理陶光明。

童年记事

童年的记忆，是梦中的风铃，唤醒了我们曾经沉睡的梦。如今，儿时的梦，是回忆时含泪的微笑。

1978年9月7日，陶光明出生于息烽县的一个小山村。这个小山村是自然山水中的菁华，小村背山面水、生态良好，村子中间有一口古井，村庄的前面是一片田园，村中的民居院落、水井、道路、桥梁、宗祠等，无不承载着一个家族几百年的文化特性和文化记忆。

陶光明的父亲陶仁华原是息烽县粮站站长，有一份让乡亲、邻居羡慕的好工作。但是，在陶光明 3 岁时，父亲为了让家人过得好，毅然辞去了"铁饭碗"，"下海"经商。他听人说关东好闯，于是踏上了去东北的倒卖粮食之路，这一去就是 5 年……

陪伴陶光明成长的是在家务农的母亲邓书先和一个比他小 2 岁的弟弟陶新强。

在谈到这段经历时，陶光明眼里蓄满了泪水：1981 年父亲离家时，他只有 3 岁，弟弟才 1 岁，和母亲 3 人相依为命。母亲没有什么技能，仅靠精耕细作家里的两亩薄田度日，日子过得非常艰难。记得有一年除夕，母亲做了一桌较为丰盛的菜并邀请爷爷奶奶一起过年。吃饭的时候，妈妈将两只鸡腿分别夹给了爷爷奶奶，看到陶光明、陶新强的眼睛一直追随着妈妈的筷子，爷爷奶奶又把鸡腿夹给了兄弟俩。弟弟狼吞虎咽就吃完了自己的鸡腿，两眼直勾勾地望着哥哥碗里的那只鸡腿，实在忍不住了，便伸手去抓。妈妈用筷子在弟弟的手上打了一下，说："这是哥哥的鸡腿，不能抢，要懂礼貌。"弟弟委屈地缩回了手，奶奶也附和着说："是啊，要听妈妈的话。"陶光明望着弟弟饥渴的眼神，主动把自己的鸡腿夹给了弟弟，对妈妈和奶奶说："弟弟小，给他吃，我吃别的菜。"爷爷说："光明长大了，懂事了。"从那以后，他开始承担一个哥哥的责任，总是把好吃的、好玩的东西先让给弟弟。

1986 年，衣衫褴褛的父亲陶仁华从东北回来了，不但没有赚到钱，还欠了一屁股债。邓书先是一位善良的母亲，对儿子其关爱，对丈夫其专情，孝顺长辈，勤勤恳恳，任劳任怨。虽然陶仁华在外出做生意的 5 年间从来没给家里寄过一分钱，但是见到陶仁华回来了，她内心还是蛮高兴的。见到陶仁华回来的那一刻，邓书先让两兄弟叫"爸爸"，陶光明弱弱地叫了一声"爸爸"。5岁的弟弟则躲到母亲的身后，就是不肯叫。

邓书先没有埋怨丈夫，而是给他勇气和生活的信心。她对丈夫说："世上钱、世上花，欠了钱，我们一起来还，只要人回来了就好。"陶仁华内心愧疚，无语凝噎，抱着妻儿泪流满面，暗下决心，一定要好好赚钱、还债，让妻儿过上好日子。

陶仁华年轻时，曾学得了一手好木匠手艺。为了还债，他重拾手艺，开始到贵阳给建筑包工头做木工，做了一年，也赚了点钱。但回家过年与妻子邓书先算账时才发现，所赚的钱离还债还差得远。陶仁华沮丧地说："这要到猴年马月才能还清啊。"邓书先说："那能怎么样呢？慢慢还吧！"陶仁华因为做事勤快，手艺又好，大小包工头都喜欢他，同时也认识了不少人。第二年，一位老板直接把一个小学校的门窗工程包给了他做，他终于也成了包工头中的一员。还清了债务，身边稍微有了点钱，他把妻儿接到了贵阳。

陶光明在谈到父亲时，笑了笑说："父亲见过世面，很有眼光，如果不是他把我们从那个穷山村带出来，我也不会有今天的成就，说一千道一万还得感恩父亲。"

陶光明在贵阳白云区初中毕业考试时，上了中专的分数线。父亲劝他选择继续读高中，以后考大学。但他为了减轻家里的经济压力，对父亲说："我想早点参加工作，大学让弟弟读吧！"最终选择了读中专——贵州省建校。

陶光明中专毕业后，实现了自己对父亲的诺言——把陶新强送到了贵州大学，毕业后在贵州建工集团八公司从事管理工作。而他自己，也从未放弃过学业的深造，在参加工作后先后完成了贵州大学建筑工程专业及行政管理学专业的学习，获得了大专和本科文凭。

开弓没有回头箭

陶光明 1997 年从贵州省城乡建设学校工民建专业毕业后，曾先后任职于贵阳海盛建筑公司、贵州圣沣房开公司、贵州建筑设计研究院建筑公司，于 2005 年 8 月进入贵州建工集团八公司，一路从施工员、项目经理、技术负责人、项目指挥长到总经理助理。因为出色的工作业绩和突出的贡献，陶光明连续荣获贵州省"五一劳动奖章"、贵州省"劳动模范"等荣誉称号。

事业有成，陶光明没有忘记与他一起奋斗打拼的同事们，怀着对所有员工高度负责的态度，创建了贵州建工集团八公司新力量项目管理团队，而他则担当起了这个团队的"领头雁"。团队始终贯彻"以人为本"的团队管理理念，坚持"诚信、敬业、奉献"的价值观，不断扩大生产规模和经营领域，承接了八公司大量重点难点工程项目。同时，也为八公司培养和输送了一批高素质的专业技术人员和经营管理人才。

2016 年 11 月，陶光明受贵州建工集团八公司委托，前往晴隆县启动阿妹戚托特色小镇易地搬迁精准扶贫工程项目。项目位于晴隆南环路以东，西临晴隆东观教育园区及莲城安置点，北接 320 国道。由晴隆县东观街道办事处委托中煤集团重庆设计院规划设计，贵州建工集团八公司承建。

当时光沉淀为历史，总会涌现出一些闪耀着奋进之光的人，他们犹如璀璨群星，镶满前进之程。

树高千尺，必有根基，水流万里，定有源泉。

阿妹戚托

——易地搬迁奇迹

从八公司承建的重点工程——"茅台机场航站楼"到"孟关同济堂厂区"项目，再到阿妹戚托特色小镇移民重点大体量精准扶贫工程，这一路走来，陶光明付出了多少心血，他不记得了，但日子记得。

在谈到阿妹戚托项目建设时，陶光明说："2016年11月，我带着团队的十几个管理人员去现场时，那儿一片荒芜、杂草丛生，对接他的是东观街道办主任王彪，和中煤集团重庆设计院的马飞院长。"

"我和我的团队进场后，一切都是从'零'开始的。当时就只有重庆设计院设计的一张效果图，阿妹戚托规划用地2000多亩，我们接手时地还没有征完，其中，山坡下的一片玉米地征收，就扯了三个月时间。"

按照贵州建工集团提出的要求：八公司选出最强的团队，陶光明与刘康搭班子，陶光明任指挥长，刘康任副指挥长，下设10个项目经理，在此架构下，再细分专业团队。项目最高峰时，管理团队达到232人。现场分为7个片区，1～3号地块为三宝乡移民安置区，4号地块为商业公建片区，5号地块为除三宝乡之外的其他8个乡镇移民安置片区，6号地块为大地景观区，7号地块为产业园区。

为了早日完成精准扶贫项目，助推全省脱贫攻坚战。在陶光明的精心策划下，快速组织团队精兵强将，11月24日项目全体施工人员到达现场。2016年11月26日早上，数十台挖掘机、推土机、装载机开进了牛头山，机器的轰鸣声震荡山谷，附近几个山头都沸腾了。在鞭炮声中，刘康副指挥长开动挖机挖下该项目第一坯土，阿妹戚托建设正式开工了。

陶光明带领他的团队一边征地、平场、勘察，一边挖土、运土、平山，修排水……项目工地缺乏用电，陶光明带领着技术人员开始架电，并协调安装了13台变压器；项目工地缺水，陶光明又带领着人员从晴隆莲湖抽水，莲湖到施工现场有 5.7 公里，沿途架设水管，由于距离太远水压不够，他们借了两台消防车，之后又买了 7 台洒水车。陶光明和他的团队夜以继日、争分夺秒地抢进度、赶工期，项目迅速地向前推进， 2016 年 12 月完成了项目部建设，2017 年 1 月完成了现场 1200 亩地原地貌测量……

然而好景不长，2017 年 3 月 19 日，业主方指挥长因特殊原因离开项目，不再负责项目工作，导致了项目停工。接下来又接了两任指挥长，但项目仍未取得实质性进展，推动较慢。由于阿妹戚托项目综合体量大、多专业，管理起来比较复杂，晴隆县政府临时难以找出合适人选接替指挥长工作。眼见离三宝乡人民异地搬迁的时间一天天逼近，陶光明和他的团队心急如焚，却无能为力，只能眼睁睁地看着机械设备闲置在工地上。

陶光明抓紧时间整理了项目情况，向贵州建工集团、晴隆县县委县政府汇报了项目停工情况，希望得到重视和支持，早日复工。陶光明反映的情况得到省、州、县各级领导的重视，6 月 7 日省委书记孙志刚一行在州、县各级领导的陪同下，深入晴隆县三宝乡了解项目实际情况，并作出立即复工，加快项目建设的指示。晴隆县县委县政府当即作出响应：对项目负责人再次作出调整，决定由副县长封汪鑫同志出任项目指挥长。临危受命的封汪鑫，开启了阿妹戚托建设的破冰之旅。

四次项目指挥长的调整，充分体现了在以省委省政府为领导的各级政府对本项目的重视和大力支持。

陶光明说："副县长封汪鑫同志出任该项目指挥长以后，项目得以全面科学地启动，项目团队士气高涨、各项工作组织有序，项目推进速度明显加快。"

阿妹戚托
——易地搬迁奇迹

签下军令状

晴隆县阿妹戚托特色小镇易地搬迁精准扶贫工程项目，是贵州建工集团扶贫攻坚工作的第一站，为了以最快的速度、最高的标准、最好的质量如期完成项目建设任务，陶光明作为该项目的负责人，长期驻扎在一线。

晴隆县易地搬迁精准扶贫项目所在地距贵阳市最远距离有 260 多公里，最快车程需 4.5 小时；项目工地最远的三宝乡，距项目指挥部虽然只有 40 多公里，但因山路蜿蜒崎岖、弯急坡陡，最快车程仍需两个多小时。这条路上堪称峭壁凿道，一路蛇形下来，团队的兄弟姐妹们大多都会出现头晕目眩、恶心呕吐的晕车症状，但大家更明白该项目对全省脱贫攻坚战役的深远意义，本着树一座丰碑，造福一方百姓的决心，纷纷踊跃报名参建，一到工地就忘我地投入到工作中。

项目地天然环境恶劣，白天室外温度直逼 40℃，夜间又会骤降至 10℃ 以下，巨大的温差让从贵阳来的兄弟姐妹们一时之间难以适应，很多人患上了重感冒，但他们没有退缩和放弃，为了项目能如期完工，他们白天坚持奋战在一线，晚上输液接受治疗。三宝项目区域只有十五户农家，前期因对异地搬迁不理解，不愿出租房屋给项目部，工人们住宿全部采用帐篷搭设，蜡烛照明，吃饭采用柴火搭灶煮饭。工地所有车辆燃油都需到 56 公里外的晴隆县加油；米、菜、肉等生活物资只有每个星期的赶场日才能到 20 公里以外的集市买。虽然自然环境恶劣，生活、施工条件艰苦，但奋战在三宝的兄弟姐妹们没有一个叫苦喊累，披荆斩棘闯过了一道又一道难关。

陶光明说："为让易地扶贫搬迁项目的少数民族乡亲们尽快搬进新家，

早日实现脱贫，我们克服了重重困难，终于在 2018 年 3 月 31 日——阿妹戚托特色小镇建设的第一个关键时间结点，圆满完成了牛头山（一区）项目建设。该期工程建设共 479 套住房，园区景观绿化、道路及市政设施等，共搬迁贫困居民 2215 人，取得了第一阶段的决定性胜利。项目一期工程的顺利实施，得到了贵州省省委省政府，晴隆县县委县政府、县扶贫办、移民局、三宝乡等单位的大力支持和协助，同时也离不开团队上下的齐心协力和艰苦奋斗。

为了保证整个项目按期完成，2018 年 4 月 5 日，晴隆县副县长、阿妹戚托项目指挥长封汪鑫组织建设单位负责人召开了紧急会议，参加这次会议的还有黔西南州两位副州长范华、滕伟华。

封汪鑫说："3 月 31 日我们打了个漂亮仗，按期完成了项目一期工程，但是后面还有四个关键时间节点，任务仍然艰巨。阿妹戚托移民安置扶贫工程的进度影响着全省的扶贫攻坚战是否能按期实现，项目现在已经到了关键时期，项目目前是交叉作业，多点作业，管理人员达 300 多人，最高峰投入劳动力 11000 人。今天组织大家开这个会，是请各项目负责人发表意见，如何保障项目顺利实施并按时完成，同时也请各项目负责人签订军令状。"

陶光明说："我们将按照县委县政府的指示精神，抓好阿妹戚托移民安置扶贫工程的建设，保质保量保安全完成任务。我同意与建设指挥部签订军令状，我们公司也会同项目经理签订军令状，层层分解任务目标，做到千斤重担众人挑。"

副州长范华也发表了意见："为了保证项目按期顺利完成，请各单位进一步细化工作，逐一抓好落实。我认为，垂直管理，分级授权，这个办法非常好。同志们，现在是项目建设的关键时期，千万不能松懈，否则，就会出大问题。"

副州长滕伟华说："未雨绸缪，做到防患于未然，今天的这个会开得很好，也很有必要。阿妹戚托特色小镇的建设，是贵州省易地扶贫搬迁的重大工程，牵动了省、州、县三级政府领导的心，对于你们这些管理人员来说，千万不能拖后腿。项目负责人在签订军令状时，一定要按照时间节点完成任务，只有让老百姓住上了安心房、放心房，才能实现老百姓安居、才能让老百姓乐业、才能实现共同致富。因此，项目的按期完成是实现扶贫攻坚战取得胜利的关键，也是重点。"

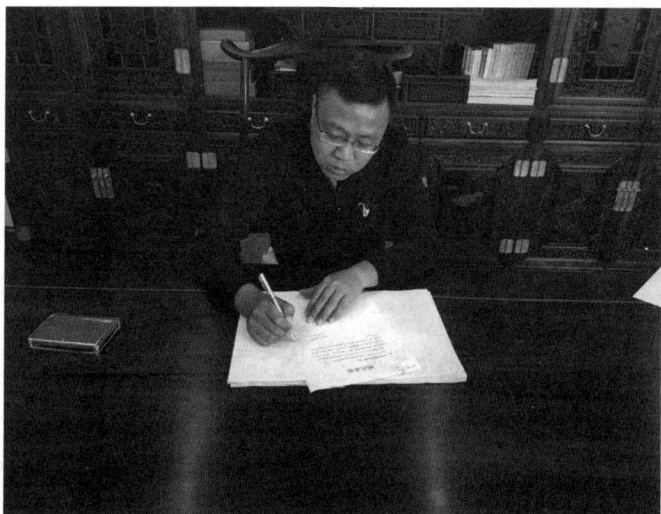

会上，封汪鑫指挥长作为甲方代表，同建设方代表陶光明、设计方代表马飞签订了军令状。

生命垂危　仍担当守责

同事们对陶光明的评价：他就是一个干起工作来不要命的人。在阿妹戚托特色小镇建设期间，陶光明一直坚守在工地一线，因为过度的劳累，他的阑尾炎曾先后发作了三次，特别是 2018 年 4 月的最后一次发作，差点要了他的命。

签完军令状的第二天，2018 年 4 月 6 日（星期五）下午 5 时 40 分，天空下着毛毛细雨，陶光明跟往常一样奔波在工地现场指挥，他和随行的十几名工作人员衣服都被雨淋湿了，他感觉腹部有点疼，以为是老毛病胃痛又犯了，没当一回事，一边手压着疼痛处一边继续检查工作。

心细的副经理刘康发现了陶光明的异常，问道："陶总，您是不是不舒服？要不您先到指挥部休息一下，等我们检查完了，再向您汇报。"

陶光明说："没事，可能是受凉了，感觉胃有点疼。我们继续。"

两个小时后，当他们从牛头山一区来到了虎头山二区检查时，陶光明已痛得汗如雨下，但他坚持着，一边走、一边安排着人员调动、材料进出、安全措施等工作。

最后，他再也坚持不住了，被随行的工作人员扶到了现场的会议室。吃了点胃痛药，等疼痛稍微有些缓解了，陶光明对刘康说："刘经理，马上通知各板块经理和骨干开会，全面落实昨天会议精神，按照项目的五个时间节点将目标进行分解。"

一刻钟后，参会的项目经理和骨干们相继到达，但陶光明仍然痛得厉害，只能靠在椅子上，委托刘康主持会议。

刘康说："为了全面落实 4 月 5 号封汪鑫总指挥长组织召开的会议精

神，保障项目按期完工，我们对项目的五个关键时间节点及任务目标进行了分解，今天请大家来就是签军令状的。"

随后，工作人员将军令状分发到十几位项目经理手上，大家看过之后开始议论："这个好，项目节点分解清楚明白，大家都签了军令状，就不会再担心前面工序贻误工期了，咱们保障进度就更有底气了。"

陶光明这时缓解了一些，对大家说："不好意思，这么晚了还请大家过来开会。如果你们对手中的军令状没有什么异议，就请签字吧！你们签了字，我也好心安。"

十几位经理签完字后就离开了，并没有人发现陶总生病了。

众人离开后已是晚上 10 时 30 分了，陶光明一连喝了几杯热开水，想回去休息，但此时的他已是大汗淋漓，头发和贴身的衣服都全湿透了，连站起来都困难。

刘康叫来司机，并提出要亲自送陶总去医院。

陶光明说："有司机陪着，你放心吧！工地上的事情就交给你了。"

司机按刘康的嘱咐，以最快的速度将陶光明送到了晴隆县人民医院，但值班医生检查后对陶光明和司机说："你的阑尾炎非常严重，我们这里条件不好，做不了这个手术，必须马上转到大医院去。"

司机马上又开车往贵阳赶，并打电话请办公室主任田聚宝联系接收医院，等司机将陶光明送到贵阳市金阳医院时，已经是第二天凌晨了。经过急诊医护人员的抢救，做了阑尾切除手术，陶光明的命，终于从死神的手里夺了回来。

陶光明在接受采访时说："在从晴隆赶回贵阳的途中，我的整个腹部剧烈疼痛，像被刀子割着一样，坐也不是，靠也不是。那一刻，我感觉自己快不行了。直到到了金阳医院，我才松了一口气，对司机说了声'我死不了了'。"

采访时，我们望着陶总疲惫的双眼睛说："您才40岁出头，却像一个小老头一样，看来您的身体一直没有得到很好的恢复。"

他说："是的，干我们这一行的，最对不起的是家庭，'两头不见日，一年不知春'，每天早出晚归是常态，虽然住在同一个屋檐下，但与父母亲一周都难得看到一次。"

正是在他的无私奉献下，晴隆重点扶贫工程得以快速实施，较好完成各阶段攻坚任务，为企业为政府交上了一份份满意的答卷。陶光明也因晴隆县扶贫开发项目的高效顺利实施，荣获了2018年贵州省"全省脱贫攻坚优秀党组织书记"称号并入选了2019年"贵州省脱贫攻坚群英谱"。

如今，他仍然坚守在一线，奋斗在一线，在平凡的工作岗位上以饱满的热情、执着的追求，默默奉献着自己的一切，谱写着生命的赞歌。

他的守望是诗意的守望，是怀揣着初心和使命，以实际行动引领，用心血信念支撑。雁影愁心去，山衔好月来。陶光明的故事告诉我们，无论面对怎样的生活，今朝试卷孤篷看，依旧青山绿树多。人生如逆旅，艰难困苦，玉汝于成。

那些日子一起战斗

2017年6月12日，晴隆县副县长封汪鑫出任阿妹戚托项目指挥长。

那天晚上，封汪鑫召集八公司经理陶光明、副经理刘康，重庆设计院院长马飞，加上阿妹戚托指挥部的主要成员三方召开了一次碰头会议。封汪鑫讲话声音洪亮，中气十足，思路清晰，条理清楚。

他笑着对大家说："按照省、州、县三级政府的要求，留给我们的只有6个月时间，三宝乡的第一批搬迁户就要入住阿妹戚托小镇,怎么办呢？"

他提出的问题非常简单，就是要加强三方合作，把牛头山片区62栋房屋建成，让首批搬迁群众安置成家。会场沉默了一分钟，没有人发言。

封汪鑫说："既然你们都不好说，我来问。马飞院长，你的设计图纸有问题吗？"

马飞说："封县，您放心，设计图纸不会拖工程的后腿，我们现在是四班人马连轴转。"

封汪鑫说："好，兵马未动粮草先行，施工单位有了图纸，才有底气。"

陶光明经理还没等封汪鑫提问，就抢先回答。

"封县，施工这一块，昨天已组织项目经理开了会，我们把牛头山片区62栋房屋承建，按照时间进行了倒排，保证在3月30日之前交房。"

为了在3月30日让首批群众搬迁入住新家，省、州、县有多少位领导一直在操劳着阿妹戚托项目建设，同时，阿妹戚托项目又聚焦了多少人的目光关注？

当时，新闻媒体的部分报道如下：

2018 年 3 月 2 日，晴隆县县长查世海同志一行到施工现场指导工作。

2018 年 3 月 5 日，贵州省省委组织部部长李邑飞同志一行在晴隆县县委书记张国志同志、县长查世海同志、副县长（兼项目指挥长）封汪鑫同志的陪同下莅临施工现场调研工作。

3 月 14 日，黔西南州住建局局长腾伟华同志、总工范磊同志莅临项目调研工作。

滕伟华同志提出"三战"：背水一战、协同作战、精准决战；范磊同志提出"两保一抢"：保质量、保安全、抢工期，一定要确保 3·30，让三宝人民顺利入住阿妹戚托小镇。

3 月 16 日，贵州建工集团党委副书记程锐等同志，在贵州建工集团八公司董事长冉霖同志、阿妹戚托小镇指挥长陶光明同志的陪同下到施工现场调研一区生产进度。程锐表示，一定要按时保质达到节点要求，确保三宝人民顺利入住。

3 月 20 日深夜，施工单位指挥长陶光明同志不辞劳苦、不惧夜深露重，带领管理人员赶到现场及时解决问题。

3 月 22 日，黔西南州副州长范华同志一行再度莅临施工现场调研。心系三宝人民、念念不忘项目进度的范华副州长，深入现场了解工程建设进展。

3 月 28 日下午 3 时，一区一次性验收合格。首批 28 户三宝人民提前 2 天搬新家！

贵州建工集团八公司能承接晴隆县阿妹戚托特色小镇项目，这体现了各级领导和晴隆县人民对公司的信任，同时也是公司面临的巨大挑战。在

阿妹戚托

——易地搬迁奇迹

时间紧、任务重、条件苦、多板块、多专业、多工种协同作战的情况下，公司上下一心、砥砺前行、攻坚克难，全面贯彻执行省委省政府、州委州政府、县委县政府对该项目的各方指示及要求，突击 3·30 全面落实的战略节点。之后，履行承诺，贵州建工集团八公司兄弟姐妹们忘我工作、披星戴月，实行五加二、白加黑，不分昼夜，挑灯夜战，决战一线，大雨小干、小雨大干、晴天猛干，克服了地势条件落差超过 100 米、道路只有 4 米宽、施工人员近 2000 名等困难。

2018 年春节，晴隆县县委县政府组织了一个 200 余人的尖刀班，为了保证工期，200 余人，在项目部吃了年夜饭，春节只放假一天。正月初八返工，指挥部、项目经理，组织他们在一个月内完成了园林绿化、管网、道路、路灯、高墙、围栏等项目的安装与建设，集中全部力量赶工期，建设一区，为阿妹戚托项目的首战胜利保驾护航。

不眠的夏季

牛头山片区 62 栋房屋建成，让首批群众搬迁入住新家。实现了三宝乡易地扶贫搬迁"破冰之旅"，标志着阿妹戚托特色小镇从选址、规划、设计到建设的成功。

老百姓看到房屋的标准高，建筑格局，依山就势，错落有致，充分展示了三宝乡彝族、苗族复古而神秘的建筑文化，所有的道路命名使用三宝乡迁入地村寨民称号。如：新塘社区（原干塘村）、新宝社区（原三宝村）、新坪社区（原大坪村），让老百姓记得住乡愁。

路灯、观景小品、标识牌、广场铺砖、店铺门头，植入彝族虎头、苗族牛头图章，并在汉语下注入彝文。

2018 年 6 月 1 日，"福彩圆梦·温暖贵州"公益活动走进晴隆县阿妹戚托特色小镇，在这里开展以"新家新生活、六一我快乐"为主题的六一活动。省民政厅党组成员、机关党委书记、三宝乡脱贫攻坚前线工作队队长杨亚军同志，民进贵州省省委副主委、福利彩票发行中心主任方招生同志，黔西南州副州长范华同志、县委书记张国志同志，县委常委、副县长董顺飞同志，副县长封汪鑫、刘英、龙汉勇同志等和孩子们其乐融融，一起欢度快乐的"六一"。

施工单位的领导同志都身居一线，牢记使命、心系三宝，时刻与政府领导统领一线。

就在这白加黑、五加二、不分昼夜、奋战一线的过程中，发生了一个小插曲，对于后来在推进工程进度保证质量时起到了重要作用。

一个项目经理利用非标丈量工具收方，被现场监管人员郑榜龙查处。

郑榜龙，1983 年 4 月出生于贵州晴隆茶马镇青山村，2003 年 7 月毕业于湖北黄冈交通学校公路与桥梁专业，后到晴隆县交通运输局工作，现任晴隆县发展和改革局铁路建设办公室主任（工程师）。因阿妹戚托项目建设抽调到指挥部工作，被聘为项目质量监督管理人员，他带着几名新招的大学生一天到晚忙碌于工程质量监督中。其中，有一个叫杨阐的小伙子，人长得帅气，做事精干，充满正义感。

项目经理用非标工具丈量收方时，他总感觉不对劲，于是，他拿过工具量了自己的身高，结果发现工具不对。于是，打电话向在山头巡检的郑榜龙报告。郑榜龙到达现场后组织相关人员进行复核，13 米的基础，多量出了 1 米，0.78 方，核算向国家多要了 3000 元。如果监管力度不到位，就造成了国家 3000 元的损失。

常务副总指挥王峰得知情况后，非常气愤，立即向工程总指挥封汪鑫汇报。

封汪鑫给出了两个意见：一是组织施工单位的项目经理和监管单位的质量监督员召开分析会，通报这一起恶劣行为，并委托第三方对装备进行超声波检测，重新计量，检测费用由施工单位负责承担。二是处以人民币50 万元罚款，吸取教训。从此，再也没有发生类似事件。

在奋战 6·30 的战斗中，阿妹戚托特色小镇建设得到了上级领导的关怀与指导。

2018 年 6 月 5 日，省民政厅党组成员、副厅长、省慈善总会常务副会长张惠明一行 6 人到阿妹戚托调研。张惠明指出，要尽快建成"善行贵州·益童乐园"项目，使"益童乐园"工作能及时顺利展开，助力脱贫攻坚，为留守儿童服务，让搬迁群众搬得来、快融入，稳得住、能致富，努力解决他们的后顾之忧。

6月8日，晴隆县县委书记张国志来到阿妹戚托特色小镇施工现场检查工作。

6月16日，晴隆县县委副书记付明勇同志在项目指挥长助理刘军同志的陪同下亲临阿妹戚托特色小镇项目调研工作。

6月21日，贵州省省委组织部赵书记、晴隆县县长查世海同志、副县长封汪鑫同志一行对阿妹戚托特色小镇项目现场调研指导工作。

这天，项目指挥长陶光明根据上午县政府各位领导的指示精神，带领各专业板块负责人到二、三、五区施工现场作部署工作，为6·30交房节点以及7·30入住进行进一步的施工方案优化安排。

6月26日，贵州建工集团八公司"6·30"督察小组至项目检查施工进度，并对各版块剩余工作量进行分解。

6月27日，晴隆县县长查世海同志、贵州建工集团党委副书记程锐同志对项目调研指导工作，并详细了解了工作进度。

一个人、一个故事、一段话语，看似平凡简单，却能点燃许多人心中的激情和梦想。他们就像一面镜子，更像一面旗帜，为脱贫攻坚扬帆起航。

有了这样的领导干部，贵州建工集团八公司这一支建筑铁军必将士气高涨、斗志昂扬。

封汪鑫说："在奋战6·30阶段，由于工程大，工地宽，上工人数最多达到3000余人，施工组织跟不上政治需求。我就想办法找工人给他们，逼着他们抢工期。县城当时缺水，就用消防车拉水，最后加装了一条水管，一根不够，后又增加了两根水管……"

封汪鑫娓娓道来，从他的言谈中，更多的是责任与担当。

在这份责任与担当中流露出了一丝心酸与无奈，尽管施工单位也很困难，找不到工人赶工期，尽管资金也跟不上，不能及时交付施工方和设计院，但是他们非常支持封汪鑫同志的工作，并且全力配合。

贵州建工集团八公司副总经理刘康说："2018年6月30日，那天晚上，我手下30多个项目经理自发地购买了礼花和鞭炮。阿妹戚托的马路边都摆满了礼花和鞭炮。县城许多人赶到了这里看烟花……

烟花现场，封汪鑫、王峰、王飚等人，也在人群中观看。

封汪鑫对他们说："从去年6月接手这个项目，一年过去了，主体工程已基本完成，我的心里有底了，感谢你们的支持与厚爱。"

王峰说："封县，跟着你干，我们就有使不完的干劲。"

王飚说："我还是那一句话，没有过不去的火焰山。封县，有你在，我们不怕困难。下一步怎么干，听你的。"

在这上万人看烟花的群众队伍中，有一对母女，她们是从家里赶到这儿来的，她们就是封汪鑫的妻子和女儿封涵月。

6岁的小涵月曾多次跟随父亲封汪鑫来阿妹戚托施工现场。

一天晚上，下着雨，封汪鑫不放心，他开车来到了现场，小涵月就坐在车上。

小涵月很乖，也很懂事，嘬着小嘴说："爸爸，您去忙吧！我在车上等你。"

从黔西南州来三宝街道挂职干部王钦曾跟我讲过封涵月的故事。

6岁的小涵月，曾对王钦说："阿姨，你知道吗？"

王钦逗她："我知道什么？"

封涵月用小手指着阿妹戚托的房子说："这些房子都是我爸爸砌的。"

"你爸爸怎样砌的？"

"他每天都在阿妹戚托砌房子，经常不在家。"

封涵月在人群看到了封汪鑫的身影，便牵着妈妈的手大声喊："爸爸，我们在这儿……"

封汪鑫、王峰、王飚等人离开了燃放烟花现场，向指挥部走去。给孩子留下了背影。

封涵月失望地说："妈妈，爸爸怎么不理我们？"

"乖女儿，这么多人，这么吵，你爸怎么听得见呢？我们回家吧！"

封涵月噘着嘴说："妈，我想再看一会儿烟花。"

"嘭—嘭—嘭"随着几声沉闷而有力的响声，绚丽多彩的焰火飞快地射入天空，这些美丽、活泼的焰火，各有各的色彩，各有各的姿态，争奇斗艳，好不热闹！

有的像千万颗可爱的星星，嵌在天空中，散发着金灿灿的光芒，还眨呀眨的，与满天繁星媲美，最后，极不情愿的隐入乌蒙蒙的云层中去。有的像几十条灵巧矫健的小龙，绿的头，黄的身，在漆黑的天空中舞动着，嬉戏着，上蹿下跳，"嗖嗖"作响。兴奋，喜悦，这是6 · 30节点带给晴隆人民的喜悦。接着数十珠冲上天空的火柱，像一群不耐烦的孩子，在天际中四处乱窜……

有的像一串串浪漫、快乐的流星，迅速地飞舞在深蓝色的天幕上，划出一道道星的河流，上面缀满了调皮。

封涵月说："妈，这些烟花，怎么一下子就没有呢？它们去哪里了呢？"

妈妈说："宝贝，这些自由的精灵，他们怕月亮寂寞，陪月亮去了。"

封涵月说："妈妈，爸爸不在家，有我陪着你。"

母亲伸手把女儿紧紧地抱在怀里，含着泪花说："乖女儿，妈妈不寂寞，有大宝贝陪着。"

刹那间，一排排摆放整齐的焰火不约而同地喷出几米高的火苗，伴随着"嘶嘶"的响声，绚丽的火苗越喷越高，越燃越旺，溅出滚烫、耀眼的火花，远远望去，好似一棵棵燃烧的、生机勃勃的小树，那星星点点的火花，勾勒出它们那婀娜多姿、柔软妩媚的枝条。

真是火树银花不夜天，晴隆儿女舞翩跹。空旷的平地上彝族姑娘跳起了阿妹戚托舞。

无数礼花，一个个接连不断地升上天去，"嘭"的一声在深蓝色的天幕中绽开，红的、绿的、黄的、蓝的……天女散花般散落下去，慢慢地，慢慢地。仰望苍穹，五彩缤纷的星火好像就在人的身边，一颗颗都像荔枝那么大，光亮耀得人们眼都花了。

妈妈牵着女儿的手，仿佛她们已经来到星火的群中，前后左右都是闪闪发光的星火；母女又好像走进了一座结满果子的树林，只要一伸手，就可以摘到。此时，母女俩被这漫天的星火，照得通身透亮，周围的一切，都被涂上了一层银色的光。她多么想将这星星般的火花亲手摘下来，用丝绳穿成璀璨夺目的项链，送给她的爱人……只可惜，刚要伸手，它们便飞快地隐入了黑黢黢的天空中。

……

6·30 焰火燃放了近一个半小时，人们在喜悦欢乐的舞蹈声中，渐渐散去，阿妹戚托归于宁静。

这时，工程指挥部就剩下封汪鑫和王峰两人。封汪鑫还在仔细地看着一张张倒排工期的计划表。

王峰抬头看了一下墙上的挂钟，时针已经指向凌晨一点半，王峰关心地说："封县，您也早点回去休息吧！"

封汪鑫微笑着说："老王，你连续两个晚上值班，今晚我来，你回去吧！"

王峰说："那辛苦您了。"随手轻轻地关了会议室的门，走了。偌大的会议里，就剩下封汪鑫一个人。

他放下手中的报表，伸出两个手指按了按两边的太阳穴，感觉有些累，便靠在椅子上闭目养神。

一会儿，他就睡熟了。

……

他梦到妻子，正在向他走来，一边牵他的手，一边埋怨："汪鑫，快到床上去睡觉，这样睡会感冒的。"

他抓住妻子的手，两个人慢悠悠地在林荫道上散步。车来人往，华灯初上，绚丽灿烂，那么热闹，那么繁华的阿妹戚托。

走累了，在广场的花坛边，他们停下来张望。一对 70 多岁的老年夫妇牵着手，默默从他们身边走过，不紧不慢的，没有说话，没有笑语，只是一直没有松手。

"好浪漫啊！"看着远去的背影，他心底产生敬意，泛起层层涟漪。此景此情，让他更加感受到了爱的力量，情的温馨。此时此刻，他领悟到了：牵手，其实不仅仅是年轻恋爱时的专利，而是所有伴侣在一生之中相亲相爱的载体。

这些年，因为忙，已经很久没有牵爱人的手了。

这一刻，他想到了许多爱情的谛言："愿得一人心，白首不相离"。

多少个漫漫长夜，封汪鑫就是在风雨兼程、废寝忘食、不眠不休中度过的。

待到 2019 年 3 月 31 日阿妹戚托小镇全面竣工验收时，三千建筑大军的英雄们才由台前退到了幕后。

我们自古信奉勤劳有正气的英雄，历史上从来不缺埋头苦干的人，不缺拼命硬干的人。前人用筋骨血肉，挡住了众多的历史浩劫；后人用汗水脊背，浇灌天地之心、生民之命。继往圣绝学，开万世太平。这片土地留给我们最大的礼物，就是不屈的文明。

第 六 章

一路向前 不负韶华

青春是美好的，在这段不可复制的旅途当中，

每个人都拥有独一无二的记忆。

有些路，不走，心不甘。

有些路，走了，满身伤痕。

看山，空山新雨后，

看水，坐看云起时。

阿妹戚托易地搬迁的背后，有一群敢于担当的女干部。她们有着强烈的为民情怀，

怀着最真挚的感情，坚守在最艰苦的地方，奋战在脱贫攻坚路上。

不当"医生"当"村官"

28岁的陈红珍是土生土长的三宝村人，也是当地为数不多的大学毕业生。大学毕业后，不当医生，毅然回乡当"村官"。

其实人生很多的选择，她为什么不当村医而当了"村官"呢？

都说医者父母心，但对于陈红珍来说，她更喜欢脱贫搬迁，喜欢奔跑在生她养她的崎岖的山路上。

"奔跑在生我养我的崎岖的山路上"，这需要激情与热爱，更需要担当与情怀。

"路"这个字是由足和各组成的。仿佛告诉我们，路在脚下，各自有各自的路。

或许是凯鲁亚克的《在路上》，"我们永远年轻，永远热泪盈眶"；也或许是李娟的"沿着漫

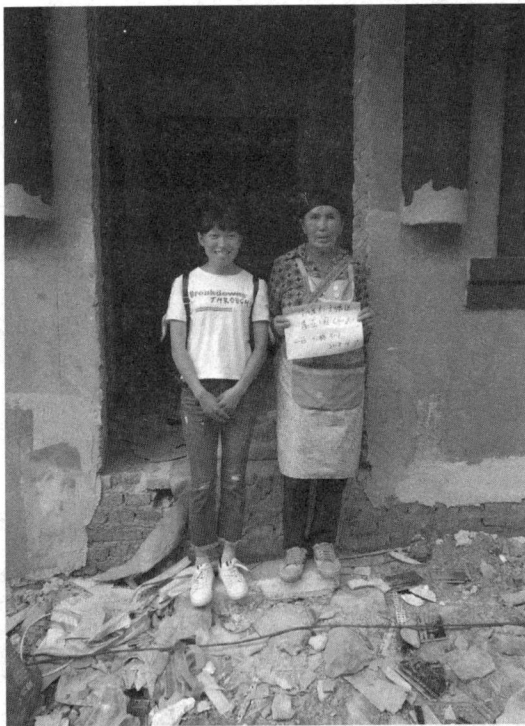

陈红珍（左一）与干塘组村民合影

漫时光，沿着深沉的威严和恐惧，崎岖至此的道路"，前面是看得见的世界，

后面是回得去的家乡。

其实，人在这个世界上，无论选择哪一条道路，都是荆棘与鲜花同在，有晴空也有冷雨。不过就像鲁迅先生说的，前途很远，很暗，然而不要怕，不怕的人面前才会有路。

青春在路上，不要去想是否能够成功，既然选择了远方，便只顾风雨兼程。陈红珍相信在路的尽头，总会有鲜花簇拥、好梦成真相迎。

说起晴隆的脱贫攻坚，人们很容易想到三宝乡的整乡搬迁。这是贵州省省委省政府及黔西南州州委州政府作出的重大决策，是让三宝人民群众告别贫困的正确决策，也是广大党员干部聊得最多的话题。

挥手作别"白衣天使"

2016 年 7 月，陈红珍从遵义医专毕业后，成为家乡卫生院的一名工作人员。

毕业前夕，陈红珍放弃了留在兴义市里工作的机会，毅然选择回到家乡。她深知，家乡的经济、教育、医疗水平相当落后，乡亲们走不出去，一辈子生活在这大山里，思想较为落后，读书出去的人少之又少，唯一能养家糊口的只有那几分山地，靠天吃饭是三宝人长期的耕作传统。全乡只有一条不足 5 米宽的道路与外界连通。乡亲们要是突发疾病，只能眼睁睁看着他们疼痛，有的甚至病逝在崎岖蜿蜒的送医途中。

从医以来，陈红珍始终急患者之所急、忧患者之所忧、想患者之所想，始终坚持"医者仁心"的原则，把患者的生命安全放在第一位。随着医疗技术的不断提高，加上强烈的责任心和事业心，成了医院的业务骨干，受

到了患者的信赖。

2017年，陈红珍当选为三宝乡干塘村村委会委员。作为一名村委委员，陈红珍把工作重心转移到发展产业上。三宝有着丰富的森林资源，如何有效利用三宝这片荒废了几十年的森林资源，这是摆在陈红珍等人面前的重要课题。经过多方考察和论证，在各级领导的关怀与支持下，她们发展起了三宝林下生态养殖产业。2017年3月，成立了晴隆县三宝乡干塘畜牧养殖农民专业合作社，陈红珍成为合作社的一员，并担任了合作社的理事长。在担任理事长期间，她主动学习天麻种植技术，并授予同村的秋香，学得一手好技术（后有故事，在此不表）。

经过深思熟虑，陈红珍辞去了医院的工作，一门心思投入到了养殖、种植业上来。她深知医院需要她，病人需要她，三宝要脱贫致富必须带领老百姓搞养殖业和种植业。从此，陈红珍挥手作别了"白衣天使"。

搬出深山从亲人开始

2017年7月，被选为村委会主任的陈红珍，从县里脱贫搬迁的培训班学习回来之后，与支部书记杨佩勋商议，按照县里制定的搬迁工作办法：第一步突破"小手牵大手"，先搬学校，开启"破冰之旅"；第二步干部带头搬迁；第三步亲戚先搬，最后带动群众搬迁。

三宝山高坡陡，缺水严重，一方水土养不好一方人，整乡搬迁是唯一的出路。

故土难离，整乡搬迁谈何容易。

动员工作一开始，就阻力重重。

村民说："陈主任，不是我们不给你面子，我们祖祖辈辈住在这里，你让我们搬迁，我们不习惯，要搬，也是你家先搬。"

俗话说，万事开头难。陈红珍选择做大伯陈友祥的工作，刚开始说什么大伯都听不进去。老人总是说家祖祖辈辈都在这里，不愿意离开家乡。年过花甲的陈友祥，走得最远是晴隆县城，可是，陈友祥到了县城一条路都不认识。

陈友祥没有什么文化，但脾气挺倔，他对陈红珍说："侄女，你别劝我了，我都活了一把年纪了，死也要死在这里。"去的次数多了，陈友祥就打电话对她父亲发脾气："你别让你当村官的女儿来我家了，再来，连亲戚都不要做了。"

陈红珍的父亲陈友明不识字，但思想开明。便憨厚地笑着说："哥，搬迁是国家的政策，是为咱老百姓好，红珍是职责所在，你不支持她的工作，谁会支持？"

陈友祥与陈友明杠上了："搬迁好，你家怎么不搬呢？你搬了再来说我。"

陈友祥长年带着妻儿在浙江省金华市打工，1995年出生的儿子陈红斌，没有考上大学便随着父母亲在外地打工。

陈红珍在旁边听到了大伯与父亲打电话，暗自乐了。回到村部，陈红珍就跟父亲打电话，语重心长地劝说："爸，你也是见过世面的人，党和国家花费财力人力物力，为我们建了一个阿妹戚托特色小镇，这是我们祖祖辈辈盼来的好事，一代一代人守着这个穷山沟，连饭都吃不饱，别再让弟弟受苦了。"

陈友明说："闺女，你说搬就搬吧，我这一辈子在山沟里转习惯了，或许搬出去机会多一些。"陈友明的思想转化快，是因为他在外面打工见多识广。

浙江省的经济发展很快，在全国各省市中名列前茅。父亲曾跟她讲过一个事情，他打工的那个厂子扩建时，老板想让他做管理。

他说："我不识字，受了没文化的苦。所以砸锅卖铁让你念完大学。"

陈红珍在谈到她读书上学时，当时也有亲戚说："女孩子读那么多书干嘛，反正长大也得嫁人。"

陈友明没有听亲戚的话，硬是咬着牙送女儿上了高中。

陈红珍打小就身体不好，高中有一半时间在生病。陈友明考虑之后，女儿身体不好越要读书，干不了农活，将来怎么嫁人呢？

因为学费太贵，陈友明夫妇一直在晴隆这边搞搬运。陈红珍成长过程中，一半时间是在读书，一半时间在治病。

陈红珍回忆，她读初中时，父亲腰间盘突出，那个时候，父亲才做了手术，家中欠了一屁股债，经常有人上门追债。待她生病时，家里已经是无能为力，还好父亲有八姊妹，兄弟姊妹关系好，凑足了三万元钱，父亲带着她到兴义城看病。

都说：穷人的孩子早当家。

姐弟俩小小年纪就随母亲出去干活，背红砖、背沙子。

当时，医疗费报销较少，陈红珍上高中时，高一手发麻，高二经常晕倒，到各大医院就医，也没查出是什么病，中医说是气虚血寒，最后喝了两年中药，病情才所有好转。

为了做大伯陈友祥的搬迁工作，她是想尽了一切办法。在长辈面前，她说什么话都不起作用。

于是，她想到了先从二位堂兄家开始。伯伯的儿子陈红高做了四五次工作，他同意了，可是嫂子不同意。他们有两个儿子。嫂子说："县城房子成本高，担心儿子住县城，没有钱买房子，娶不到好媳妇。"当时大堂兄和二堂兄都签了协议。二堂兄在外工作长了见识，可二堂嫂不同意，还说："你若搬，我们就离婚。"主要是对搬迁生活的恐惧，后来陈红珍带他们去黔西南布依族苗族自治州兴义市搬迁的居民居住地方看了看，一来二去他们才同意。

2017年以来，包括陈红珍在内的各级党员领导干部采取"小手牵大手"、干部亲属带头搬、举办活动促进搬、先搬带后搬等措施，以"硬着头皮、厚着脸皮、磨破嘴皮、饿着肚皮、走破脚皮"的劲头，向贫困代际传递发起总攻，奋力实现三宝贫困群众"在县城住上新房子，在老家分到钱票子"

目标。三宝乡首先将三宝学校初中部、小学部 760 余名学生搬到县城教育园区就读，再通过教师教育学生、学生动员父母，已搬迁群众现身说法，讲好处、讲体会等有效举措，逐步提高群众搬迁积极性。

2018 年，陈红珍首先动员家人搬到了阿妹戚托的新家，紧接着又开始动员自己的亲戚朋友搬家。在亲戚朋友眼中，瘦小的她是一个值得信赖的女孩。在陈红珍的动员下，16 户直系亲戚先后搬迁入住，如今干塘村 509 户村民 2641 人已经选房搬迁，其中贫困户占 359 户、1946 人。

2019 年 6 月，经过 3 年多的奋战，在中央、省、州、县、乡五级干部的共同努力下，三宝乡 1317 户、6263 人搬出了大山，开始了崭新的生活。

从此，三宝人民多了一个美丽的称谓——新市民。

如今，看着乡亲们在美丽的阿妹戚托稳定下来、生活下来，陈红珍笑了，群众也竖起了大拇指。

芳华永驻人姣美

在三宝乡易地脱贫攻坚这场没有硝烟的主战场上，有这样一位苗族女战士，迎着亲人不解的目光，面对寨邻们一而再再而三的拒之门外，在近500个日日夜夜里，一个红色的长方形的挎包，是她的标配；一双脚丈量着弯弯曲曲的山路，是经历；背上背着一个七个月的女娃走村串户，形成一个独特的倩影。冰雪里，她行走在扶贫搬迁的路上；暴雨中，她行走在扶贫搬迁的路上；烈日下，她行走在扶贫搬迁的路上——她就是三宝乡干塘村岔沟组的苗族女干部杨明巾。

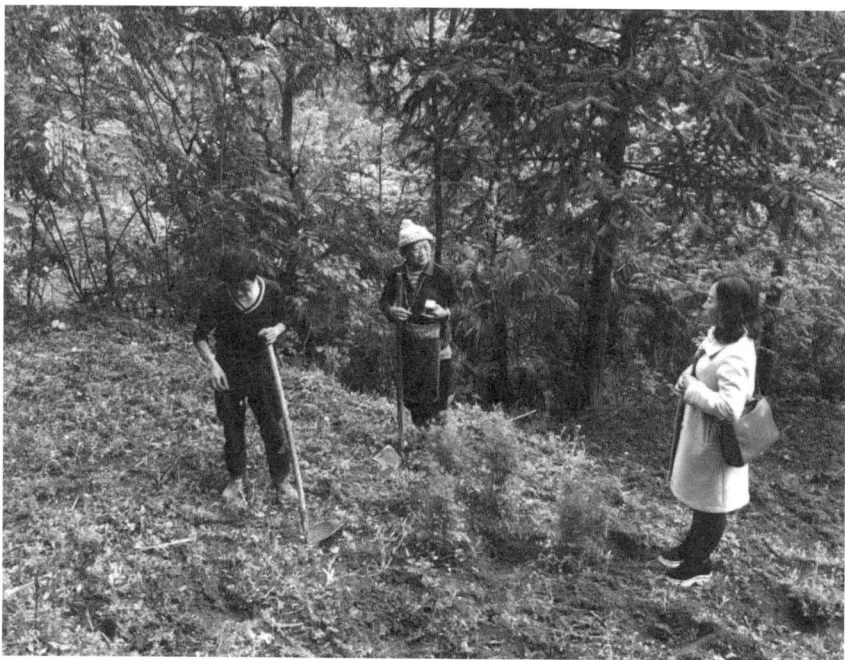

杨明巾（右一）到田间地头做工作

搬迁：从自家入手

34 岁的杨明巾是大厂镇小学的一名语文教师。由于是土生土长的三宝人，2017 年 10 月底，被县里抽调到三宝参加易地扶贫整乡搬迁工作。

杨明巾获知自己要回三宝参与整乡搬迁时，刚开始内心是有抵触情绪的，她大的儿子正在上幼儿园，二女儿出生才 7 个月，正是嗷嗷待哺的婴儿。但往深处想，自己是本地人，做动员工作有其独特的优势。再说，打赢全民这场脱贫攻坚战是没有退路的，是实现全民奔向小康的必由之路，她作为一名人民教师有义不容辞的责任。想到此，杨明巾背上女儿，二话不说就踏上了困难重重的易地扶贫搬迁之路。这一去，就是两年多……

"整乡搬迁"，简简单单的四个字，说起来容易，做起来何其艰难！岔沟组 100 户苗族同胞，文化程度不高，要他们离开祖祖辈辈生活多年的这块贫瘠的土地，那真是"搬着梯子上天——没门"。

如何破局？杨明巾能想到的办法是：从自家入手！

杨明巾的父亲很多年前在三宝乡当过干部，后来，为了养活一家 10 口人，转行干起了木工手艺。应该说，父亲算是有点文化、见过世面的人了，可提起搬迁，父亲沉闷地说："搬上去吃哪样？房子又窄，以后百年归天，办丧事都没得一个地方……"

如果连自己的父亲都劝说不动，怎么做寨邻们的工作？杨明巾铁了心，每天晚上缠着父亲软磨硬泡。都说女儿是父亲的小棉袄，这暖心的棉袄可会说话了，总是选父亲感兴趣的话题聊，有时父女俩一聊就可以持续到深夜。经过一个星期的"攻坚"，父亲终于叹了口气："搬吧！"

接下来，杨明巾把目光转向了比自己小两岁的弟弟。弟弟倒不吭声，弟媳可不给好脸色看，又是闹离婚，又是吵着要自杀，一家人被折腾得鸡犬不宁。弟弟说："姐，不行先把房选了再说。"

她带着弟弟到阿妹戚托看了房，弟弟感慨，小镇的新家果然不一样，和老家的房子不可同日而语。当即就选了房，可回到家里，弟媳是火冒三丈："要搬，你个人去，我与娃儿住在三宝。"杨明巾用上了"激将法"，把小镇优美的居住环境、漂亮的新房子拍照发到朋友圈，对弟媳说："你们实在不想要，就把房子让给想要的人吧。"这下可好，弟媳的嘴终于软了下来："你不是来做我们家工作的吗？咱们选好的房子，干吗要让给别人，你这不是胳膊肘往外拐吗？搬，搬，我们明天就搬迁。"

杨明巾的"激将法"还真管用，弟弟家终于在2018年8月27日搬迁入住小镇二区18幢居住。

父亲搬迁了，弟弟也搬迁了，就剩下大哥一家了，她知道大哥是一个难缠的主。有了同父亲、弟弟、弟媳打交锋的经验，这一次，杨明巾倒不急于求成，而是采取了各个击破的办法。

杨明巾的大哥家5口人，按照人均20平方米，可以分到100平方米的大套间，这对于大哥住在破旧的老屋来说，简直就是人间天堂。但是大哥的态度强硬，一直反对搬迁，甚至到了不理睬杨明巾、见面都不打招呼的地步。她打电话给两个正在上大学的侄子，说要去学校看他们。侄子得知姑姑要来学校，当然高兴。

第二天，杨明巾与侄子见面后，说明来意。将阿妹戚托的新房照片发给侄子，并细说了搬迁到城里的诸多好处。还自掏腰包请侄子的同学吃饭，侄子二话没说，就同意了搬迁。临走时，一再嘱咐让侄子帮忙做他父亲的工作。

侄子说："姑姑，您远道而来，这是为我们家好，父亲是一时没有转过弯来，您放心吧，爸的工作我们兄弟来做。"

在大家的努力下，大哥同意先来试住一段时间。没想到，大哥才住上一个星期，就不想回三宝了，说新家出行方便，洗澡、上厕所方便，一切都好。

杨明巾的动员搬迁任务是 5 户。她的父亲不仅自己搬迁，还凭着在寨邻中人缘好、威望高的优势，帮着女儿做了 2 户的动员工作。

杨明巾微笑着说："她的搬迁任务能够如期完成，与父亲的大力支持是分不开的。"

背着娃儿走村串户

在所有动员搬迁的对象中，村民杨成和是最"老火"（"老火"是云、贵、湘、川一带方言，意思是指很困难、麻烦）的一户。杨成和不识字，连普通话都听不懂。家里 7 口人，家境贫困，家中又脏又乱，几个小孙孙用当地人的话说，都是"花眉花眼"的。几经动员、几经劝说，杨成和总算搬到了小镇，妻子在小镇当保洁员，一月 2000 元收入，小日子过得和和美美，新家干净整洁，几个小孙子，也不再"花眉花眼"，而是和城里的孩子一样穿戴清爽整齐，过上了全新的城里人生活。

事后，杨成和遇见杨明巾，总会抓着她的手说："杨老师，感谢党恩，感谢你，我们家现在过的是神仙日子。"

人们看着大方矜持的杨明巾，心里在想，她都应该有一个岁月静好的样子。或闲庭信步、或握卷而阅、或极目远眺、或低眉幽思……她本该属于握卷而阅，执鞭而教，却要背着七个多月的女娃重负前行。

杨明巾这一路走来，还真的不容易。无数个天边刚露鱼肚白的清晨，无数个月明星稀的晚上，杨明巾和战友们奔忙在脱贫攻坚路上。

杨明巾带着七个月的女儿到三宝"参战"时，起初是住在父母家。父母是和弟弟住在一起。那时候，早上看到杨明巾，弟媳脸都不洗，牵着牛就上山了，是因为不想看到杨明巾。因为看到她就——闹心！摔门、冷言冷语等过激言行。但是杨明巾不得不接受现实，她和父母仅仅住了两个月，就无奈地抱着孩子搬到乡政府。

当时的心情是糟透了，但冷静下来想一想，三宝的搬迁真是的"没有假如，只有必须，没有不对的群众，也没有不对的亲人，只是她还没有找到工作的落脚点和切入点，他们的不支持、不理解是她的工作方法、工作态度还存在不足，只有多沟通、多交流，想办法解决问题"。

面对各种困难，她调整好心态，不气馁，鼓足干劲。

这恰恰验证了中国的一句古语："想，都是问题；干，才有答案。"

在乡政府住的那段时间里，杨明巾每天清早6点起床，把女儿打理好，然后背上女儿，带上牛奶、奶瓶、尿不湿等必备"物件"，8点前赶到村民家里。要是去晚了，村民们就出门上山干农活或是务工去了，那这一天就只能扑空。她的女儿有点小胖，6个月就长到20多斤，背着女儿行走在爬坡上坎的湿润山路上，这对于个子不高，体力并非强壮的杨明巾来说，时间长了，累得喘不过气来。好在有同事们伸出援助之手，帮着抱，轮着背，那风一程、雨一程的崎岖山路，也不知留下了她们多少足迹。

有一次，天气十分寒冷，地上早已结冰，她冒着毛毛雨去到一户人家，放下背上已经冷得全身打战的女儿，想要一点开水冲牛奶给孩子喝，却被这户人家拒绝了。她当时的心情可以说比布满脸上的"凌毛"还冰冷，泪水禁不住夺眶而出，她是为了他们好，才来动员他们搬迁啊，他们为什么要这样对她，对她年幼的孩子？群众不理解不支持，只能说明工作没有做到更细，没有做到群众的心里去，还需要进一步的改进。因为她坚信，现在做的不是一项简单的搬迁工作，她们是在党和政府的坚强领导下，从事的是一项伟大的事业：那就是彻底阻断三宝乡的代际贫困，让彝族、苗族同胞过上幸福日子。

从乡政府到岔沟组做动员搬迁，步行要四十多分钟，更何况还背着个幼小的孩子。晚上，从村民家里返回乡政府，遇到没有同伴同行的时候，四处一片漆黑，遇上鸟禽虫鸣、风吹草动的，杨明巾心里害怕极了，但只能硬起头皮壮着胆子往前走，除此之外，别无选择。

事业和家庭，有的时候难以做到"鱼和熊掌兼得"。把大量的精力倾注到搬迁工作上，只有周六回家换洗衣服，看一眼上幼儿园的儿子，星期天又赶回搬迁第一线。丈夫时有抱怨："不晓得你们一天都在忙些啥子？"婆婆埋怨："养个儿子，娶了个媳妇，却像个没成家的人一样。"

一次，婆婆生病在兴义市住院，丈夫也是教师，只得花钱请人顾料老人。对于家人、老人，杨明巾有太多的歉意和愧疚。

正如县人大常委会主任、三宝乡易地扶贫搬迁指挥长吴金山所说："我们的扶贫干部真的是太辛苦了。对大家来说，打赢这场整乡搬迁硬仗，只有必须，没有假如！"

三宝街道办主任王忠雄说，在抽调到三宝乡参与易地扶贫搬迁工作的干部中，杨明巾完成的动员搬迁任务不是第一，就是第二。成绩的背后，是局外人看不见的委屈、汗水，甚至是泪水。

如今，杨明巾的 20 多户亲戚全部搬迁到小镇入住。她总计动员入住

81 户、381 人，参与走访动员 586 户、2810 人。这不仅仅是一串简单的数字，数字的背后凝聚着杨明巾的汗水与心酸。

2019 年 6 月 30 日，这个历史性的时间节点必将载入晴隆的发展史册！在中央、省、州的高度重视、大力支持下，在社会各界的倾力帮扶和全县上下的合力攻坚下，三宝群众相继搬离层峦叠嶂的大山，搬迁到花园般的国家 3A 级旅游景区——阿妹戚托，成为新市民，过上新生活，创造了全国易地扶贫搬迁的时代奇迹！

搬迁路上"追梦人"

从杨明巾老师到刘金松书记，从柳氏四兄弟再到文家三姐弟，为了三宝整乡易地搬迁，可以说是群英会聚三宝乡。

万事开头难

柳仕梅是三宝乡搬迁干部中的一员，她与那些抽调来的干部一样走村串户，该吃的苦都吃了，该受的累也受了。

1976年12月10日柳仕梅出生于三宝乡大坪村，是一个地地道道的三宝人。44岁的柳仕梅谈起三宝整乡易地搬迁时深情地说："2017年6月，省委书记孙志刚在三宝乡调研时，由于当地严峻的脱贫形式引起了他深深的思考，三宝乡作为全省极贫乡镇之一，是脱贫攻坚必须啃下的硬骨头。当时，孙志刚书记对州、县、乡三级干部做了指示：为彻底斩断穷根，阻隔贫困代际，你们必须努力闯出一条决胜脱贫攻坚的新路子，争取在2020年全国扶贫收官之年，让三宝人民一起奔上小康生活，早日实现脱贫致富。"

为此，三宝乡搬迁成为脱贫攻坚的唯一选择，晴隆县县委县政府做出了一个艰难而勇敢的决定——整乡搬迁。

她说："整乡搬迁之前，我们就做了大量的政策宣传，老百姓都不理解，不分昼夜地往老百姓家中跑，老百姓根本不待见。"

柳仕梅与州里来晴隆县挂职的董顺飞分在一个小组，遇到不开心时，就会在董顺飞副县长身边唠叨几句。

柳仕梅说："彝族、苗族乡亲原本是最好客的，亲戚、朋友、乡亲见面后只要不谈搬迁，都会说，到我家去喝酒吧。什么都好商量，一旦说起搬迁，立马翻脸让你走人。"

有一回在乡下，她对董顺飞说："这搬迁工作太难做了，看来做人的思想工作比什么都难，主要是他们不愿和我们交流。"

董顺飞说："万事开头难。因为难才需要我们来做工作，要用心用情去温暖他们，我相信，总有一天他们会想通的。"

董顺飞的话给了柳仕梅启迪，她也慢慢地悟到了一些东西。这不是搬东西，搬东西有力气多搬几次就成了。这做人的思想工作，还得从人的思想上找原因，只有慢慢地去感化他们，给他们算好经济账，只要他们想通了，就一通百通。最主要是要有人带头搬出去，看到搬出去的人日子好过了，他们才会相信政府，老百姓喜欢看得见摸得着的东西。

出点子想办法　从干部亲属入手

三宝乡的搬迁工作一度陷入瓶颈期，县委县政府看到这个局非常难破。有人提出：打亲情牌、友情牌、人情关系牌。为此，县委县政府决定把在外乡镇上班的三宝籍干部和曾经在三宝工作过的 50 多名干部抽调回来一起搞搬迁，听到这一消息他们高兴极了，有这么多人来帮助支援三宝，一定能做好搬迁工作，这也更加坚定了他们的信心。

柳仕梅是三宝土生土长的，大学毕业后就一直在三宝乡政府工作，除了对这片土地热爱之外，更爱这里的父老乡亲。

柳仕梅的家在三宝村长耕组，她很感谢她的父亲，要不是父亲的培养让她上了大学，也不会有现在的她，当年和她一样大年纪的人，没有几个有工作，几个有工作的都是通过读书考出去的。搬迁是一件功在当代、利在千秋的大事。

柳仕梅同董顺飞有过交流，再苦再难，也要做好这次搬迁工作，让老乡们从这个穷山沟里搬出去。绝不能让下一辈人再走上一辈人的老路，要让他们像城里的孩子一样受到良好的教育，让他们不输在起跑线上。

董顺飞对她有这样的决心和毅力竖起了大拇指。

柳仕梅姑妈家就住在三宝村三宝组，柳仕梅去姑妈家做了很多次动员工作，政策给她说了无数遍，姑妈就是听不进去。

有一回，姑妈生气地反驳她："侄女，我老了去晴隆能做什么？打工，人家又不要我，搬上去以后你拿钱养我啊！"末了，姑妈还丢一句狠话："你自己去和你姑爹说嘛，我是死活都会不去的，你也不要去动员别人，闺女，这是你来我家，其他的人来我家，我都懒得跟他们讲话。回去吧闺女，别劝我了，省一省力气吧！"

姑妈一顿数落，她竟然无地自容。

柳仕梅无奈地离开了姑妈家，垂头丧气地往乡政府走，在回政府的路上，她一直在想：到底要怎样才能把姑妈思想工作做通呢？想来想去她想到请自己的父亲出面，他是哥哥，哥哥讲的话妹妹应该会信、会听的。

柳仕梅坐在路边的一块青石上，拨通了父亲的电话。

父亲见电话是女儿打来的，很高兴地问道："闺女，啥子事情呢？"

柳仕梅在电话里一口气说了，姑妈姑爹不愿意搬迁的事情。

父亲说："闺女，你晚上回来吃饭，我给你烧几个好菜，见面再聊。"

柳仕梅挂了电话，坐在路边沉思，她想起了姑爹当年生过一场大病，父亲当时在晴隆上班，带着姑爹去晴隆看病，出钱出力忙前忙后，细心照顾着姑爹，姑爹的病才渐渐地好起来，如果不是父亲倾力相助，恐怕姑爹早就不在人世了。

柳仕梅闷闷不乐地回到娘家，母亲见女儿回来了，非常高兴。

母亲并不知道，女儿跟老子谈起姑妈姑爹不愿意搬迁的事情。

吃饭的时候，使劲给女儿碗里送菜，柳仕梅看着满桌的鸡鸭鱼肉，当时就泪在眼眶里打滚。把母亲吓坏了，善良的母亲还以为女儿是在婆家受了气，或者是夫妻之间有了争吵才回娘家的，眼睛直勾勾地望着丈夫。

"老伴，没事，闺女是因为搬迁的事情不开心。"

"闺女，这有啥子不开心的？搬迁是好事情，从这个穷山沟里搬到县城去过好日子，去享福，他们还不干啊！别不开心，凡事找一个带头的，有人搬了，就有人看样。"

母亲是一个心直口快的农村妇女，经常没心没肺地唠叨，但这几句话提醒了柳仕梅。

父亲给柳仕梅送过一张纸巾，柳仕梅伸手接过父亲的纸巾，揩去眼角的泪，破涕一笑："爸妈，我没事，你们也吃菜。"

吃过饭后，父亲泡了一壶三宝红，一家人坐在一起喝茶聊天，这样的时光真好啊！她愿意就这样静静地陪伴在父母身边，希望这时光再慢些。

她想起了古人说过的话：人生在世不如意的事十有八九，哪能件件如意呢？人这一生，会经历各种各样的事，遇见各种各样的人。好的人给自己快乐，坏的人给自己经历，最差的人给自己教训，最好的人给自己回忆。

她坚信，那些努力微笑的人，都曾在深夜流过泪！

父亲喝了一口茶说："闺女，你除了找姑妈姑爹说搬迁的事情，有没有找在外面打工的表哥讲过这件事呢？"

真是一语点醒梦中人。

柳仕梅莞尔一笑："爸，我忘了表哥表嫂。"

父亲说："打电话给在外地打工的几个老表，探探他们的口风。"

"好，好，我现在就打。"

"打吧，打通之后，我跟他们说几句话。"

柳仕梅拨通了远在广东打工的大表哥电话，电话里她只说她父亲想跟他说几句话，随手按了一下免提，把电话递给了父亲。

电话那头传来了表哥的声音："喂，是舅舅吗？这一年到头忙的，也没跟您老去一个电话，实在是对不住啊！您二老身体还好？"大表哥恨不得把心里想说的话一口气讲出来。

"好，都好。你在外咋样呢？"

"我们还行，您多保重，放心吧！"

"春牙子啊！有件事我想跟你说。"父亲叫了表哥的小名，因为，表哥是春天生的，他习惯性叫大表哥春牙子。

"嗯，在听，您说。"

"三宝乡整乡搬迁的事，你晓得不？"

"晓得，晓得。"

"你们的态度咋样呢？"

"大家搬，我们就搬吧！"

"现在是答应搬迁的人很少，你表妹在做你爸妈的工作，去你家跑了七八回了，思想没有通哟！"

"这……"表哥停顿了，一时不知说什么话。

父亲打破了沉默，继续说："你三个娃娃有两个已经到了读书的年龄了，你现在那面打工，是不是吃了没有文化的亏，干活累，工资还不高，是不是啊！"

"是，是，是的，我们老板看我人老实，想让我去管理仓库，但是我没有多少文化，这活干不了。"

"春牙子啊！你舅是过来人，当时文化不高，也就在乡政府当了一般的干部。县城条件好，要让娃儿到城里读书，这么好的机遇，还不赶快抓住。你可不能让娃娃也像你一样去外面打工受累，为了娃娃能有一个好的学习环境，只有搬迁到晴隆去，要好好培养孩子。"

父亲不愧是老革命，这番话下来，表哥是连连点头。

"舅，您说得在理。把电话给仕梅表妹，我跟她讲几句话。"

柳仕梅接过电话直呼："表哥，谢谢你支持我的工作。"

从小一起玩到大的表哥表妹关系还是不错的，只是长大后，各自成家了，联系就少了，也只有每年春节拜年时，彼此见上一面，喝点小酒，玩一会儿牌，开开玩笑。

"仕梅，你咋知道我答应搬了？"

"表哥，在外见多识广，晴隆县城是不是比三宝乡好。"

"是的，没有打电话之前，我就在做你表嫂的工作。刚才舅一番话，打动了她，她也同意了，我们准备请假回乡搬迁。"

"好，好啊！表哥表嫂，谢谢你们。"

"应该是我们谢谢你。我们一家 5 口人，加上爸妈一共 7 口人，能住多大的房子呢？"

柳仕梅说："1 人 20 平方，7 人可以分到 140 平方。"

"几层呢？"

"两层，独阳台，很漂亮的，搬得早可以选房子，搬得晚就只能等分配了。"

三天后，表哥表嫂从广东赶回来签了协议。签协议的当天柳仕梅心里五味杂陈。表哥搬进了晴隆县城，所有的亲戚都向他打听，住在阿妹戚托的表哥，一味地向亲戚感叹："没有想到这辈子能住上这么高级的房子，这得感谢党的恩情。"接下来好事连连，柳仕梅的幺姑妈、叔伯、舅舅都搬进了阿妹戚托。

磨破嘴皮子　不如巧使劲

柳仕梅是三宝籍的干部，同时也是"包保"大坪村的干部，她不仅要把自己的亲戚全部动员走，还要动员三宝乡的其他群众都搬迁到阿妹戚托。每天早上起床吃过早餐就得从三宝乡出发到村里动员群众搬迁，晚上十一二点才回来休息。

回到乡政府几个人又坐在一起讨论，各自说说这一天的动员情况和心灵感受。然后，大家在一起商量，这家谁说了算，"软肋"在什么地方，谁是他家亲戚，他们会听谁的话，可以从哪个方面入手，他们把各自的"包保户"拿来出分析，大家出点子、想办法，才能动员到他们签协议。如果这一天，有人签了协议，大家会互相点赞、相互鼓励，没有进展的也打气鼓励多做工作。直到深夜，他们才各自回房休息。

太阳升起的时候，他们又奔走在乡村道路上，散落在村户之间。

柳仕梅说："有一户叫李平书的村民，她们去动员了好多次，李平书就是不点头，后来大家坐在一起分析，有人提出李平书的女儿在县文工团上班，看能否通过他的女儿来做父母的思想工作。"

第二天，柳仕梅到县文工团找到了他的女儿，把三宝整乡易地扶贫搬迁的事情跟她的女儿说了一遍。年轻人接受新鲜事物比较快，再说在城里就业机会也比较多，她也不想回老家做农活。聊了几次后，她的女儿答应回去做她父母的工作，李平书还是不同意搬迁，怕搬到县城找不到事情做，家里没有钱用，生活会更困难。

柳仕梅把易地搬迁的政策向李平书说了又说，并承诺困难户会想办法解决一个人就业，还有农村低保，也要转成城市低保，低保的钱每年都还会有所增加，每个月要发好几百元钱。三宝这边还可以养鸡、养牛、种天麻，村里的集体收入大伙还可以分红，土地流转了还有流转费，生活是不会有问题的，再说县城看病也比较方便。

柳仕梅的这些话说到了李平书的心坎里去了。主要是看病难问题得到了根本解决，前不久他的儿子得了急性病，因为三宝乡距离县城太远了，没有得到及时抢救，儿子去世了。

都说人生三大悲哀：少年丧父，中年丧偶，老年丧子。白发人送黑发人是老人最伤心的事情。但是，世界上的事情往往不能用常理去说的，总有一些家庭会遇到老年丧子之痛。儿子的突然离世，让李平书遭遇了丧子的危机，对他们来说无疑是最大的打击。孩子永远是父母的心头肉。所以，当老人遇到丧子之痛后，原来家中的希望和依靠突然没了，这时，让他们搬迁到城里来是有些战战兢兢、如履薄冰。

柳仕梅的话虽然触到了他的痛处，但李平书考虑再三，还是不同意搬。在这种情况下，柳仕梅回到政府后，几个人合计，干脆来一个先斩后奏，叫上李平书女儿先去选房子，待房子选好后，租一个车子带上二老去阿妹戚托转转。

晚上，柳仕梅给李平书的女儿打了电话，在电话里把她父母亲的工作没有做通和自己的一些想法向李平书的女儿兜了一个底，没想到她的女儿想法跟柳仕梅一拍即合。

李平书的女儿高高兴兴地在阿妹戚托选好了房子，第二天租车请父母到县城去玩，李平书知道女儿葫芦里装的什么药，死活不肯"上当受骗"。

李平书的妻子还是同车去了，车子到了阿妹戚托后，女儿牵着母亲的手直奔自家两层小楼房，坐在明亮宽敞的新房里，李平书的妻子感叹着："这么好的房子，搬，搬，明天就搬迁。"

女儿问："那爸爸呢？"

"你爸不搬，我先搬过来。"

在回程的路上，女儿小心翼翼地问道："妈，你哪来的自信呢？"

"女儿啊，你到了我这个年纪就晓得了，你爸拗不过我的，过些日子他就会搬过来的。"

的确，熬到第三个星期，李平书在大坪村实在熬不住了，平常是衣上手，饭上桌。现在老婆去了县城住，没有人给他洗衣做饭了。房是空的，床是冷的，白天干些农活还能够打发日子，到了晚上连一个说话的人也没有，那种寂寞打心眼里难受。

他主动给女儿打电话，在电话里诉苦连天"一个人在乡下，如何，如何难……"

女儿终于明白了妈妈当时讲的话的含义，原来妈妈早就探好了爸爸的脉。

柳仕梅说话算数，李平书的妻子搬迁到阿妹戚托后，给她安排了保洁员的工作，每月工资 1800 元，李平书的生活从此发生了很大的改变，家里也收拾得干干净净的，每次见到柳仕梅都叫她去家里吃饭，说是要好好感谢她们。

柳仕梅说："大婶，要感谢党和国家有这么好的政策，让你们搬迁到县城，过上幸福的好日子。"

之后，大坪村的群众他们了解到李平书搬迁到阿妹戚托后，隔三岔五的有人向他家打听阿妹戚托怎么样？

柳仕梅了解到同村的毛文花、李光学的老婆、李光云的老婆等人都和李平书的妻子关系很好，柳仕梅就请李平书的老婆去给她们做思想工作，柳仕梅便趁热打铁，一番动员下来，好几家人都动了心。

不到半个月时间，大坪村的群众就有多半人家搬迁到了阿妹戚托。如今，她们又可以像往昔在老家一样，每天开开心心地坐在一起绣花了。

第 七 章

收官之作　可圈可点

2019 年 3 月，阿妹戚托小镇全面竣工验收，原住地 1317 户、6263 人全部搬迁完成。

"出门不远处就能上班。" 这是小镇新市民说得最多的一句话，这也是他们对目前生活状态最幸福的表达。

一栋栋独具民族风情、雕栏花窗、古色古香的特色民居，一个个内容丰富的民族文化体验项目，环境优美，基础设施配套完善。

开启新生活

"望得见山，看得见水，记得住乡愁。"习近平总书记的铿锵之声，道出了当今无数人的同感和心声。没有乡愁的土地是苍白的，没有乡愁的国度是缺少根基的。

太阳西斜，凌乱的农家小院，散发出苞谷酒的辛辣味儿。白瓷碗第三次见底的时候，贫困户杜玉明终于开口说：他想去县城看看房子。

杜玉明答应去县城看房子，柳松、柳仕武、柳仕状、柳仕泽四兄弟终于松了一口气，老大柳松的眼眶一湿：苦口婆心劝了两年，记不清陪老汉喝了多少碗酒，从没动摇过他留守的决心。这一次，转机竟然来得如此痛快！

柳松说："居住环境改变，换了种生活方式。"

柳松、柳仕武、柳仕状、柳仕泽四兄弟的"包保户"到 2019 年 3 月全部搬迁入阿妹戚托，开始过上了新市民的新生活。

三宝群众：从旧土瓦房到精美新居

贵州晴隆县三宝乡，全省 20 个极度贫困乡镇之一，全镇人口 6263 人，贫困发生率高达 57.9%。截至 2019 年 4 月，三宝乡九成以上农户领到了县城新居钥匙，八成老乡搬进了新家。搬迁工作重心从"怎么搬"向"搬后怎么办"转变。如何写好整乡易地扶贫搬迁"后半篇文章"，是需要攻克的另一道难题。

晚饭后，欢快的音乐响起，小镇广场热闹起来：在一群穿蓝色马甲的年轻社工带领下，老老少少尽情舞动，63岁的彝族大妈车朝美跳得最起劲儿。但若是回到一年前，刚刚搬进县城时，她可没这个心情……

车朝美边跳边对我们说："刚来那会，两眼一抹黑，连门锁都不会开，整天猫在家里不敢出门……出去的时候，要在自家门口放一个蛇皮袋子。"

有一回，蛇皮袋子被调皮的小孩子拿走了，车大妈回家的路都找了一个多小时。

三宝乡到县城不足45公里，因大山阻隔，班车要跑两个半小时。搬到小镇之前，车朝美也进过几趟县城；对于城里的生活，她感到恐慌。

三宝街道人社中心主任柳仕梅说："车大妈这样的老年人有很多，他们临出家门时，总得在自家门口放一个与别人家不一样的东西，免得回家辨别不清。"

阿妹戚托特色小镇的建设布局是一样的，装饰是一样的，公路是一样的，唯一的辨认就是文字与虎、牛符号，对于没有读过书的老人来说，刚开始时的确是有一点难度。

为帮助搬迁群众早日适应新身份，小镇成立了新市民服务中心，提供便捷的"一站式"服务；城镇居民享受的政策待遇，老乡们一样不少。县里还抽调一批干部，

柳仕梅（右一）去老乡家做工作

以"结亲包保"的形式，跟踪解决大伙儿的生活问题……

柳仕梅现任三宝街道人社中心主任，参加工作 24 年了，到人社中心工作 7 个年头，这里的居民大多数熟悉，了解他们的家庭情况。人社中心就是便民服务帮助小镇子女读书、培训、就业，为企业做嫁衣裳。2020 年，在新冠肺炎疫情的影响下，许多人不能外出，找不到工作，柳仕梅想办法，找路子，解决了阿妹戚托 266 人就业问题。

近两年，从保洁、治安巡逻、宣传员、防疫监督员、护林员等，向新市民提供了 900 个岗位。这些服务性岗位多数是解决文化程度低的老人，工资每月 800 ~ 1000 元，这些是在享受低保外的收入（2020 年，低保 625 元）。除此之外，阿妹戚托每晚的篝火晚会跳舞 30 元／次，一个人月收入 1000 元（旅游公司出）。

小镇到处活跃着孩子们玩耍的身影；他们着衣干净、言谈举止落落大方。两年前，三宝学校率先搬到县城，全乡 700 多名中小学生，转移到小镇附近的寄宿制学校就读。

"每天可以多睡两个小时，学习状态好多了。"上四年级前，文云每天 6 点起床，走一小时山路去学校；下午还要放两小时牛。如今到县城读书，文云在学校吃上了热腾腾的饭、睡上了温暖的床，也收获了许多新知识。

三宝乡是一个以彝族和苗族为主体的少数民族乡镇，老百姓有自己的民族语言和风俗习惯；搬进小镇后，原来的生活圈子被打乱，面对陌生环境，大家也有些不适应的地方。

四年前，正值壮年的唐正龙，被确诊为双侧股骨头坏死。他去年做完手术一直在家休养，一家五口，全指望妻子每月 1800 元的保洁员工资和低保补助生活。3 月底，刚刚放下拐杖，他就报名参加了为期半个月的就业培训，之后进入产业园的服装厂残疾人车间上班。

"就是要做给大家看，连我都能上班养家，其他人一样可以自力更生。"坐在缝纫机前，唐正龙双眼紧盯着手中的布料，尽管手法生疏，脸上却透出一股子认真劲儿。

从土里刨食到就业谋生，搬出来的群众，有人在观望、有人在尝试、有人在改变。

柳仕梅说："三宝工业园区八家企业为我们解决了 800 人的就业问题。小镇不到 1 万人，除了年纪偏大的，文化程度低的，基本上每家每户都有一到两个人能找到事情做。"

土地：从零碎分散到统一流转

三宝乡的三个自然村的人搬走，有了土地实现规模经营的空间。村民们如火如荼往外搬，一些人却偏偏往大山里挺进……

山高、坡陡、谷深、水低，三宝乡地处滇桂黔石漠化连片特困地区，土地破碎分散，人均耕地不足 1 亩，尤其是 15 度以下的优质耕地，人均仅 0.11 亩。

实施整乡搬迁，通过土地流转，三宝乡可以腾出 5000 多亩耕地、2.5 万亩林地以及 1200 多亩荒山。曾经的贫瘠之地，正悄悄萌发出新的生机……

眼下正值草木繁茂、绿树成荫时节，杨斌却花钱雇人去捡落叶，房前屋后的空地上，堆满了装有树叶的黄色编织袋。"今年要扩种 1000 亩天麻，到时需要覆盖大量树叶，得提前做好准备！"

除了天麻种植，三宝乡还发展了林下鸡养殖、生态肉牛养殖、中药材种植等扶贫产业，基本覆盖全乡建档立卡贫困户。短短两年，各种山地特色种植养殖产业，在大山深处遍地开花，也点燃了一些年轻人的创业梦……

"必须要成功，让搬出去的乡亲们，能安安心心把土地交给我们种。"担任村干部的杨松华不甘示弱，他和村里另外两个年轻人，一起筹集了40多万元，准备把已有的何首乌产业扩大到300亩。

"人一搬走，让土地实现规模经营有了空间，让老百姓在县城住上新房子，在老家也能领到钱票子。"三宝乡党委副书记、副乡长刘金松说，挪了穷窝才能拔了穷根，发展产业与易地搬迁并不矛盾，将大量剩余劳动力从土地上释放出来，才能顺利向二三产业转移。

作为全国易地扶贫搬迁人口最多的省区，贵州提出抓好基本公共服务、培训和就业服务、文化服务、社区治理和基层党建"五个体系"建设，探索出一整套行之有效的经验做法，确保搬迁群众搬得出、稳得住、能致富。

杜玉明选定了房子，在小镇住了一晚，几位老伙计邀请杜玉明到家里做客，老杜说那晚睡得特别踏实："选个好日子，搬家那天一定要放炮仗，这可是个大喜事……"

易地扶贫搬迁工作即将结束，仍剩下几户村民还在犹豫，离开大山的庇护，生活该如何进行下去？

乡土是天地的造化、自然的馈赠，仿佛一株草木、一缕清风、一只蝼蚁，都有其不可言说的宿命。它是儿时的歌谣，梦中的笑颜，也是人生最终的归宿。它让每个人，让失去昨天的人能找到今天，又让拥有今天的人向往明天，一往情深地将它珍藏在心中。

一位哲人说得好，一个人的一生其实就是对故乡的两个"真好"的感叹：年轻时，终于离开家乡了，真好！到老年，终于又回到家乡了，真好！

"乡愁"贯穿于人生这轮从"离"到"归"的全过程，但"归"后已找不到往昔的记忆，"乡愁"将变成无尽的愁绪。

老百姓的担忧不无道理，"手中有粮、心中不慌"，世世代代以土地为生，留下来总有一口饭。搬到陌生的城市，生存，又是另一套法则。面对就业，刚刚脱离土地的老乡们，从自主劳动到就业谋生，还需慢慢适应。转变就业观念、提升职业技能，绝非朝夕之功。

把人搬出来，易地扶贫搬迁工作只算完成了一半，稳得住、快融入、能致富，"后半篇文章"同样任务艰巨。所幸的是，三宝乡干部们意识到了这个问题，从搬迁第一天开始，后续配套工作就已经全面跟进。

办理新市民居住证、开设 13 个服务窗口、举办就业创业培训班……一系列举措落地，努力保障搬迁群众公平享有公共资源和社会福利，让他们在县城能够获得均等的生存发展机会。

站在牛鼻山的观景台上，笑迎落霞，吐纳清气，远眺群山，三宝塔倒影在月亮湖里，再环顾四周，满眼尽是青山绿水的好日子。云影轻邈，峰峦晴霭，波光灵秀，垂柳依依，野花竞放，瓜果飘香……

林立的商铺，阔直的街道，撒欢的孩童，自由来去的居民……展布于虎、牛二山的故乡风物，这就是多彩贵州又一张靓丽的名片——阿妹戚托小镇。

新市民的一天

清早，6 点半。老高像往常一样，准时起床。洗漱过后，他便煮上一碗面条，大口大口地吃起来。

7 点，老高便准点出门，开始新市民新的一天。

老高，名叫高国云，81 岁。他是三宝乡整乡搬迁最早一批搬迁到阿妹戚托小镇的群众，如今是三宝街道新宝社区的一名街长和保洁员。别看他已耄耋之年，身体依然硬实着呢。

出门后，老高便顺着自己负责的那条街，一栋一栋地绕着房前屋后检查卫生情况。

"这栋卫生打扫得不错，很干净。"

"这栋卫生搞得不好，还要多监督一下。"

每天早上，检查卫生是老高的必备功课。发现脏乱差的，他都会当场打电话通知负责人抓紧来处理。

8 点，老高检查完卫生后，便套上那件已经穿了半年的黄色保洁马褂，去打扫社区的公共厕所。

今天，公共厕所的水龙头坏了。老高就从旁边的人家一桶一桶地提水来冲洗。

路过的人说："老高，你一把年纪了，没得水就随便扫哈嘛，搞哪样认真哦。"

老高回答："这个活不重不累的，政府照顾我，让我干轻松的，一个月还有 1800 块钱，不好好扫干净，咋个对得起政府嘛。"

细微之处见真章。老高常说，政府对他们好，他们做事要对得起良心。

不管别人怎么看待自己，他仍然坚持自己的原则。人呐，只要别人对你好，你就要善待他人。

平时，就一小时的活。今天，老高用了近三小时。

打扫好后，老高又仔细检查一遍，然后满意地到社区办公室。

"文支书，公共厕所的水龙头都坏了，请你安排人处理一下。"一般遇到能处理的问题，老高私底下就搞好了。但是，自己不会更换水龙头，需要请专业的人来做，他便向社区文支书反映。

"好的，您老放心，我抓紧安排人过去处理，下午一定弄好。"

"好嘛，你讲话我信得过。"得到文支书的肯定答复后，老高满意地顺着大路去到了菜园地。

此时，已是上午 11 点。菜园地里有十多名群众正在自家地里忙活着，见到老高走来，便有人打招呼。

"老高，你家的菜长得好得很嘛，你一把年纪还很攒劲啊。"

老高笑着回答："搬迁上来，生活环境好了，活路不重了，闲的时间多，就多花点时间在菜地上嘛。"

老高一边摘菜，一边和旁边的人"摆白"，不时地发出笑声。

中午 12 点，老高摘菜回来，从老伴的关切注目中，在厨房忙碌起来。老伴王兴富这些年身体不好，前些年患了高血压和脑卒中，腿脚不便，加之前段时间胃部大出血，需要长期治疗，儿子儿媳不在家时，家务活就由老高来做。

说起老伴的身体状态，老高感触颇多。他常对人说，他很庆幸当初自己听从政府的话，早早就搬迁上来。如果没有搬上来，老伴胃部大出血那次，就真的救不过来了。

老高说，是党和政府延续老伴生命，让她过上了美好新生活，给了他们一家新的希望。

以前，三儿子高荣平与儿媳肖留芬为了生计，一直在外打工赚钱养家。

搬迁上来后，三儿子高荣平在附近建筑工地打零工，工资有保障。儿媳则在家门前的二十四道拐旅游公司当群众演员，每天晚上，只要不下雨，她都在参加篝火晚会演出。

夫妻俩不仅能照看母亲起居，还能照顾三个小孩上学。一家团聚，其乐融融。

老高做好饭菜，三儿子高荣平从工地上回来了，儿媳肖留芬也训练结束回到家。人到齐后，一家人围着桌子还没有动筷子，家里就来人了。

帮扶他家的石佳昱带着一拨人走进家里。

"老高，在吃饭啦？"石佳昱进门后就问道。

"哎哟，石书记，你们来了，快一起吃饭。"老高和儿子儿媳见是石佳昱书记来了，赶紧搬来凳子，热情地请大家坐下来吃饭。

石佳昱是省剧协常务副主席、秘书长，由省文联派任三宝街道新宝社区第一书记。

石佳昱书记把正在忙着招呼大家的老高拉到身边，对他说："老高，你就别客气了。来，我给你介绍，这是我们省文联的柴永兴副主席，他今天是来看望你们的。"

老高热情地握住柴永兴副主席的手，激动地说："感谢感谢。"

柴永兴副主席笑着问老高："你们搬迁上来这么长时间了，现在日子过得怎么样啊？有没有哪里需要我们帮助的？"

老高感动地说："省文联非常关心我家啊，派石佳昱书记和李海城来帮扶我家，不时地给我家送米送油，我真的非常感谢啊。"

说起省文联派石佳昱书记和李海城帮扶他家，老高感动得哽咽起来，"石书记他们这一年来帮我家已经很多了，经常给孙孙们买书、买文具，我老伴身体不好，他们忙前忙后地帮她办'慢病卡'，方便她看病，我们一家人真不知道怎么感谢他们啊。"

"我们自觉还做得不够，是你太客气了。"看到老高哽咽的样子，石佳昱书记赶忙打断他的话，说："老高，组织派我和海城来，我们就有责任来帮你们脱贫过好日子的，但是我们来了后，看到的更多是你们一家人通过勤劳的双手致富起来。"

老高拉起石佳昱书记的手，真情地说道："石书记，说实话，我们农民百姓不怕吃苦，也能吃苦，可就是没有文化，光有一身力气赚不到钱。你们来了后，给我们出了好点子，我们的力气才有了用武之地，也有了希望。"

"老高，看到你们现在过得很好，我们很欣慰啊，省文联在脱贫攻坚的战场上，出点力是义不容辞的，希望你们的日子越过越红火。"柴永兴副主席说话的同时，把慰问金也送到了老高手里。

一行人在老高一家感谢和挽留中离开了。

老高站在门前，目送一行人走远。

"党中央的政策好，感谢政府感谢党……"他满噙眼泪默念着，恋恋不舍地回到家里。

下午两点，老高午休后去到二儿子高荣福的烤酒屋帮忙。

手心手背都是肉，老高对孩子们都是一视同仁，能帮忙做点或就帮着做点，没有亲疏厚薄之分。

烤酒屋在菜园地旁边不远的地方，正是高荣福在受到石佳昱书记的指点后，租了一栋闲置的老屋做起了烤酒生意。因为以前在老家时也烤过酒，酒的品质很好，在小镇相当受欢迎，销路更是不愁。

下午六点半，儿媳肖留芬下午没有训练，早早地把饭做好，老高和老伴坐在儿子儿媳对面，他的三个孙子却还在门外边玩游戏。

"你们三兄弟赶紧来吃，吃完我好洗碗。"由于晚上还要演出，儿媳肖留芬便催促着。

男孩天性好玩，三兄弟在一起更是玩得不亦乐乎，等到他们的妈妈催促第三遍，才上桌吃饭。

这时，一身疲倦的儿子高荣平看向自己的孩子们，问道："你们的作业做完没有？"

"做完了，放学回来就做了。"三个孩子异口同声地回答。

"你们三兄弟倒是很默契嘛，就是不晓得作业做得怎么样。"老高见三个孙子俏皮的回答后说道。

"你们要好好读书，只要读得好，爸爸妈妈再苦再累都会供你们读。"高荣平和所有的父亲一样，期望孩子们读好书，将来有出息。

三儿子高荣平的话，也深深刺痛了老高的心。

以前，因为贫穷，他没能供孩子们上学，以至于孩子们长大后四处奔波，出蛮力打苦工。

孩子们没有文化，老高始终觉得是对孩子们的一种亏欠。

夜，渐渐静下来，老高躺在床上，思绪涌动。

如今，国家强大了、富饶了，人民的生活条件都改善了，自己的孙子上学更方便了。老高多么希望他们读好书、上大学、有文化，摆脱贫困的帽子，走向新的人生。

宁波帮扶"输血"变"造血"

2019 年 5 月 31 日，《人民日报》记者顾春报道：宁波扶贫资金和项目精准落地晴隆县三宝产业园，对 5 家企业进行帮扶。

对口帮扶，人才是关键，扶贫战线上的"宁波铁军"，有很多温暖故事。

"你怎么回来了？快点回去！"看着从 2000 多公里外的贵州山区匆匆赶回的丈夫，江北区育才实验学校老师冯敏玲从病床上吃力地撑起身子，第一句话就让身边的人都湿了眼睛。

丈夫陶碧峰在黔西南州册亨县医疗扶贫，冯敏玲用柔弱的肩膀扛起一个家的重担。哪怕这次出了意外事故，她还是催促丈夫："家里有我，不用担心！"

宁波市第十五中学办公室主任李骏到黔西南州贞丰县第一中学挂职，他深情地写道："教育公平需要时间，但是孩子们没有时间，他们不能'等'，为了他们的未来，我们这些帮扶教师正努力着。"

一年来，宁波选派东西部扶贫协作挂职干部 43 名、专业技术人才 443 名。他们全身心投入当地脱贫攻坚工作一线，走乡镇、下村寨、看农户，受到欢迎。因为工作出色，宁波安龙帮扶工作组获得中国红十字会授予的"中国红十字奉献奖章"。

扶贫扶智，对口协作帮扶不仅要形成产业，还要留下一支有真本事的队伍。一年来，宁波选派支教、支医、支农等各类专技人才，激发当地内生动力。宁波与 87 家医院、130 所学校、116 个乡镇街道和 121 个村结对。

扶贫路上，全社会参与成了最大的底气。爱心捐款长年不断，每逢暑假，黔西南州的少年儿童都会来宁波看海；1.2亿元物资和资金的爱心捐赠，90%以上来自民营企业。去年夏天的延边州校企合作论坛暨宁波·延边劳务合作专场招聘会上，宁波企业争相送出大礼包：宁波思玛特人力资源公司负责人投资百万元，帮助学校培养定向输送技术人员。值得一提的是杉杉集团投资20亿元在延边州建立新能源汽车制造项目，达产后，可实现年销售收入48亿元。

黔西南州州委书记刘文新这样评价："宁波的帮扶资金投入前所未有，干部人才选派力度前所未有，帮扶队工作推进成效前所未有。"

上班就在家门口

原三宝乡党委副书记柏杨介绍，三宝乡45岁以上的村民，许多人一辈子没走出过大山。晴隆县在小镇设置就业创业中心，通过推荐就业、开放公益性岗位等方式，确保每户至少有一人稳定就业。

"招熟练车工150名，保底收入2000元。"距小镇不到500米，一家对口帮扶的服装厂打出招工标语，应聘者却寥寥。"老乡们缺乏专业技术，也适应不了企业管理约束。"企业负责人李志彩有些无奈。

"首先要帮他们树立就业观念。"在新市民服务中心，我们翻阅了几本劳动力培训管理台账，按养殖类、刺绣纺织类、建筑类等行业，详细记录了全体人员的就业状况。柏杨说，通过建立跟踪统计台账，能及时全面掌握就业意愿，方便分门别类开展专项培训。

33岁的肖留芬一直随丈夫在河南务工，这次回来过年，她参加了几场刺绣培训班，对掌握这门新技能信心十足。"在县城有房子住，留下来上班还能照顾老人孩子。"

产业配套齐步走

"十三五"期间，黔西南布依族苗族自治州计划实施易地扶贫搬迁33.85万余人，接近全州总人口的1/10。三宝乡易地搬迁工作2018年年初就开始了，目前已有1317户领到新房钥匙，6263人在县城过上了新市民生活。"不只是建设安置点，还要致力于提升迁入农民的获得感和幸福感。"黔西南州州委书记刘文新说。

在阿妹戚托小镇附近，一片占地350亩的产业园已见雏形，电商物流、新能源汽车、服饰鞋帽加工、农产品加工等六大功能区完成规划，一批企业即将入驻。三宝乡小伙柳仕鸿说："过完年我的厂子就搬进园区，解决100个老乡就业不成问题。"他与人合伙办了个厂，生产彝族传统服饰。"产业园的厂房5年内是免租金的。"

2017年，三宝乡整合扶贫资金，在干塘村上马一个林下养鸡项目，并配套鸡舍、水电路等基础设施。25岁的苗族姑娘陈红珍带着父母和几个老乡扎根大山，一年内出栏2万多只"溜达"鸡，创造利润15万元，并将其中65%分红给村里的贫困户。

"人搬走了，产业还可以继续开发，贫困户在城里也能领到分红。"三宝乡副乡长吴信学介绍，整乡搬迁后，三宝乡人地矛盾得以缓解，乡里充分利用生态优势，天麻种植、生态养殖等产业开始红火起来。

甬安桥 通向致富路

2021年3月9日上午，晴隆县文联主席王光伦陪笔者去了一趟沙子安置点。晴隆的天气说变就变，出县城时，还阳光灿烂，快到沙子镇公路上起了大雾，能见度很低，我跟司机开玩笑："前方两米外就看不见，你开车水平真高，拿什么作参照物？"

司机笑笑说："何老师，您放心，我开了几十年的车了，心中有数。"望着他的心中有数，我也笑了笑。

王光伦说："我们这里的司机胆大心细，大雾天的参照物就是公路中间的那条黄线。"十几分钟路程便到了甬安桥，下车后，我站在甬安桥头看风景。

王光伦说："何老师，你走几步，靠近甬安桥石碑，我给您拍张照片。"

他一边拍照，一边介绍甬安桥是公安部和宁波市援建的，等会让我到那边宣传栏去看一下。

甬安桥位于晴普拓展区腾龙街道大兴田社区，跨G60沪昆高速连接县城拓展区安置点和沙子安置点，覆盖大兴田、温水井等6个社区2929户、13760人。

晴隆县为有效整合两个安置点的教育、医疗、产业发展等资源，为搬迁群众提供就学、就医、就业、出行便利，降低当地企业生产经营成本，巩固易地扶贫搬迁成果，助推普晴拓展区经济社会发展，于2020年4月16日开工建设晴普拓展区甬安桥工程项目，项目投资概算2020.84万元（其中公安部援助600万元、宁波市援助1000万元），设计路长688米、路基宽6.5米，按小交通量农村四级公路（Ⅰ类）标准建设，沥青混凝土

阿妹戚托

——易地搬迁奇迹

跨沪昆高速钢箱梁桥——甬安桥一角（陈亚林摄影）

路面在跨 G60 沪昆高速 K2052+585 处新建一座长 51 米的钢箱梁桥，桥宽 10.5 米（行车道宽 6 米，人行道宽为 3 米）。该项目于 2020 年 9 月 15 日建成投用，彻底解决了两个安置点约 1.4 万名群众隔高速路相望，一路相邻却咫尺难达的问题，3000 余名适龄学生上学路程由 4.5 公里减少至 600 米左右。

看完甬安桥的简介，我长叹一声，如此美景，我应该写一首诗留念。

王光伦说："我写了一首《甬安桥记》。"

说后，他朗朗地背了起来：

庚子年十月。兹有贵州省黔西南州晴隆县决战脱贫攻坚、决胜同步小康的关键时刻，甬安桥大功告成，届时山川物事极佳，百姓黎民欢呼雀跃，一派安居乐业之景于昔日草莽古岭呈现，可谓恰逢其时，恰逢其盛矣。时有县主袁建林、冯子建二先生嘱我作文以记之。

盖甬安桥历时 5 个月，总长 51 米，宽 10.5 米，高卧于晴兴高速上空，连接大兴田社区、腾龙岭拓展区、蒋坝营诸区，两行记一万四千人。桥总费资约二千万元馀，其宁波市方援助一千万元，公安部方援助六百万元。桥之建成，解决了群众出行，三千学子上学道阻途艰，一衣带水却咫尺难达之问题。甬安桥，其涵义丰赡，甬者，宁波之简称也；宁者，安也；安者有三：公安部之安，晴普拓展区普安之安，及晴隆古名安南之安也。甬安，寓谐寓雅，永远安泰也。民生不见外事。自古圣人治世，以安得广厦千万间，阡陌相连，安居乐业为最。

今桥之下行，车流昼夜不息，山林之间，千幢高楼林立，学校医院布于其间，少年有学可上，老年有病可医，中年皆有产业。十里八乡移民于此，休养生息，安享太平盛世。国之兴盛，民之安泰，亦足以称"永安"哉！

泰山有碑刻云："与国咸宁""与国咸安"。夫值此千秋宏业之际，子豪今感公安部、宁波市诸君之玉成，又感吾州、县郡之同仁取以"甬安"，遂书此文勒于石碑，百载感恩焉！

王主席诵毕，我一事不解。问道："子豪今感公安部、宁波市诸君之玉成？子豪是谁？"

王光伦羞羞地说："子豪乃在下笔名。"

我说："子豪，智勇双全，清雅荣贵，好笔名。"

爱心铺就创业路

2018 年年初，晴隆县三宝产业园建成，开始对外招商引资，在晴隆

阿妹戚托

——易地搬迁奇迹

卓康鞋业总经理黄静（左二）

县卖三农产品的黄静，主动找到副县长兼三宝街道党工委书记贺伯果，希望到产业园区办制鞋厂。

贺伯果惊讶地说："黄总，你之前没有干过鞋业，现在突发奇想要办鞋厂，切不可一时冲动啊！"

黄静说："我同学在东莞办了一个很大的制鞋厂，专做高档鞋子出口，订单没有问题，销售也没问题！现在政府给了这么好的优惠条件，我想尝试一下。"

贺伯果被她的热情和勇气感动，不再打击她的积极性，但又不得不提醒她，办企业个人是要承担一定的风险的。

"贺县长，我不是一时心血来潮，已经考虑清楚了，你跟我签合同吧！"

"好吧，你既然这么坚持，那就跟招商办的同志和园区的领导对接吧！"

黄静出生于湖南衡阳南岳七十二峰之一的十牛峰脚下，巍峨的十牛峰，滔滔湘江水，赋予了她的胆量与才情，无论是颜值还是气质上，从来不输给任何人。

黄静签了合同后，园区免费提供了一栋2450平方米标准厂房作为生

产车间。鞋厂规范设计出来后，她用特惠贷资金和从亲戚朋友处借的 50
万元，投资买了 50 台电动缝纫机和相关设备。

2018 年 3 月，卓康鞋业有限公司正式成立，通过招工和短暂的培训
招收了 40 余名阿妹戚托的工人就业。

卓康鞋业有限公司总部设在广东东莞市，订单充沛，技术先进，资金
雄厚。在湖南、广西、柬埔寨均设有分厂，总部加分厂用工规模已达 3000 人。
为带动当地经济发展，让百姓能在家乡就业致富，早日摆脱贫困，公司聚
焦就业扶贫，将扶贫车间向深度贫困村延伸，就近吸纳和培训贫困群众。

2019 年卓康鞋业的产值非常不错，做了 50 多万双，产值已经达到
1000 多万元。2020 年因为疫情的到来，国外的订单有些压缩，但国内订
单不缺，相对稳定。

在卓康鞋业扶贫车间，工人们正娴熟地缝制鞋子，一片繁忙的景象。

在公司办公室里有黄静忙碌的身影，在鞋业发展道路上有她奔跑的足
迹，在"残疾人车间"有她关爱的声音，在企业管理模式上有她创新的举措，
在企业诚信建设上有她诚实守信的经营准则……新市民柳小娣说："我主要是在这边做鞋子，搬迁来这边之后，家门口就有厂，

卓康鞋业生产车间

小孩也不用操心了，放假或者下班也可以照顾小孩。一个月能得 2000 多元工资，生活也有保障，这里比乡下好多了，什么都方便。"

黄静用自己的实际行动践行了一位企业管理者"宽容、守信、创新、务实、仁爱、为民"的宽广情怀。她是员工眼中和蔼可亲、平易近人的好老板。

新市民郑太红说："感谢政府的这个平台，给我们残疾人在这里上班，我们有生活保障了，做农活太不方便了，这个做起来轻松，工资也算可以，做农活一年一万元都拿不到，在这里最少可以拿到三万多元。"

由于成绩突出，近年来，卓康鞋业有限责任公司先后被州、县有关单位评为晴隆县"双培"基地，"千企帮千村"同心示范项目、示范企业，"就业扶贫车间"等称号。

荣誉见证企业成长，创业铸就美好梦想。提起创业艰辛，黄静有很多难忘的人生故事讲述不尽……

沙子镇砚瓦村石板组彝族妇女杜必映到制鞋车间上班后，通过汉语、彝语培训，学会了制鞋技术。在扶贫车间里，她精细的手工、高效的工作得到了大家的认可。在她的带领下，许多残疾人都自信地走出家门来到制鞋厂上班。因有 3 个残疾人是坐轮椅的，无法自行，她动员"爱心团队"成员，实行"一帮一"对接，每天下班都有专人负责帮扶残疾人，每天有专人背他们上下车。

三宝街道办的领导，听闻卓康有责任，有担当，有社会责任感，给予了大力支持，由政府出面协调一台专车，每天负责接送厂里残疾人上下班。目前有 12 位残疾人在厂务工。看到她们开心的笑容，黄静所有的苦楚变成幸福的泪水。

企业有大小之分，但相同的是都要有社会责任感。在车间 12 位残疾人中，有哑巴俩母子；有一级残疾夫妻两对；有七十多岁的年迈母亲把弱智的儿子交到黄静手里，让她儿子有一份稳定收入；也有人把弱智的妻子送到厂里上班……那份渴望和信任，让黄静感受到了一份沉甸甸的责任。

黄静说："从办企业的第一天起，我就想到了，如果经营不好就会失败。但我是一个不撞到南墙不回头的女人。就算失败了，也没有什么关系，最多用被子捂着脑袋悄悄地大哭一场。第二天爬起来照样工作。"

这就是衡阳女人的脾性，会让人自然而然地联想到湖南的小辣椒。

从黄静的办公室出来，我们特意去公司员工食堂与宿舍转了一下，员工住宿是四人一间房，食堂专门请了厨师。中午，我们还在那儿吃了员工餐，生活不错，四菜一汤。

这就是典型的衡阳女子，她以自己的喜怒哀乐，用自己的才华与能力诠释着积极的人生。

建隆电动车冲出云贵川

有人说，晴隆最好的企业之一就是建隆新能源汽车有限责任公司了（以下简称建隆）。这话不假，三宝产业园的年轻人们总以自己是建隆员工而自豪，他们下班后，走在县城的街道上仍然穿着建隆的工作服，总怕别人不知道他们在建隆上班。

建隆成立于 2019 年 3 月，是一家合资企业，位于贵州省黔西南州晴隆县三宝工业园区，大股东是建隆工业投资公司。

张云昭董事长接受中央台记者采访

2019 年 3 月 15 日，张云昭来到晴隆，一番调研之后，准备在晴隆投资建厂，当时与他对接的是县委常委、副县长封汪鑫，他敬重封汪鑫的人品，于是回到重庆筹集资金，拉来了合伙人，与县政府签了约。

建隆主要产品为新能源四轮车、观光车、巡逻车、轻型摩托车。总装、焊接、涂装等工艺齐全，目前公司员工共 226 人，其中搬迁户 124 户（三宝街道 87 人），含精准贫困户 99 人。

董事长张云昭说："建隆是园区复工复产最早的企业，2020 年 2 月 18 日就复工复产了。因为疫情，上半年出口东南亚的部分业务受到了影响，下半年公司加大力度走内需大循环，开拓安徽、西藏、新疆等国内市场，主销地还是云贵川，生产经营情况稳定，用工需求逐步增加，2020 年公司新建了一栋厂房，4 月 20 日开始安装设备。计划下半年开设二班工作制，届时就业员工将超过 400 人。"

2020 年 4 月 16 日，时任贵州省省委副书记、省长谌贻琴赴黔西南州晴隆县调研脱贫攻坚工作。谌贻琴到公司时，对园区的领导说："要以贵州建隆新能源汽车有限责任公司为龙头，打通整个流程，发展零部件，引进相关企业，延长产业链，促进内销。"

谌贻琴对张云昭说："为了支持建隆的发展，我们可以将贵州的垃圾车给你们做，也可以把黔西南州的电瓶销售给你们。"之后，谌贻琴来到了建隆新能源汽车生产车间与工人交流，了解技能培训、脱贫情况。

谌贻琴在调研中强调："面对新冠肺炎疫情给决战决胜脱贫攻坚提出的加试题，各级各部门要更加主动担当作为、全力攻坚克难。要在常态化疫情防控中加快推进脱贫攻坚，全面落实省委省政府'冲刺 90 天、打赢歼灭战'，以人一之一我十之、人十之一我百之的精神，快马加鞭。"

张云昭陪同我们参观了生产线。生产线热闹非凡，三名女工正在装配一台电动车；一名工人在检测组装完成的电动车；工人们忙忙碌碌。

记者何静问："这一台轻型摩托车多少钱？"

阿妹戚托
——易地搬迁奇迹

张云昭说："不含电池，一台车价格在 1500 ~ 2000 元。"

何静又问："一台三轮车呢？"

"三轮价格在 2000 ~ 3000 元，零件 75% 是我们生产的，谌贻琴省长考察后，对我们提出了新的要求，园区计划再引进相关产业链，将来所有部件都实现自己制造。"

我对张云昭董事长竖起了大拇指。

张云昭侃侃而谈："这里的人文化程度普遍不高，学东西也挺慢的，本来 2 ~ 3 个月就可以学会的技术，他们要学半年以上。但是贵州人非常的朴实，虽然他们学东西慢，但是他们很勤劳，经常就是一顿操作猛如虎，结果一看两轮车和三轮车的配件都没搞清楚，全错了。哈哈哈，我为了让质量达标，特意购进一批车给他们学装卸、认配件，那些学不会的员工就把车子拆了又装，装了再拆，如此反复。在我看来，车子报废了也无所谓，为了让质量完全合格，我还专门设置了一个质检部门。"

虽然质量上把控严格，但在生活上张云昭却是无微不至，给每一个员工买五险，在员工过生日的时候给员工订蛋糕，贵州人爱喝酒，如果有人邀请董事长总是如约而至，逢年过节公司也会发些米和油给员工带回去，一家人在一起其乐融融……

张云昭曾经是一名军人，他把生活与工作区分开来，该有的规矩一个都不会少，在厂区内严禁吸烟，这是建隆人都知道的规章制度，在工厂的地上或者是垃圾桶内发现一个烟头，如果没人承认，那工厂的所有人便统一罚钱。这一招特别厉害，在无形之中形成了一种管理人员与普通员工相互监督的良好氛围。

其实刚来的时候，张云昭并非一帆风顺，晴隆县与自己想象中有些差距,他也犹豫过,但是从来没有退缩过。他说,自己从军队出来,军人如果退缩、害怕,那就是逃兵,晴隆人用自己的热情与朴素情怀接纳了他,晴隆县的领导用自己的热忱感染了他,让他对这份事业充满干劲。他说,做企业,要么不做,要做就做到最好。而且作为一个贵州人,让贵州越来越好,也是刻在骨子里的责任。

企业需要走一步想三步,员工要爱企业,领导要支持员工,因为沟通理解很重要。

张云昭说了一个故事:"厂里以前有个特别调皮的年轻人,根本管不住他,但是他业务能力很强,装轮胎的速度特别快,工厂里的老师傅都说他,一个人可以抵一条生产线,有一天他喝完酒来上班,醉醺醺的,浑身酒气。我找他谈话:我知道少数民族热情好客,爱喝酒,我也从来不反对你们喝酒,但是公司有公司的规章制度,你不能喝醉了来上班。然后我放了他一天假,并扣了他100元的工资。"

张云昭说:"我选择给员工放假是对工厂负责,我不相信一个人喝醉了,还能好好工作,扣员工工资是让他对自己负责,自己的错误要他自己承担。"

在建隆,员工对老板的评价很高,大家都很喜欢张云昭,有人叫他大哥,有人称他为叔叔……

张云昭特别重视人文关怀,员工家属生病,或父母去世,他只要有空都会亲自去探望、悼念,就是有事出差,也会让其他的同志替他带上一份心意。

作为董事长,张云昭更是没有任何架子,他经常对员工说:"其实你们的幸福指数很高的,搬到小镇后,有医院,有学校,教育不要钱,国家对你们很好,扶贫不扶懒,关键是要用自己的双手去创造幸福,要为下一代更好的生活而奋斗！"

张云昭说："最让他感动的一件事是，去年公司出现了一点财政危机，所有员工都跑到他的办公室说：'老板，我可以用我的房产作为抵押给公司贷款，我们愿意和你一起共渡难关，即便是没有工资，我们也愿意跟你干！'"但张云昭从未拖欠过员工工资。

要相信，办企业办法总比困难多，企业就像人一样，只有经历了坎坎坷坷才会成长，思路永远决定出路。

有人说，普通的公司做经营，一流的公司做文化，而张云昭就是将经营与文化同步进行，在解决就业提高产量的同时，让企业文化也深深扎根在每一个员工的心中。

为晴隆有这么好的企业点赞，为晴隆有这么好的企业家而自豪！

百花百果园

晴隆县自探索实施新市民计划以来，从产业发展、教育、就业创业、资源权益、兜底保障等入手推出了13项配套政策，同时围绕做好建设管理、产业发展、民生保障、社会治理4个方面创新推进"农调扶贫险""农低保转城低保制度"等15项重点改革，系统帮助搬迁群众快速融入新生活。

三宝乡积极探索创新工作方法，把各项政策细化落实到群众心坎上。2019年4月25日，阿妹戚托一期搬迁户曹波等300户群众开心地分别分到了一块0.2亩的菜地。这片位于小镇边上的"三宝菜园地·百花百果园"，还将规划出700块菜地，供搬迁群众"零距离体验乡情"。"有了这块菜地，我想种菜就种菜，想种瓜就种瓜，足够我锻炼手脚了。"菜地刚刚分到手，曹波就提着锄头拾掇去了。

晴隆县县委书记袁建林、县长冯子建提出"三宝菜园地·百花百果园"计划，就是为更好地让群众"高兴搬家，踏实住下，快速融入，幸福生活"。

袁建林书记说："这是我们在全国率先探索破解搬迁难题开展的一项创新，它主要解决的问题，就是易地扶贫搬迁的'后半篇文章'，如何让搬迁群众快速融入新市民生活。"

易地扶贫搬迁的"后半篇文章"，三宝街道有一套抓好"五个体系"建设的好办法：

成立新市民服务中心，配套建设教育园区，691名适龄儿童全部就学；配套建设县级医院分院，解决搬迁群众就医问题；试点推进"农低保"转"城

低保"，人均低保资金由原来的 4080 元增加到 7080 元。

配套建设 1 个产业园区，规划建设文化产业街，开展新市民劳动力全员技术培训等，帮助有就业创业意愿的新市民实现就业或创业；在迁出地发展养牛、林下养鸡和种植天麻、何首乌等产业，使贫困群众通过务工和产业分红实现增收；建成"三宝菜园地·百花百果园"，让新市民能够体验乡愁。

组建"苗族芦笙""阿妹戚托"舞蹈队，通过举办文艺活动，既使优秀民族文化得到传承，又极大地丰富新市民娱乐文化生活。

建成社区警务室，推进"雪亮工程"全覆盖，让新市民获得切切实实的安全感。组建阿妹戚托党总支，建立工会、妇联、共青团等群团组织，并通过组织开展各种志愿者、义工活动，有效提升新市民的幸福感。

2020 年 4 月，我们在三宝社区采访，看到彝族群众陈升正在悬挂感恩照。

陈升是三宝乡干塘村的村民，两张照片，是新旧两个家的对比，这两张照片裱在一个相框里。左边的一幅是他老家晴隆县三宝乡干塘村的旧房：塑料布、茅草、树权盖顶、乱石块、畜粪、泥巴砌墙，外墙下一堆乱糟糟的柴火，显得满目疮痍。右边则是他现在的新家：民族特色民居、连体式别墅楼房紧挨着兄长家，门前整洁宽敞的道路两旁绿植茂盛、鲜花盛开，背景阿妹戚托恰如一座美丽的大花园，处处生机勃勃。

每一次出门，进门，陈升的目光都会在门厅墙上悬挂的两张照片上停留一会。

我问："为何你总盯着这两张照片呢？"

陈升说："每看一次，心里的温暖又增加一度，幸福感又增添一分。"

阿妹戚托小镇新市民家里都悬挂着这样的对比照片。这是由负责易地扶贫搬迁工作的相关部门拍摄制作并赠送给新市民的特殊礼物。两张新旧家园的对比照片，直观地体现了群众搬迁前和搬迁后的居住环境以及生活变化，既留住了乡愁、定义了美好的现在，又激励着搬迁群众努力适应新环境、开拓幸福新生活。看对比照"生幸福感，发感恩情"。

从三宝乡搬到阿妹戚托新市民居住区，告别了低矮狭窄的老木房、坎坷泥泞的山路，以及极度的闭塞和贫困，王斌把扶贫干部送来的照片高高悬挂在客厅正墙上。

王斌说，2019 年 9 月，他的父亲在晴隆县长流乡老家干农活时不慎摔倒昏迷，被送到黔西南州人民医院救治。在重症监护室住了一个多月，还是没能把父亲抢救过来。

王斌的父亲住院期间一共花了 28 万元，即使报销下来也需要自己掏 5 万元左右，这对于原本就很困难的王斌一家来说是很大一笔钱。没想到关键时候，政府给易地扶贫搬迁户购买的安居险帮了大忙，王斌获得 5.5 万元的保险理赔。王斌说："这个政策太好了，要是没有这笔钱，很难想象现在的日子会怎么样。" 王斌处理好父亲的后事，也几乎没欠债。

阿妹戚托小镇位于晴隆县城，医院、学校就在旁边，就业也在附近，他的开心溢于言表："这是我们的感恩照，真心感恩习近平总书记、感恩党中央！我们在新家一定会过得越来越好。"

原住地，新家园，旧貌新颜，一目了然；

辞贫困，奔新生，感恩奋进，打马扬鞭。

这是挂在阿妹戚托小镇政务中心大门口的一副对联。

如今在晴隆县，已有 4000 户新市民家中悬挂了这样的感恩照。与此同时，晴隆县通过创新实施新市民计划推行 15 项重点改革，推出了包括 13 大项内容的一揽子套餐政策，积极打造"人社 + 教育 +N"培训就业服务一体化模式，着力做好易地扶贫搬迁"后半篇文章"，全县有劳动力新市民家庭实现户均就业 1 人以上，群众感恩奋进，安居乐业。

搬家后，贫困群众杨礼奇夫妻俩平时回到干塘村青龙组的何首乌基地上务工，两人每月工资共 7000 多元。周末，夫妻俩回到阿妹戚托的新家与老人和孩子们团聚，与乡亲们话家常。

杨礼奇说："共产党把我们老百姓接进城，给我们谋划幸福生活。"

有政策套餐保障，有多条增收路子，有更切肤的乡愁，有看得见的希望，三宝街道群众积极搬迁争当新市民。

第 八 章

缤纷小镇　世外桃源

在蛙声蝉鸣里，在繁花绽放处，镜头下的阿妹戚托，以光影、线条、生活为主线，记录了小镇里的故事。

孩童的嬉戏声、少年的欢呼声、母亲的呵护声、奶奶的溺爱声，从一端传向另一端，似有似无，闲适、跳跃、动感，是他们散发的光芒。小镇里的生活是纯粹的、率真的，在这里有他乡似故乡的归属感，答案便写在新市民脸上，将一帧光、一段线条、一个片段，定格为"幸福"二字！

阿妹戚托舞

　　"阿妹戚托舞"汉语意译为"姑娘出嫁舞"，是彝族人民农耕文化的结晶，距今已有 500 多年的历史。

阿妹戚托舞起源

　　晴隆县三宝乡是国家级非物质文化遗产阿妹戚托舞的发源地，是黔西南布依族苗族自治州唯一的彝族自治乡。

　　彝族是一个有着悠久历史的民族，远在公元前 2 世纪，彝族先民就开始繁衍生息在祖国西南的这块土地上。在长期的生产实践中，彝族人民创造了灿烂的文化活动形式，其中美妙的歌舞艺术是彝族传统文化的代表之一。

　　阿妹戚托舞蹈以肢体语言的形成展现，无不来源于生产生活，并对未来寄予美好的向往。其动作主要靠髋关节、膝关节、踝关节部位的运动变化来展示舞之美感。表演者相互配合默契，可谓丝丝入扣，使其动作整齐无误、干净利落，脚掌发出的踢踏之声，极为脆响，以足传情，使人震撼，予观者的视觉冲击力和艺术感染力，令人叹为观止。

　　在三宝一带的彝族青年男女，经常采用情歌对唱和舞蹈的方式来寻觅自己的心上人。彝族舞蹈形式多种多样，最具特色的就是具有"东方踢踏舞"美誉的姑娘出嫁舞——"阿妹戚托"。这种舞蹈没有旋转大跳的高难度动作，主要通过脚的动作来体现，但是要求换脚灵活、步调一致、配合默契、心心相通，使围观者得到一种淳厚、独特之美的享受。

阿妹戚托这支未加雕琢、原汁原味，像璞玉般闪闪发光的原生态的民族舞蹈，以它独有的魅力，闪烁着耀眼的光芒！

据晴隆县文联提供的资料介绍：柳顺方是阿妹戚托的第二代传人，说起他，颇有几分传奇色彩。1957年3月，柳顺方出生于晴隆县紫马乡屯上村普纳寺组，小学毕业，通过自身的努力，却成了寨里最有文化的人。1984年9月至1991年7月，在晴隆县碧痕镇岩口村下者余民办教学点教了七年书。1991年9月，堂兄柳开发任三宝组组长，考虑到村里孩子们都不懂汉语，低年级必须得采用双语教学，想方设法把他从下者余民办教学点挖了过来，待遇是每个学生给他30斤粮食作为学费，因为就他一个老师，一、二、三年级的课他全包了，尽管这样的工作很艰苦，柳顺方却义无反顾，并在三宝乡安家落户。他白天上课，晚上教学生跳舞，就这样一干就是十六年。2007年3月，柳顺方以每月300元的待遇（后来增加到每月1000元）被聘到三宝乡学校，专门教三宝学校的中小学生跳民族舞蹈，直到2017年5月他满60岁才退下来。2017年2月28日，他带头搬进了阿妹戚托小镇。2019年10月31日，因病医治无效离开了人世。

在三宝乡只要一说起柳顺方的名字，远近四村八寨的人没有人不知道，他是出了名的"多面手"。石匠、木匠、篾匠、泥水匠无一不通；唱歌、跳舞、月琴、二胡样样会。一个小学毕业生练就一手漂亮的毛笔字，写碑文、撰楹联样样拿手。

柳顺方与阿妹戚托是如何结缘的，这得从他12岁时说起。那年，母亲带着他到三宝乡走亲戚，晚饭后出来玩耍，无意间在坝子里看见很多人

阿妹戚托

——易地搬迁奇迹

排成几排，手拉着手在跳舞，男女老少皆有，场面十分热闹。他看得入迷了，还没有回过神来，就被人们拉到人群里跳了起来，他以前没学过，只是跟着瞎跳一气，那笨拙的动作到现在仍然记忆犹新。这是柳顺方第一次跳阿妹戚托，每次柳顺方说起这件事时，总是面带笑容，掩饰不住内心的激动。

柳顺方对民族舞蹈情有独钟，只要电视里播放，他从不放过。2003年的一天晚上，电视上正在播放藏族、蒙古族、维吾尔族等民族舞蹈，但是自始至终都没有看见彝族的舞蹈，他心里真不是滋味，幼年时跳阿妹戚托的画面在脑海里一遍又一遍回放。柳顺方心想：其实彝族的阿妹戚托并不比其他民族的舞蹈差，但是为什么就没有机会搬上屏幕呢？他辗转反思、彻夜难眠，强烈的民族自尊心使他萌生出一个想法：一定要让阿妹戚托传承下去。

有了这个想法，柳顺方马上开始行动，他走村串寨挖掘整理已失传多年的彝族传统舞蹈阿妹戚托。因阿妹戚托没有用文字记载下来，主要靠口传身授，父母传子女或兄弟姐妹、朋友之间互传，唯一的办法只有拜师学艺。为此，柳顺方走访了1956年受邀到北京演出的毛子才、柳贤昌、文绍清、王兴成等老人，老人们手把手教会了他彝族酒令歌和彝族传统舞蹈阿妹戚托，经过一年多的学习和摸索，柳顺方渐渐地由学徒变成了师傅。

2005年，柳老师在三宝村自己开办的私学里，挑选出了30名学生教他们跳阿妹戚托，开始了传承之路。

民族文化无不来源于生产生活，并对未来寄予美好的向往。阿妹戚托也不例外，共分12段，即：伞踏（欢送出嫁）、西踏非踏母（勤俭持家）、含各勾梁（送镰刀）、其兰朵（送粑粑）、密几包（农闲）、其摩罗（播种）、哄的（插秧）、节根间（幸福靠劳动）、美液朵（薅秧）、机堵（耕

176

作）、吉踏吉摩踏（劳动快乐）、其醒然（祝新娘终身幸福），人数不限，偶数即可，大家手拉手，在无伴奏的情况下起舞，主要用髋关节、膝关节、踝关节的运动变化来表现整个舞蹈，是原汁原味的彝族舞蹈。

2006 年，三宝乡举行建乡 10 周年庆典，柳老师所教的 30 名学生参加了演出。为了让学生演出时服饰统一，他自掏腰包，把平时省吃俭用 1500 元钱用来买布料，亲自设计和制作服饰。演出时，学生们闪亮登场，跳起了阿妹戚托，全场响起了热烈的掌声。

2015 年 3 月，柳顺方的学生文定国交流回到三宝学校上课，文定国因从小就受到老师的影响，酷爱音乐舞蹈，他这一回来，自然成了柳顺方的好帮手，他们师徒二人密切配合，把阿妹戚托舞蹈的动作及音乐定格下来。在各级政府的关心支持下，在三宝学校老师的共同努力下，很快形成教程。4 月，三宝学校组织老师对全县的学校进行了阿妹戚托舞蹈培训，阿妹戚托成了晴隆县所有学校大课间的必跳舞蹈，作为一门必修课加以传播，不难想象阿妹戚托这支民族民间艺术将会更加璀璨夺目。

柳老师多年来的坚持与付出，将阿妹戚托挖掘传承下来，在各级政府的共同努力下，打造成了一张精品名片，引起了社会各界的关注，人们在关注阿妹戚托舞蹈时，也关注到了三宝村民们生活的艰难。晴隆县三宝乡人口不足 7000，近六成是建档立卡贫困户，是贵州 20 个极度贫困乡镇之一。2016 年，贵州省省委省政府作出三宝乡整乡搬迁的决定。三宝乡搬迁群众在县城的安置区，取名就叫"阿妹戚托小镇"。

柳顺方到阿妹戚托小镇看了房子后，激动得热泪盈眶。老组长柳开发听说后，感慨地对他说："没有你柳顺方，阿妹戚托舞蹈也许早就失传了，没有阿妹戚托这张名片，也就没有阿妹戚托小镇，是你让阿妹戚托走出深山，走出贵州，我们所有人都会记住你！"

柳顺方笑着说："我们最应该感谢的是共产党，没有共产党，就没有新中国；没有新中国，老百姓可能还在饥饿的边缘挣扎，哪有心思研究歌舞呀！没有优越的社会主义制度，哪有今天的柳顺方啊！没有各级领导的关心，哪有我们的新居啊！"

2017 年 2 月，阿妹戚托小镇一区工程竣工交付，柳顺方是第一批搬进新居的人家之一。离开故土，总有些不舍，但他们知道，阿妹戚托小镇不仅承载着三宝乡的历史，也孕育着三宝的未来，搬入阿妹戚托小镇，就是离开了贫穷与闭塞，搬进了文明与幸福的乐园。

2019 年 6 月，柳顺方因"肺水肿"住进了医院，在医院治疗了一段时间后有所好转，他主动要求出院，医生建议治疗痊愈后再说，家人也不同意他出院，可他一再坚持，只好办了出院手续。出院时，医生一再叮嘱他要注意保养，叮嘱家属要精心护理。

出院后，柳顺方坚持要回晴隆，他的二儿子柳华和小儿子柳登玉都已经搬到了兴义市，两个孩子都希望他留在兴义方便照顾。柳顺方故作轻松地说："别听医生的，我的身体我知道，没什么大碍，我要回阿妹戚托小镇住一段时间，我想天天看着大家跳阿妹戚托，你们不用担心我，该打工的抓紧打工去。"孩子们拗不过他，只好把他送回晴隆。

柳顺方当然知道自己的身体状况，他的病根本不是医生所说的"肺水肿"那么简单，但他没有去追问，他不想让家人担心，他只想静静地站在三宝塔前，把阿妹戚托小镇的一草一木收进眼里；把"阿妹戚托呢、阿妹戚托呢……"的歌声刻在记忆里。

2019 年 10 月，柳顺方的病复发了，他知道自己快不行了，临去住院时，他对堂兄柳开发说："有了阿妹戚托小镇，阿妹戚托就不会失传，我们住进了新居，就告别了贫穷，千万不能忘记共产党的恩情呀！"

柳顺方第二次住进了医院，一个星期后，于2019年10月31日离开了人世，他走得很平静，他做了他该做的，没有留下任何遗憾。当阿妹戚托小镇的霓虹灯亮起，当阿妹戚托的舞步跳起时，我们一定会想起柳顺方老师，愿他的魂灵在天堂里永安吧！

阿妹戚托舞新生

近年来，晴隆县特别重视本土民族民间优秀文化的保护、传承和推广，文化与旅游协同发展，组建阿妹戚托舞艺术团，把阿妹戚托舞作为实施大山地旅游和旅游扶贫的重要组成部分抓出了成效。

我们采访了阿妹戚托舞第四代传承人文安梅，1985年7月，文安梅出生于晴隆县三宝乡。35岁的文安梅是晴隆县彝族文化阿妹戚托传承人，现任晴隆二十四道拐文化旅游（集团）有限公司阿妹戚托舞艺术团团长。近年来，荣获多彩贵州旅游"民族姑娘称号"和"国酒茅台杯"形象大使等荣誉。

阿妹戚托舞艺术团的组建，有一段不寻常的经历。

文安梅说，2007年，她召集彝族姑娘排练原生态阿妹戚托舞蹈，由于这些姑娘从来没有接触过舞蹈，刚开始连动作都不会做，做了手上的动作就忘了脚下的步子，更别说抬脚摆腰了。细心的文安梅，一个个人指点，一个个动作过关，天天排，集中练。这些姑娘大都是学生，分别来自三宝村和大坪村，每天要走一个多小时的路程到乡政府集中排练。因为，没有舞蹈基础教起来挺难的，但好在彝族姑娘学习刻苦，姐妹间彼此配合默契，经过几个月的排练，这支稚嫩的队伍，被选送黔西南州参加舞蹈大赛选拔，功夫不负有心人，在黔西南州原生态舞蹈大赛中斩获一等奖，取得了参加贵州省原生态舞蹈大赛入场券。

这个机会来之易，虽然得到了参加省级预赛的资格，接下来姑娘们挑战的压力越来越大，排练更加刻苦努力。文安梅心里非常清楚，彝族祖辈流传下来的纯粹的东西，阿妹戚托属无音乐伴奏的舞蹈，为女子群舞，以偶数组成队形，以8人、12人或16人不等为组，人员增减以偶数计，手拉手即可起舞，队形或呈直排，或呈圆状。12小节的阿妹戚托舞蹈，这些都是地地道道的原生态，要跳好差点失传的阿妹戚托舞蹈，并非一件容易的事情，由于舞蹈没有音乐，靠的是舞者自身的感觉，舞伴之间的默契，只有全身心投入，才能深刻领会舞蹈的含义。

为了阿妹戚托舞蹈，为了晴隆的民族文化。文安梅说，从三宝乡出来，她带着那些高矮不一，舞蹈水平参差不齐的学生，吃了很多苦，经历了很多的事情，体会最深的是拯救了差点失传的文化，政府为了宣传这支队伍，花了不少的人力、物力和财力。让她最感动的是阿妹戚托舞蹈被国家列为非物质文化遗产，把三宝学校作为阿妹戚托舞蹈传承基地。当她听到学校课间操在跳这个舞蹈时，就感动得热泪盈眶。

2015年5月，文安梅被黔西南州文体广电新闻出版局命名为非物质文化遗产项目彝族阿妹戚托第四代传承人。

现在，各乡镇（街道）中小学大课间，随处可见师生们跳起阿妹戚托舞蹈的身影。在各种重大活动、节庆现场，阿妹戚托舞蹈更是惊艳登场，成为开场舞或压轴戏，让参与活动的领导、嘉宾及现场观众赞叹不已，印象深刻。

回忆阿妹戚托舞蹈走过的心路历程：20世纪60年代后由于生产、生活、经济贫困等因素制约，致使阿妹戚托舞蹈，湮没了长达20余年。

据史料记载，阿妹戚托曾经于1956年参加全省民族文艺会演时被选派到北京，在怀仁堂为周恩来总理等中央领导演出，获得"民族的优秀艺术宝藏"奖旗。

1981年，晴隆县文化馆派出群众文化工作人员前往三宝乡，学习和抢救阿妹戚托这一彝族文化艺术标本。

1986年秋，晴隆县地方志办公室在搜集整理地方民族文化艺术资料时，方知会跳阿妹戚托者，仅存毛玉台等几人，故将阿妹戚托载入地方历史文献《晴隆县志》，使之得以传承。

1995年，参加意大利"世界民族民间文艺会演"，精彩的演出令西方人叹为观止，被誉为"东方踢踏舞"。

2007年，"阿妹戚托"参加"多彩贵州"舞蹈大赛获"银瀑奖"。2008年成功申报列为贵州省省级非物质文化遗产保护名录。

2010年3月，首届（云南）大理巍山南诏文化节隆重开幕，"阿妹戚托"应邀参加，获得了全国彝族原生态歌舞乐精英邀请赛前5名的好成绩。

2011年1月23—26日，赴京参加第十一届校园春节联欢晚会演出荣获金奖。其艺术魅力被公认为中国民族舞蹈艺术宝库中的"奇葩"，被人民日报和人民网评为"中国最具民族特色地方节目"。

2014年8月，阿妹戚托被列入第四批国家级非物质文化遗产项目名录，如今已成为晴隆对外界宣传和推介的一张文化名片。

2019年7月26日，"中国·晴隆阿妹戚托景区彝族火把节"开幕式在国家 3A 级旅游景区阿妹戚托月亮广场举行。省文联副主席、国家一级演员阿幼朵，省黔剧院院长、国家一级演员朱宏，县委书记袁建林，县人大常委会主任吴金山，县政协主席潘龙等领导和嘉宾与近两万名各族干部群众欢聚一堂，共同参加盛大的火把节开幕式。

阿妹戚托舞蹈第四代传人文安梅说："如今阿妹戚托已走进校园，孩子们很喜欢，看到优秀的民族文化后继有人，我很欣慰。"

2021 年，新年第一天晚上，在阿妹戚托小镇居民活动广场上，一个个大红的灯笼早已悬挂起来，在瑞雪的映衬下，显得尤为喜庆。广场上人群鼎沸，笑声如潮，伴随着"踢踢踏踏"的舞蹈声，这里成了歌的河流、舞的海洋，旋律在每一个远方而来的客人心间久久回荡……

游子的归依

中国有 56 个民族，每一次变革都是一次民族文化的大融合。

清晨，行走在小镇清洁干净的绿荫道上，就能看见园丁在伺赏着花草，这是园丁愉悦身心的好时光，他们从林荫深处走来，是自然成画的风景。虽然把头深藏在绿植中，手上的工作却有条不紊进行着，许是他们辛勤劳作后流下的汗水，让园里的花草美得更加招摇。

有年轻的妈妈推着婴儿车从身边走过，脸上那份自信来自内心的笃定。树上的布谷鸟与蝉鸣组成了交响乐，我们行走在阿妹戚托小镇里，犹如在童话世界里漫游。看着穿着民族服装的彝族、苗族姑娘去三宝工业园上班一族，他们和谐幸福地生活在一起，我就感觉到中国特色社会主义制度的完美与强大。三宝乡原住地有三个自然村，1317 户、6263 人离开祖祖辈辈生活的故土，难道就没有不舍吗？

答案是否定的。

对于漂泊的游子来说，故乡是一杯浓茶，在黄昏的夕阳下慢慢啜饮。那浓浓的乡愁，是一杯醇酒，温暖着幸福的心田……

三宝村柳家三兄弟对于乡愁是这么说的。

在深圳打了 25 年工的柳岩说："1977 年 12 月，我出生在三宝乡三宝村，为了能过上更好的生活，18 岁时离开家乡来到了城市，从此过上了背井离乡的漂泊生活，由于没有什么文化，工资很低，在深圳买不起房子。"

故乡是根，是一种难以言表的情怀。乡愁是母亲滚落在腮边思儿的泪滴，夜夜濡湿我思乡的愁绪。

柳岩只是中国农村"70、80、90后"打工一族的缩影。

都说，有工作的地方没有家，有家的地方却没有工作。他乡容纳不下灵魂，故乡安放不了肉身。

柳岩的弟弟柳峰是1981年1月出生的，在浙江打工。他说："三宝那个叫家的地方找不到养家糊口的路，找得到糊口的地方却安不了家，长路漫漫，人生却不能由着你想咋样就咋样，毕竟生存是第一法则。"

是的，乡愁是故乡的那栋老屋，每每梦回故乡儿时的欢声笑语，天真烂漫的童年时光和家乡的味道，总是让人久久难以忘怀，醒来后，便是泪流满面，但为了生活，擦干眼泪还得继续努力前行，一转身、一回首，这一生便过去大半了。

茫茫人海，有多少人是常年漂泊的异乡者。我们无从知晓……他们尝尽人情冷暖，从此便有了漂泊。

1990年6月出生的柳军是柳岩的堂弟，由于没有考上大学，成了北漂一族。

柳军说，在北京混了12年，混得很累。也许有了远方，才有了乡愁。乡愁是故乡那条西泌河，它蜿蜒在晴隆与普安之间，两岸群山峻岭，景色宜人，藤蔓攀缠，古树丛生、箐鸡猴子成群，清清凉凉的河水日夜奔流不息，漂泊着思乡的愁绪，夜夜梦回故里。

从他的言谈举止之中，我感受到了在北京生活的不易与艰辛。曾经他也是父亲眼中的天，也许在外人眼里，他们啥都不是，他们只是别人眼中的草，可有可无，多你不多，少你不少，但这无所谓，小草的生命力是强盛的。

故乡千里万里，在每一个月缺月圆的日子牵引他们的视线，凝望家乡的方向，心中不知不觉地低吟浅唱，明月千里寄相思的感伤。

慢慢地故乡变成了他乡，他乡依旧还是他乡。

人到中年，柳家三兄弟在外漂泊不苦不累，那是哄孩子的话，努力前进，默默坚持和承受，是他们应该有的责任和担当。

柳岩说："到现在我才真正明白唐代诗人贺知章的《回乡偶书》这首诗的含义。18岁我就离开了三宝的家，估计要老了才能回去，家是避风的港湾，谁都希望能在家里待着，陪着父母一起生活慢慢老去。可是，三宝的地理条件不允许我们在那儿待着忍饥挨饿。曾经有人问我：当你老了，还会回到故乡？我梦想着要在故乡盖一栋房子，三宝要整乡易地搬迁了，这是多少代人，多少年祈盼的好事情。所以，我写信给在外地打工的两个弟弟柳峰、柳军，让他们也劝劝父母亲同意搬到阿妹戚托去。等自己老了，干不动了，也能过一过城里人的生活，种种花草，养养鸟、遛遛狗，这个愿望终于可以实现了。"

行走在阿妹戚托的每一个社区里，都能够看到路牌用"汉文""彝文"两种文字与图案。它是雕刻在离开故土的人们心头一道深深的痕，永远挥之不去。

一首歌，一句诗，一阕词。揉碎了母亲的心事，也了了远方游子的心愿。

新塘社区主任陈红珍说：阿妹戚托街道大部分保留了原住地的名字。就是为了让彝族、苗族同胞记得住乡愁。

幸福一家人

在陈红珍和三宝街道干事姚兰的陪同下，我们来到了谢全方的家。

1972 年 5 月，谢全方出生于三宝乡大坪村大坪上组。目前，谢全方带着妻子刘华翠去外地打工了，两个儿子也不在家，只有他的大女儿和二女儿在家。谢家一家共六口人，人均 20 平方米，拆迁房 120 平方米，四室一厅，二卫一厨。房子是复式的，楼上楼下，生活十分方便。

大女儿谢王珍，1998 年 8 月出生，已出嫁。二女儿谢二珍 2000 年 4 月出生，在上大学，由于受疫情影响，在家上网课。

谢王珍给我们泡了三宝绿茶，姚兰介绍了谢家的情况。

姚兰说：谢全方的大儿子谢顺利，2001 年 1 月出生，初中毕业外出浙江务工。小儿子谢昌发，2004 年 9 月出生，在三宝乡配套学校晴隆六中读初二。谢二珍是谢全方的小女儿，很会读书，就是身体不好。2017 年年底开始生病，先是感冒，后变成了慢性肺结核，一直在吃药，常年在家休养。

这时，谢二珍的网课上完了。她抢过话题说："姚叔叔对我们家非常关心。"

我说："小姚是一个热心的好干部。"

姚兰说："这些都是我们的工作，只不过平时工作太忙了，还是关心不够。"

谢二珍说："我高二就开始生病，高三第一个学期去学校的时间稍微多一点，第二个学期几乎没有去过学校，高考是带病去考的。父母希望我复读一年，要我明年再考，恐怕身体还是不行，所以拒绝了父母的要求。"

谢二珍在贵州经贸职业技术学院就读会计专业，学费 5500 元／年，精准扶贫报销 3500 元／年，自已交 2000 元学费。上大一时，谢二珍肺病又发了，住院时连医药费都交不上，谢全方四处借钱给女儿看病。由于老家房子刚建，家里欠了好几万元债，谢二珍病了，又四处找亲朋好友借钱，后来谢二珍病情加重，谢全方夫妇七拼八凑地借了一些钱，把谢二珍送到云南昆明军区总医院住院治疗。谢全方夫妇没有什么文化，只能在家中务农，平时的生活也是靠低保救济。因为谢二珍身体原因，父亲只能一个人外出做临时工，母亲在家照顾她。

搬迁之后，姐姐谢王珍出嫁了，家里 5 个人仍然靠吃低保生活。

2018 年 4 月 7 日，谢全方带着老婆孩子来阿妹戚托选房，当天看了房，就拿了钥匙同意搬迁。直到 5 月份，他们全家才搬到了阿妹戚托居住。

谢二珍说："记得当时打开房门，看见客厅里有了沙发和家具，厨卫都装修好了，卧室里还有一张床，并且还给了我们家 9000 元易地扶贫搬迁一次性救助金，全家人非常高兴。"

住进来之后，政府介绍谢全方的妻子刘华翠在彝族篝火晚会表演节目，演出费每月 1000 元。谢二珍年龄不大，却是一个懂事的孩子，她十分感谢班主任和学校领导，在得知她的情况之后，贵州经贸职业技术学院在全校发起了募捐活动，这两年募捐款加起来有 5000 ～ 6000 元。

谢二珍羞涩地说："那个时候，我去医院看病，家里连 1000 元都拿不出来，父亲收到学校老师送来的募捐款时热泪盈眶。"

通过晴隆县政府和社会上爱心赞助，谢二珍的病情基本稳定，并向好的方向发展，这让谢二珍感到特别温暖。

谢二珍说："我们一家人在这里生活很幸福，现在让我们回原三宝乡住，全家人肯定不愿意的。"

为了写好"后半篇文章"，晴隆县在三宝塔周边，开发了 380 亩蔬菜基地，让阿妹戚托新市民有土地种菜。

谢二珍说："我家分三分地，可以在那里种蔬菜，吃不完的蔬菜，也可以卖给三宝街道。"

我说："政府考虑得很周到，让你们从一个极贫的乡镇搬到这么好的地方来居住，这得感谢党。"

谢二珍含着泪花说："三宝塔、乡愁馆很有意义，让我们从小就懂得感恩，让后来人知道自己从哪里来，是怎么来的。我们少数民族特别要感谢党的恩情。"

搬迁来的新市民，一家至少有一个人可以享受新市民低保，每人每月 625 元生活补贴。为了给居民配备家具、家用电器，让居民完全是拎包入住，政府通过多方筹措资金，这些资金主要是社会企业赞助。

晴隆县县委常委、副县长封汪鑫说："如果我们动用政府资金，等于是拔高了标准，这是不允许的。既不能违规，但我们又要替百姓着想，各级政府做了大量的工作，这些社会赞助，帮助他们解了燃眉之急。"

登三宝塔

阿妹戚托小镇——三宝塔

人间三月天，一路向黔行，寻找一分春意，到山那边看春暖花开。

2021年3月8日，笔者与美女作家朱富梅来到了阿妹戚托小镇，接待我们的是晴隆县二十四道拐文化旅游集团有限公司总经理魏彬[1]和晴隆县文联主席王光伦，在他们的带领下，一行四人向三宝塔走去。

魏彬介绍：三宝塔于2018年建成，是阿妹戚托特色小镇的地标性建筑。三宝塔建在虎头山与牛头山的对面。这与两山之间的乡愁馆是中轴线，其

---

[1] 魏彬，男，汉族，1975年11月生，中国传媒大学毕业，现任晴隆二十四道拐文化旅游（集团）有限公司总经理，兼任晴隆林下农业产业投资（集团）有限公司董事长。爱好文艺，有数十首歌词作品在各类音乐期刊刊物发表，作品《味咕》荣获黔西南州"感恩奋进、圆梦小康"山歌颂党恩歌曲征集大赛二等奖，并有歌曲《盛世苗家》《九歌久乐》等作品数十首出版发行。

远处就是天子山。我们有些好奇，不由加快了脚步。

蜿蜒而上山顶，约莫花了半个小时。

三宝塔共六层半，有那种"七级浮屠"的况味。与我们同行的朱女士说："登一层有登一层的风景，登一层有登一层的感受，难怪古人说'欲穷千里目，更上一层楼'。"

登上第六层，大家围着塔走，八面景观，徐徐铺展，尽收眼底。

魏彬指点江山说："几年前，这里还是一片荒芜荆棘之地。右下角的月亮湖，古时叫藕塘，是一片烂泥沼的小湖，塘中冒一股水，塘里长满荷花。对面的牛头山、虎头山叫石板坡，看得见寨子的地方，叫泥巴坡。再远处就是南山，每年三四月间，南山杜鹃花开，满山红透，那才叫美呢！何老师、朱老师，下次我们上南山赏花去。"

我不由得有些欣欣向往。心想，这次赴晴隆已经是第四次，下一次不知猴年马月？但我想，我们与阿妹戚托小镇结下了不解之缘，总会有下一次吧！

王光伦说："那边也有两座，一座巍山，一座小巍山，当地人叫歪山，它就在阿妹戚托小镇门口五里境内。"他向后一指，站在三宝塔，果然看见一座头部向南倾斜的山，如一头俯视苍生的雄狮。我举目四望，也只见这一座山，就问，另一座呢？他说，另一座叫小巍山，站在文峰塔上看不到。

王光伦从南山、文峰塔一直说到阿妹戚托小镇，原来晴隆有如此厚重的人文底蕴。是啊！大自然是最有灵性的，人是大自然的一部分。

站在三宝塔上，风从八面来，人往八处看，故事在莽莽群山中悄然落户，在这个故事里，有立足晴隆的"三宝塔"故事，有"多彩贵州"喀斯特山区脱贫攻坚的"阿妹戚托"故事。这些故事集中反映了"美丽中国"

故事中波澜壮阔的脱贫攻坚历程，浓缩了"梦想中国"的人文魅力，是小康进程中最真实的阐释和铿锵韵脚。

坐在三宝塔里，魏彬叫服务人员泡起了一壶"三宝红"，一边品着这些香茗，魏总一边介绍阿妹戚托小镇未来的宏伟蓝图。他说："阿妹戚托小镇目前已申报国家级 4A 旅游景区，我们公司不遗余力地打造文化，赋予它的文化内涵，目前已完成的，一首歌《咪咕》，一部微电影《咿哟，幸福的你》，一本《晴隆故事选》，一本画册，一部脱贫攻坚文学作品。"介绍到此，魏彬说："你们的《阿妹戚托》长篇报告文学将填补这一空白！"逗得众人会心一笑。

魏彬继续说："目前正在打造的是阿妹戚托小镇的文化，在广场上的那块巨石上，刻的《阿妹戚托小镇赋》，正在邀请名家撰写。《三宝塔记》已由黔西南州文联副主席、贵州省书法家协会副主席、中国书法家协会会员、三次斩获兰亭奖的著名书法家岑岚创作出来了，正在制作中。"

经岑岚先生同意，转发他创作的《三宝塔记》以飨读者。

三宝塔记

岑　岚

泱泱中华，文明亘古；感恩礼教，盖传万邦。鲁公忠义，感君恩也；二十四孝，感亲恩也；子贡庐墓，感师恩也。安南古城之东，有塔巍然耸立于阿妹戚托小镇对山之巅。塔以三宝名，志党恩也。

尝闻乡梓晴隆，极贫之地也。卅年治贫，难在攻坚。新时代伊始，中央发令，举国攻坚战贫。晴山隆地，乘势而为，举旗擂鼓，挥师破垒，

阿妹戚托
——易地搬迁奇迹

施良策以兴业强本，行仁政以济困富民，拔穷根而移民安镇。攻坚八年，锤镰开路，八方驰援；干群齐力，势如破竹，减贫十二万余人而摘贫帽。建本地新市民安置地六处，跨区域安置地五处，易地扶贫搬迁一万二千余户五万七千余人。时维庚子十月初九日，决战全胜捷报传来，万民欢腾，中华无贫、吾乡无贫也。

昔日三宝彝苗之乡，边荒穷寒，火种刀耕，乃"一方水土养不起一方人"之绝境也。今六千余彝苗同胞，整乡迁移安置于斯，名曰"阿妹戚托小镇"。阿妹戚托者，彝族姑娘出嫁舞也，寓示幸福之新生活也。如今彝乡苗寨，临城而安，各居别墅，牛祥虎瑞，黛瓦金墙；佳木阴翳，胜似桃源。日而持家兴业，夕而围篝起舞；男女老幼，和颜悦色；党政担当，冷暖关情，实乃老有所养、病有所医、业有所就、学有所教之优待也。三宝塔建于此，则以名物，示不忘也。

塔面小镇，背倚垚山；北有如龙蛊江拥护，南有欲飞磐石镇守。远眺则如长剑拨云冲霄，近观则如子龙挥师布阵。塔内分层布设，或党领国策、或乡贤典范、或民俗乡典，可鉴群民心怀党恩，誓跟党走之忠心欤！登塔以览小镇，朝而云蒸霞蔚，隐若天宫；午而屋舍俨然，游人如潮；暮而霓虹辉映，彝舞苗歌。极目东眺，见群山连绵，若隐若现，诗情潮涌，壮怀激越。感亿万民生殷实无事，祖国山河永固无疆。

嗟夫，德为善政，政在养民。党恩宏浩，莫过于四海无贫；展望凤梦，莫过于中华复兴。吾党仁怀天下，解华夏数亿贫民于穷困，其功德盖古烁今，日月可鉴矣。

庾信云："落其实者思其树，饮其流者怀其源"，全民受之无穷，吾侪岂可忘之乎？报国务忠，感恩以诚，勒石为记，昭示千秋！

　　吃晚饭时，喝了贵州庄稼汉薏仁米公司酿造的"薏皇后"美酒，酒后又品了晴隆的"花贡茶"，微醺中，我们来到阿妹戚托小镇金门广场。

　　华灯初上，游人渐增，却没有喧嚣之感。淡赭黄的灯光给三宝塔轻轻笼上一层薄纱，几只白鹭翩然飞过。岁月沉淀繁华，热闹轮番上演。晚8点，广场上黑压压的是身着盛装的彝家、苗家姑娘、小伙，游客坐在四周的长条凳上观赏。广场中心燃着一堆篝火，熊熊篝火燃红太空，与山上三宝塔的灯光宝气相映成趣，浑然天成。

　　在人群里，我看到魏彬正在台上指挥晚会，不一会，人群中大手拉小手，男男女女围成了内外三层，旋转、舞蹈，游客们来了兴致，也加入了汹涌的人流中，这里汇成了歌舞的海洋，听那歌曲从彝家女的口里经扩音器散播开来，只觉让人感到心脾俱醉。朱老师说："太美了！"王主席说："这就是魏总创作的歌词，由黔西南州作曲家李锋作曲，曾获黔西南民歌大赛二等奖的歌曲《咪咕》。"

　　……

　　……

　　此曲只应天上有，人间哪得几回闻。让我想不到的是，在这偏远的贵州山区，竟然有缘看到这个与爱尔兰"大河之舞"齐名的"东方踢踏舞"——原生态舞蹈"阿妹戚托"舞和听到这天籁之音《咪咕》。

小镇的缤纷生活

作为阿妹戚托配套建设的小学，晴隆县第六小学吸纳了近 500 个三宝乡孩子上学。2019 年的六一儿童节文艺汇演，13 岁的文安菲和小伙伴们自编自演的舞蹈赢得了同学们的阵阵掌声。

即将小学毕业的文安菲说："阿妹戚托，我最爱的六小，总感觉还没待够，就要毕业了。"

拔河比赛（陈亚林摄影）

"以前觉得上学很痛苦、很累。"原住三宝乡大坪村的文安菲说，去乡里的三宝学校，走路要 1 个多小时山路。有时怕迟到早饭都不敢吃，冬天雾大还得打着手电筒，到学校觉得特别累，第一节课经常打瞌睡，放学回到家，天都快黑了，还要帮忙放牛、割猪草。现在晴隆县第六小学离安置点很近，走路 10 分钟就能到……

让文安菲不舍的不仅是轻松的上学路，还有明亮的教室、宽阔的操场和多彩的课外活动。六小是寄宿制学校，为了丰富孩子们的课余生活，学校开设了电子琴、书画、棋艺等兴趣班，文安菲选择了电子琴，每天放学后都能在琴房学琴 1 个小时。

第六小学校长田超曾在三宝学校任教 13 年，他对搬迁前后的变化也深有体会。田超说，以前三宝的孩子上学"起早贪黑"很辛苦，没有足够的精力，基础比较差，"能坚持上完初中就很不错了，考上大学的更是寥寥无几"。搬进城不到两年，学校"小升初"成绩从倒数第一上升到全县第五，一年级期末统考成绩更是进入了全县前三。

"孩子是家庭的希望。"田超告诉我们，当时很多人是带着顾虑搬出来的，主要的动力是下一代能受到更好的教育，现在看到孩子们的进步，很多家长悬着的心，也慢慢放下来了。

村民向新市民角色转变

"新市民"这个称谓，在阿妹戚托有着丰富的内涵：这是易地扶贫搬迁群众的新身份，通过与搬迁同步发放"新市民居住证"，标明户籍、身份证、现居住地等可读信息，并纳入新市民居住区警务工作"风险感知平台"管理。

新市民凭证可享受子女免试就近入学、申报专业技术职务、办理出入境证件等 39 项公共服务，搬进新家就能享有同等城市配套、同等公共服务、同等市民待遇，在就业创业和就学就医等方面还享有更多优惠，一证可以解决很多难题。

红墙灰瓦、花窗雕栏，一栋栋特色民居依山而建。敲开一户人家，76岁的高国云和老伴正在打扫卫生，明净宽敞的二层小楼里，家具家电一应俱全。

"从老家搬出来的时候，他们丢了很多旧东西，但是唢呐、锣鼓、舞狮这些道具他们舍不得丢，都带到了新家，这算是他们最重要的家当。"新塘社区主任陈红珍说。

一点一滴皆是回忆，一颦一笑皆是乡愁。

乡愁，是中国人对故乡的眷恋，每个人都有自己的故乡，都有自己追忆和怀念的地方。

新塘社区主任陈红珍说，搬入阿妹戚托后，好怀念家乡淳朴的乡土气息，怀念村庄的热闹。春耕开播时，天刚亮就能听到农民外出耕种的声音，鸡鸣狗叫，孩子的哭声，听着这些声音，不由自主地就会起床，然后走出家门沐浴在早晨的清新空气里，神清气爽。门前那条阡陌小径，是一条泥泞不堪的土路，不知有多少村里人带着梦中的希冀，告别亲人走出那个装满乡情记忆的小村庄，开始步入心中梦想的征程。也就在那一丝丝乡愁缠绕中，还浑然不觉。无论岁月如何变迁，乡径两旁的责任田依旧是翠绿成行，生机葱茏。路边的野菊花依然芬芳四溢的迎接着往来的人们，而家乡的那条小径，见证着岁岁年年外出与回归的游子，风雨无阻。在他们的心中，青涩不及当初，聚散不由你我，只是风过无痕，梦醒无踪。

陈红珍的思乡情结，导出了三宝乡远方游子的心声。

她娓娓道来，记得春天里小菜园的第一茬韭菜割下来时，总是很期待妈妈烙的韭菜盒子，那是记忆中家的味道，妈妈的味道。还依稀记得放暑假时，常常与小伙伴们相约去望云山老鹰岭丛林里采野果，捡蘑菇……许多的美好的快乐的事情，如今只能停留在记忆的纸笺中，停留在深深的脑海里。

晴隆县阿妹戚托小镇工程建设指挥长、现任县委常委、副县长封汪鑫说，为了让搬迁群众记得住乡愁，阿妹戚托的每一条街、每一个十字路口都是按照原来的名字设计的。文字与图案好似一根无形的飘带，系着三宝人民亦苦亦甜的怀念。

记得回家的路

2019 年 9 月，高国云一家从山村搬到阿妹戚托，老两口有些无所适从，望云山上住了大半辈子，没有用过城里洋玩意儿，刚开始"不会用电磁炉和抽油烟机，用马桶不习惯，出门不认路……"老人怕记不住自己的家，出门前，在自家的门口放一个蛇皮袋子。

"搬出后的问题不比搬迁本身少，关键在于让老乡认可新市民身份，尽快融入新环境。"三宝乡党委副书记柏杨牵头成立新市民服务中心，专门协调解决搬迁群众的各种难题。

三宝街道干事姚兰向我们展示了一张蓝色卡片，正面印有搬迁群众的照片和个人基本信息，背面则印着"黔西南州新市民居住证"10 个字。"有了这个，老乡们不仅可以享受城镇居民同等政策待遇，老家土地山林等权益也能继续保障。"

高国云说："学校就在马路对面，小孙子再也不用摸黑赶路上学；去医院方便，看病买药花不了自己多少钱……"适应一段时间后，高国云和老伴对新家园的好感与日俱增。

老人笑道："现在天天都能洗热水澡，再回去怕是不习惯了。"

三宝人有了新选择

在家发展种植养殖或是外出打工，这是搬迁前大多数三宝人的选择。

"之前确实不太想搬，怕找不到活路做，现在让我回我都不回，生活环境好，收入也稳定。"搬迁户陇忠云说。

2018年陇忠云搬到阿妹戚托后，政府给他安排了开垃圾清运车的工作，月工资 2800 元，爱人在小镇里打扫卫生一个月 1800 元，夫妻两人近 5000 元的月收入，这在三宝乡他们想都不敢想的天文数字。

"减去生活成本和路费，现在的收入和外出打工差不多。"23 岁的搬迁户王坤之前一直在外面打工，心里不踏实，没有归属感。搬迁后，他在小镇旁边的一家服装厂找到了工作，骑摩托车上班几分钟就到了，有时间照顾老人小孩。

搬迁户要"稳得住""能致富"，就业是关键。为解决就业，当地加快培训服务体系建设，为搬迁户举办电商、厨师、建筑工、刺绣等技能培训 30 多期，覆盖群众 1800 余人／次。

此外，为了鼓励搬迁群众自主创业，晴隆县政府还免费提供 2000 平方米的商铺作为自主创业平台，曾长期在外打工的贫困户陈勇慧就尝到了甜头。2018 年 4 月，陈勇慧搬到小镇后即申请到了免费厂房，开了一家小型服装厂，贷款有优惠，购买设备也有补贴。

陈勇慧说，服装厂主要生产苗族服饰，正常经营一年能挣五六万元。

搬迁改变了三宝乡的历史面貌，正在改变三宝人的精神面貌，也将培养一批新时代的"追梦人"。

晴隆县县委书记袁建林表示，下一步将全力做好易地扶贫搬迁"后半篇文章"，让搬迁群众既"安身"又"安心"，加快实现"搬得出、稳得住、快融入、能致富"的目标。

文化是他们最重要的"家当"

阿妹戚托日益充实的精神文化生活，渐渐抚平了乡亲们搬离故土的焦虑。为了让三宝乡搬迁来的彝族苗族农民快速成为新市民，搬迁群众需要在短时间内认同、适应自身身份的转变，迅速建立社区归属感，才有后续发展的内在动力。既要尽可能保留搬迁群众的原生文化，又要努力培育社区市民文化，给阿妹戚托文化服务体系建设提出了高要求。

四月的阿妹戚托踩着春风的脚印，牵着初夏的烂漫，从一幅山水画里韵致地走来！

这是一个绿色的世界，黄绿、青绿、翠绿、深绿、碧绿……犹如美术老师调制成的一幅精美画作铺满了小镇的大地。

我们行走在月亮湖畔，艳阳高照，清风徐徐，弥漫着芬芳的清新空气扑面而来……在三宝塔的后山上，新市民忙着在自留地里种植蔬菜……

晴隆县县委县政府为了写好易地扶贫搬迁"后半篇文章"，在阿妹戚托推行"百花百果园"计划，阿妹戚托的居民每家都可以分到0.2～0.3亩土地作为自留地，居民种的菜多了，吃不完，还可以卖给社区，社区将

阿妹戚托

——易地搬迁奇迹

统一收购。

这是一个挚爱的季节，感恩的季节，也是一个劳动的季节。四月的阿妹戚托，繁花似锦，绿荫如海，一切都显得那么热情洋溢，生机盎然。

傍晚，广场上的人随着夜幕降临多了起来。阿妹戚托舞、跳皮筋、唱山歌……忙碌一天的新市民们慢慢聚拢，开启了热闹的"广场夜生活"。

广场中间，用杉木架着一堆木柴。

三宝街道综合干事姚兰说："跳阿妹戚托舞，要有篝火，再配上音乐，才过瘾。"

自小就喜欢唱歌跳舞的陈红珍告诉我们，在老家的时候，村里人很难得出来一起玩，一是没有玩的地方，二是大家住得太分散，很难聚在一起。现在搬到阿妹戚托，社区有好几个大的广场，姐妹们下班后凑到一起跳跳舞，健健身，每晚还有 30 元的收入，何乐而不为呢？

除了面积最大的中心广场之外，晴隆县旅游文化中心还在阿妹戚托小镇内建设了金、银、铜多个居民小广场。为了方便搬迁群众开展各项文化活动，在小镇的各个广场安置了照明灯，并为文艺队伍配备了音箱和演出道具。

目前，阿妹戚托已经组建了舞狮、山歌、舞蹈等文艺队伍，100 多位新市民积极参与进来，上至七十多岁的老人，下至十几岁的姑娘都乐在其中。

为了让新市民文化活动开展得更专业，黔西南州还安排州文化馆和文广局等单位定期到阿妹戚托移民安置点进行文艺活动指导培训。另外，阿妹戚托还不定期地开展社区运动会、新春文艺演出等活动，丰富搬迁群众文体生活。有了丰富多彩的业余文化活动，冲淡了他们思乡的情结。

都说，乡愁应思念而来，在春天里宛如毫无遮拦的乡野山花，自由泼辣地盛放。

那些年过古稀的老人，对家乡的思念还是日复一日的强烈。他们离开家乡的时候就有一个心愿，希望百年之后，政府能够让他们安葬在老家。在这些搬迁来的新市民心里，乡情是乡愁里的最美的风景，是乡愁里最难忘的记忆。

尤其是历经岁月风雨的洗礼的老人们，他们对故土的思念越发的浓郁，越发的眷顾。

因为，中华民族是一个家庭观念很深厚的民族，自古以来，在每个中华子孙的心目中，总有着深深爱家爱土地的情结。

"慈母手中线，游子身上衣"是母子之情，"遥知兄弟登高处，遍插茱萸少一人"是对兄弟的思念之情……阿妹戚托舞，却把打散的彝族、苗族同胞联系到了一起，从此亲密无间……

胸中有丘壑　眼里存山河

　　几个月前在晴隆的短暂相聚，又匆忙离别，对于马飞院长的才华笔者一直存有敬意，但苦于对阿妹戚托的设计还有许多细节需要了解，2020年8月，我们飞到了重庆。

何中华与马飞院长合影

　　设计院里有许多新招聘的外籍设计师，在电梯里，我遇上了从叙利亚来的默哈默德。他主动向我打招呼："何老师，您……好，欢迎……"

　　默哈默德尽管汉语不是太好，但真挚的情感，足见他是一个热爱生活的人。

　　马飞院长向我们介绍了参与阿妹戚托设计方案的工程师：张海蛟、程昊、姜鹏、黄薇、唐忠军等人，他们比我想象中要年轻得多。

当我走入马飞办公室时，我的眼前刹那亮了。

一墙的书和摆满大半个柜子的奖杯与荣誉证书，让我目不暇接。

我说："这些都是你的获奖荣誉啊。"

马飞笑了笑说："对，一小部分的，大的这里也摆不下。"

我突然问："阿妹戚托的呢？"

"哦，有两个。"马飞随手拿给了我一个。

我接过一看，2019 年"智建中国国际 BI 米大赛"一等奖：马飞。

既惊喜，又惊奇。

马飞说："阿妹戚托工程，还没有给我们结项报告。如果给了，我们可以申报世界级设计大赛。"

我说："厉害！现在全院有多少人？"

"2600 多人，建筑分院 6 个，市政设计院 7 个，其他都是小所。"

"每年设计费多少？"

"将近 20 个亿吧！"

"了不起！"

"我们分院有 70 多人，外籍工作人员 7 名，全年利润大概 5000 万元。"

第二天清晨，吃过早饭，马飞便陪同我们去了一趟石宝寨。

每到一个地方，我总喜欢了解一下当地的人文，这或许是文人的喜好。经过了两个小时的行程，我们来到了石宝寨。

石宝寨位于重庆忠县境内长江北岸边，全寨被长江水围绕着，形成了一个"盆景"，因此才有"江上明珠"美称。

和煦的微风轻轻从我们身上吹过，一路上的疲倦立刻灰飞烟灭，感觉十分舒坦。

进了寨门，从楼梯盘旋而上，一楼的墙面上雕刻着"蝴蝶""凤凰"和栩栩如生的动物。

我说："马院长，到了你的故乡，有何感想？"

"故乡于我，就像我是风筝，故乡是线，不管自己飞多高多远，都会在风停的时候回去。"

与我们一路同行的记者何静问："马院，为什么叫忠县？有典故？"

马飞说："有。相传春秋时期，外族入侵巴国，巴王求助楚国，楚王要巴国割让三个城池给楚换取出兵的条件，巴国在楚军帮助下取得了胜利。楚国索城，巴王对楚国的使者说：'我砍下自己的头，请你把它交给楚王，请求他保护我的百姓。'说着巴王就拔出宝剑，砍下了自己的头。这位使者带着巴王的头去见楚王，楚王被感动了，立刻下令把巴国的百姓放了。后来，当地人民感其忠义，于是改地名为'忠州'，这也是忠县的来历。"

何静又问："那石宝寨呢？"

马飞说："小时候听奶奶讲过，石宝镇始建于明朝万历年间。在石宝古镇，一座巨石在长江边天然成岛，通高50余米，型如硕大无比的玉玺。传说当年长江年年水患，致使民不聊生，这年再遇洪劫，忽见玉皇大帝在此显形，佛指直指江面，洪水顿时而退。由此这座宝岛，始称作'石宝山'，被尊为神山，上山敬拜的民众如蚁倾巢，常年不绝。但上山时极为不便，全在悬崖上凿小道攀缘，极为危险。不知是明朝哪位官员，始发动群众建此'石宝寨'，共计10层，刚好及至山巅，石宝寨由此而来。"

我说："这个故事很接地气。"

　　石宝寨塔楼倚玉印山修建，依山耸势，飞檐展翼，造型十分奇异。整个建筑由寨门、寨身、阁楼（寨顶石刹）组成，共 12 层，高 56 米，全系木质结构。始建于明万历年间，经康熙、乾隆年间修建完善。原建 9 层，寨顶有古刹天子殿。隐含"九重天"之意。石宝寨作为穿斗结构层数多体构大乃国内罕见，又被称为"世界八大奇异建筑"之一。

　　马飞虽然是一个理工男，但他对当地的人文历史，如数家珍。

　　我望着石宝寨的山山水水心中默念："石宝寨真高呀！"赞叹道，"难怪李白的诗中有'危楼高百尺，手可摘星辰。不敢高声语，恐惊天上人。'这就是它的写照。"

　　拾级而上，青石板铺砌的长街一眼望不到头。石宝寨的登高楼，可谓独具一格，暗藏玄机。楼层盘旋上升，每当走到拐角处，经过岁月冲洗的木柱上依旧可以清晰地看到古人的题词。

　　这真是一座神奇的宝殿，屹立于长江边一座孤岛之上，与四面皆是悬崖的山峰相倚相存。其神奇之处在于 10 幢木楼，没有用任何一颗铁钉，全是用了木楔子结合而成。而木楼的外观飞檐翘角，层层叠加，一层比一层险峻，一层比一层小巧。

　　马飞说："阿妹戚托的三宝塔的启示来自石宝寨，虽然只有五层，但每层都有其诗意。"

　　我说："其寓意应该是让阿妹戚托的子孙后代感谢党恩吧！"

　　"是的。"

　　走完关公石壁墙就到了依山而建的天子殿楼下。

　　马飞接着讲故事：相传住在山东蓬莱岛的何仙姑路经此地被美丽的景色迷住，于是住留多日，她闲着无事，便用瓷片嵌成了"梯云直上"四字。

当我登上九层寨楼时，转身说："我们虽然到不了九重天，第十层也别登了。"

马飞院长答道："好，咱也留一点想象空间。"

在王母殿北面的一个小屋里，一个小和尚手拿錾子在打石洞。这就是"流米洞"。

马飞说："洞里流传这样的一个故事，从前有一位小和尚发现每天在一个洞里都能流出白花花的大米，他就这样吃了很多天。后来有一天，他想把洞扩大，他哪里知道，洞里的米已经全部吃光了，再也流不出米了。"

不知不觉我们游完了石宝寨，心里有些不舍但还得要舍。不是因为江上明珠的小蓬莱风景怡人，而是石宝寨、阿妹戚托留下我们共同的永远的记忆。

回到重庆，已是灯火阑珊。站在重庆的朝天门码头，一种历史的沧桑感涌上心头。《三国演义》的开篇唱得好：滚滚长江东逝水，浪花淘尽英雄；是非成败转头空，青山依旧在，几度夕阳红。

2020 年，注定是一个不平凡的年头。春节，应是阖家团圆的日子，一场疫情，像一个巨石砸入我们原本平静有序的生活，一时间，巨浪翻涌。

在这场突如其来的战"疫"面前，一群最美逆行者没有退缩，逆风而行，迎难而上，为抗击疫情，奉献力量，传递温暖。他们义无反顾地逆行，是最勇敢的坚守，是最温暖的守护！

84 岁高龄的钟南山院士疲惫地靠在开往武汉的餐车上，静静地睡着了。他本可以安享晚年，但是他在人民最需要他的时候，毅然站了出来。他就跟 17 年前，SARS 病毒爆发的时候一样坚定。17 年前，他坚定地说："把病人都送到我这里来。"如今，他像战士，再次"挂帅出征"，抗击新型冠状病毒。看着他疲惫的身影，心中除了感动还是感动。

病毒是无情的，党和国家是有情的，广大医务工作者是有情的，人民是有情的，应对疫情，信心比黄金珍贵。

为了和疫情赛跑，自火神山医院开工以来，还有很多叫不出名字的建筑工人、志愿者，他们是建设者、组织者、协调者、指挥者……10 天建成一座医院，创造奇迹，那些画面，让我们看了忍不住泪流满面，思绪万千。

为祖国抗击新型冠状病毒出一份力，感谢一线的战斗者。河南退伍老兵王国辉，将自己种的新鲜蔬菜带领村里人连夜拔起，大年三十自驾 300 多公里，载着 5 吨多的新鲜蔬菜，不管道路的泥泞，路途的艰辛，只身从河南沈丘赶到武汉火神山医院施工现场，全部免费捐给项目部，到时已是凌晨，疲倦的他说："我曾在武汉服役 17 年，武汉就是我的第二故乡。看到武汉人民众志成城，攻坚克难，也想尽一份绵薄之力。"王国辉驾车回到河南，并将自己隔离了起来。逆行者，致敬！

在危难中，中华民族总是有这样善良的人们来温暖我们的心。在这场没有硝烟的战争中，全国一线战士们奋力前行，一方受难，八方支援，让大家看到疫情之下的希望与阳光，让世界相信，中华民族是一个不屈的、坚强的、伟大的民族。千千万万最美"逆行者"，为抗击疫情，奉献力量，传递温暖，谱写了一曲曲感人的诗篇，留下了一首首绝美的华章。在防治新冠方面向世界人民交出了一份漂亮的答卷。

2020 年 1 月 17 日，我们从北京回到湖南老家，之后，武汉封城，滞留家乡，返京的日子一推再推，一直推迟到北京解禁。

2020 年 6 月 11 日，北京新发地菜市场出现新冠疫情，疫情警报再次拉响，之前说好去重庆采访又被耽搁了。面对卷土重来的疫情，北京迅速响应、凝聚力量、强力应对。7月4日，北京市政府防控疫情办宣布：低风险地区可以不做核酸检测出城。7月20日，北京市政府宣布防控疫情从二级降为三级。7月24日，我们才离京去贵州。

面对新冠在全球迅速蔓延，我们不知道，下站在哪里？但是我们庆幸自己还活着，活着的一天，就应该有一天的收获。一代人，有一代人的使命。终于，在8月4日，我们飞到了重庆。可以说：阿妹戚托特色小镇，从设计开始，建也难，搬迁也难，就连写书，也是一半时运，一半天成。

孙志刚书记的回信

2018 年，贵州省省委省政府在开展易地扶贫搬迁中将晴隆县三宝乡整体搬迁列入攻坚脱贫计划中，乡亲们住进了新房子、过上了好日子。之后，三宝乡的少先队员给贵州省省委书记孙志刚写信，反映新家园带来的巨大变化，表达感恩之情和努力学习、靠奋斗创造幸福生活的决心。

2019 年 6 月 1 日，晴隆县第六小学收到贵州省省委书记、人大常委会主任孙志刚的来信。孙志刚回信勉励晴隆县第六小学六 (2) 中队少先队员：怀着感恩的心，鼓起奋进的劲把家乡建设得更加美丽，向他们和全省各族少年儿童致以节日的祝贺。

孙志刚在回信中说："你们县城的新家宽敞明亮，校园的生活丰富多彩，就近上班的父母陪伴成长，我为你们感到特别开心。这些变化，是近年来全省持续打好脱贫攻坚"四场硬仗"、纵深推进农村产业革命的生动缩影。"

孙志刚表示："你们生长在习近平爷爷带领各族人民奋力打赢脱贫攻坚战的伟大时代，是无比幸运的、无比幸福的。要怀着一颗感恩的心，永远感恩习爷爷，感恩新时代。要鼓起一股奋进的劲，始终敢于有梦，脚踏实地。勤奋学习、自觉劳动、勇于创造，长大后报效祖国，回报社会，把家乡建设得更加美丽。"

209

孩子眼里的城里人

晴隆县三宝乡搬迁前，当地群众观看文艺演出活动（陈亚林摄影）

生命的盛开是一朵花，蕴藏着许多的美好。

阿妹戚托小镇新市民谢开忠、王天星对我们说："何老师，在乡下人眼里，我已是城里人，在城里人眼里，我依然是乡下人。"

我微笑着回答："你们是乡下人羡慕的城里人，是城里人高看一眼的新市民。"

站在灯火阑珊的阿妹戚托街上，我们听到了一对母女的对话。

"妈妈，以后我可以给同学们讲，我是城里人了吗？"

"傻孩子，你已经是城里人了呀！"

2018年6月的最后一个周末傍晚，小香芸和母亲甘梅秀走在她们的新家——阿妹戚托的道路上，沐浴着暖阳，散着步，赏着花。一问一答中，透出满满的自豪和幸福。在这座新建的特色小镇上，她们是1200多户满怀幸福憧憬、搬新家奔富路的新市民中的一家。

一年前，三宝乡小学，你看到的却是另一番情景：一张张天真的笑脸，一串串银铃般的笑声，一双双认真而略带期盼的目光。有的倚在石阶上，有的靠在树边，还有的以同伴的肩膀作垫板。

干塘村和平组的一个小女孩问在贵阳读书的姐姐："姐姐，城里是不是到处都是高楼大厦，又大又好啊？"姐姐看着她那期待的眼神，肯定地回答："嗯，是的，城里很美，明年我们就搬到县城去住了。"

小女孩高兴地点头。

在新塘社区"牛鼻"观景台上，三四个小男孩骑着儿童车比赛，他们追逐着，打闹着……

三宝街道干事姚兰说："一年前，这些孩子玩的可是石子、泥巴、竹棍之类的东西。现在的变化真大啊！"

姚兰是土生土长的乡下娃。他说，小时候，家里没有电视机，小叔家买了一台，常常跑到小叔家蹭电视看。蹭电视的不只是孩子，左邻右舍的成人也都去，小叔家总是挤满了人。那时，他唯一的愿望就是长大了不种地。干农活太累人了，一架牛车，一扶木犁，从春到秋的劳作，收获也还是微乎其微常让人觉得生活没了指望。父母觉得土地就是收成，就是指望一年多打点粮食，一家人不挨饿。父母亲唯一的希望是他能够考上大学。

姚兰没有辜负父母的期望，终于考进了城市的学校。刚开始城市对他这个乡下男孩来说，街道宽、楼房高、好神奇，很多东西他都没见过。说实话，他当时是真的羡慕城里孩子的童年，他们真幸福。姚兰大学毕业后，考进了公务员队伍，还进了三宝街道工作，所以，他的感受最深。

夜幕降临时，阿妹戚托小镇亮了起来，街道两旁商店林立，星工坊、永惠服饰、蒙呗创业、三宝天麻营销中心、彝外婆……新兴的小镇已初具产业的雏形。广场上，搬来不久的新市民们在休闲地聊着过去、现在，畅想着美好的未来。街道上，刚放学的孩子们正背着书包，一路玩闹着回家，笑声回荡在具有彝、苗特色的建筑群上空；在别墅式的新家里，主妇们正在用现代化的电器做着可口的晚饭，等着家人的归来。

阿妹戚托正在上演一派安居乐业的美好景象！

应急广播

应急广播与这场疫情是怎样的关系？它的背后隐藏着怎样的故事？

说应急广播，还得从晴隆县县委宣传部副部长、县广电网络公司负责人龙春林说起。

1986 年 10 月，龙春林出生于晴隆县长流乡，长流是晴隆县最边缘的乡，童年丰富多彩的生活，乡野间的情趣，良好的家教，使他打小就明白一个道理，农村的孩子必须好好读书，长大了才有出息。所以，从小学到中学，龙春林的学习成绩一直在学校名列前茅。2006 年 9 月以优异的成绩考取了大学，就读电子信息科学与技术专业，大学毕业后，进入贵州省广电网络公司黔西南州分公司工作，几年的基层锻炼，他成为了黔西南州广电网络行业中的佼佼者。2019 年 2 月，组织派他到晴隆县广电网络公司主持工作。已入而立之年的龙春林，给人的第一印象是儒雅、睿智、稳重、进取。

情意待人 带出一支特别能战斗的队伍

2019 年 2 月，龙春林到晴隆县分公司主持工作。同年 5 月，汪明星和王传容担任副总经理，三个人搭起了班子。任命文件刚下达，龙春林就在班子会上说："天时不如地利，地利不如人和，晴隆县分公司的各项工作是不是能够稳步推进、社会声誉是不是越来越好、员工收入是不是有所增加，领导班子是决定性因素。我们必须做到大事讲原则、小事讲风格，时刻以工作为重、以大局为重。"推心置腹的一席话，让同是"80 后"的两位副总增强了履职信心、提振了奋斗精神。

有一次，龙春林在会上提及一名女员工工作没做到位，对方感到很委屈，起身就离开了会议室。他沉默了一分钟，要求大家继续开会。大家认为他会后一定会狠狠地处罚这名女员工，以此来树立自己的威信，但他没有。

会后，他第一时间找来副总王传容说："你是女生，你站在女生的角度谈谈对这件事的看法，是不是我的方法确实有问题？"

副总王传容说："你并没有过激的言辞，只是小姑娘涉世不深，缺乏对批评与提示的理解，等她冷静后，我再找她谈谈，把她的心结解开。"

那天晚上，王传容来到女员工家，通过谈心的方式与对方交流："我们在一起工作有些年头了，情同姐妹，从没看见你发过脾气，怎么这件事反应这么大？龙总过后问我是不是他说话过激，触痛了你。产生矛盾不是责怪员工，而是首先在自己身上找问题，这样的领导，值得尊敬、更值得珍惜，希望你能够换位思考，处理好这件事……"

第二天，这名女员工主动来到龙春林办公室，解释了当天生气的原因，确实是存在客观因素，而且已经做好补救，工作不会受影响。并向龙春林保证今后不会再有类似情况发生。

谈到班子团结，龙春林体会很深，他说："为了工作，有时我们会争得面红耳赤，但出了办公室，我还是要认真思考两位搭档的感受，尽量想出两全其美的办法，既能够推动工作，又不能让他们认为我'霸道'，伤了大家的感情。"

当我问及在晴隆分公司工作这两年有何感想时。

龙春林娓娓道来："工程建设期间，我们本着'服务群众、精简高效、特事特办'的原则，按照规划部署整县推进，乡镇（街道）同步施工。从全州 8 个县级分公司抽调得力干将前往晴隆支援，根据晴隆县县委县政府的规划，在开展广播电视、广电宽带全覆盖时，同步开展应急广播全覆盖。截至 2020 年 12 月 31 日，完成电视安装 42106 户，建设应急广播 3335 套、喇叭 6670 个。"

实践证明，晴隆县加快广播电视和应急广播的普及，横到边、纵到底、无死角地宣传了党和国家的方针政策、传播了先进文化，为求智求富的农民群众开通了"信息高速公路"，使广播电视和应急广播成为他们掌握政策、了解信息、学习技术的"千里眼"和"顺风耳"。

贵广网络党委书记、董事长李巍对晴隆县分公司班子给予高度评价："晴隆分公司精诚团结、思路清晰、措施得力，干部员工精力充沛、精神饱满、信心十足，工作实现后发赶超。尤其是疫情暴发以来，在全县抗击新冠肺炎疫情和复工复产工作中，全覆盖的广播电视、广电宽带、应急广播、视频会议、空中黔课、智慧广电等项目高效运行，成为疫情防控和复工复

产的有力助手。"

撸起袖子加油干

2019 年 7 月 2—4 日，贵州省省委常委、省委组织部部长李邑飞到晴隆县调研脱贫攻坚工作。晴隆县是深度贫困县，是省领导挂牌督战的县。李邑飞部长一行到了晴隆县北部乡镇长流乡、花贡镇、茶马镇的 18 个脱贫任务村，他深入村组，了解到偏远山村使用"小天锅"收看电视，特别是收看不了当地州、县地方台的节目。他明确指出黔西南州要解决群众收听收看电视难的问题。从那时起，晴隆县就成为黔西南州第一个率先实施广播电视全覆盖的示范点。州委书记刘文新亲自部署，贵州省广电网络公司黔西南州分公司党委书记、总经理古文波挂帅，抽调全州广电网络公司精兵强将，成立了 10 个乡镇工作组，1 个后台支撑组，1 个市场支撑工作组。晴隆县领导高度重视，明确由县委常委、县委宣传部部长文龙生领衔指挥。广播电视全覆盖工程全面启动。

从 2019 年 7 月初至 2020 年 1 月中旬，在文龙生和龙春林的努力下，晴隆县已完成了广播电视全覆盖工程。可以说，广播电视全覆盖工程对晴隆来说具有新的里程碑意义。不仅填补了晴隆县偏远乡村群众不能收看本地台后历史空白，解决了群众收听广播电视难的问题，确保党和国家方针政策及党和政府的声音及时传到广大农村。

应急广播建成，在这次防疫抗疫现场中充分发挥了传递信息、防控疫情、遏制谣言、提振信心、维护稳定等重大作用，不止让龙春林团队欣慰，晴隆人民也感到欣慰。

晴隆县作为广播电视和应急广播全县覆盖，在大山村，屋外的大喇叭和屋内的"新电视"一道发声，循环播出，将党和政府的声音，疫情防控相关知识传达到每个角落，引导居民群众做好防疫抗疫工作，发挥了重要作用。

龙春林说："2020 年 1 月，自新冠病毒感染疫情发生以来，晴隆县利用乡镇（街道）、村级应急广播、固定大喇叭、移动音箱、车载大喇叭用汉、布依、苗语滚动播放疫情防控知识。通过这次防控疫情重大灾害的工作，检验了我们刚安装的广播电视质量和功能。今后我们将以 5 公里为服务半径，缩短服务响应时限，一般技术故障 12 小时内解决。重大技术故障 24 小时内解决，网络故障抢修及时率将达到 98% 以上。"

龙春林是个大忙人，全县 15 个乡镇，几十所学校，每到一处就去了解电视信息如何，广播会不会响，并及时检修，一路上电话不断，刚接到电话，就立即安排技术人员上门服务，确保全县应急广播都响起来。

龙春林说："要做好广电基层一线服务，没什么高深理论、没什么高招绝招，最快的捷径就是执行好公司的各项决策，并结合实际予以创新，认认真真、踏踏实实干、撸起袖子加油干！"

没有一个冬天不会过去，也没有一个春天不会来临。春天已经来了，

阿妹戚托

——易地搬迁奇迹

也许黎明前有一段黑暗，但是我们坚信，光明即将到来！

走在晴隆绵延的山野间，我们感到春天已悄然到来，春天在哪里？就在刚刚解冻的流水声里，就在刚刚抽芽爆裂的花苞里，就在党和政府的声音里，就在你我的心里。

一个深度贫困乡经过易地搬迁完成了蜕变，历史的经验告诉我们，脱贫致富，产业先行。几年来，三宝乡的产业从无到有，从有到优，从优到精，走出了一条崭新的路。

天道酬勤，人道酬诚。

晴隆县100多名干部以实际行动诠释了共产党员的风采。2021年6月，三宝乡党委荣获"全国先进基层党组织"称号。如今，在阿妹戚托社区之间，一栋栋楼房排列有序，一条条公路像一道道彩虹，一盏盏路灯明亮了小镇的夜景，新市民在明灯的指引下，过上幸福的生活。

晴隆县县委书记袁建林说，易地脱贫搬迁，并不是终点，让老百姓过上更加美好的生活，是晴隆县党员干部永远的追求。

诚如，贵州省省委书记谌贻琴对荣获全国"两优一先"获表彰代表所说，他们在平凡中创造了不平凡的业绩，生动体现了中国共产党人坚定信念、践行宗旨、拼搏奉献、廉洁奉公的高尚品质和崇高精神。

百年党史告诉全国人民，历史会忠实地记录中国人民走过的足迹，历史也毫无保留地将时代的使命交到中国人民的手中。

新时代的征程使命重大，需要晴隆人民站在新的发展坐标、新的历史舞台眺望未来。从晴隆发展的历史中寻找源泉，从晴隆发展的历程中汲取力量，从晴隆过往的足迹中获得启示，共同以临渊履冰的敬畏之心扛起新时代晴隆发展的重任，开创晴隆发展新局面，在实现高质量发展的新征程中行大道、担大任、成大业！

翠华晴隆

从"天无三日晴、地无三尺平、人无三分银"到享誉世界的晴隆"二十四道拐"，不变的是自然、人文环境的薄弱，变的是思路、是方法。

晴隆县通过大手笔策划，做活了"茶、羊、果、薏"等大特色产业文章。

晴隆是世界茶树的起源地，1980年7月，在晴隆县碧痕镇发现世界上最古老的、唯一的茶籽化石，将人类茶叶历史向前推进了100万年。晴隆种茶历史悠久，得天独厚的地理条件和气候资源使得晴隆成为贵州省第一批20个重点产茶县和全国100个重点产茶县之一。

通过大格局谋划，实现了中国唯一的一个彝族整乡易地扶贫搬迁的目标。

世界茶籽化石发掘地

一杯小小的茶究竟藏了多少秘密呢？茶饮是世界三大饮料之一，其遍布几大洲，全球更有 20 多亿人饮茶，而中国更是世界茶文化的鼻祖。

1980 年 7 月，原晴隆县农业局高级农艺师卢其明在晴隆县碧痕镇新庄村云头大山发现茶籽化石，经贵州省茶科所、中山大学、中国科学院南京地质古生物研究所鉴定，确认为第三纪末第四纪初四球茶籽化石，距今已有 100 万年以上，是迄今为止，世界上发现的最古老的、唯一的茶籽化石。这充分印证了，晴隆县为世界茶源地。

卢其明说："茶源地奠定了一个国家在茶贸易中举足轻重的位置。"

茶籽化石，现存于贵州"世界古茶籽博物馆"中，成为镇馆之宝，为贵州茶叶代言。

中国早茶之乡

日前，在茶业界被誉为"中国早茶之乡""中国早茶之镇""中国早茶之都"的有很多。笔者认为，实至名归的只有黔中两县——晴隆和普安。

晴隆是南方丝绸之路和茶马古道的重要驿站，有着3000多年种茶史。这里常年云雾缭绕，山势起伏，昼夜温差大。具备温和的气候、充足的雨量以及适宜茶树生长的土壤等条件。

晴隆县茶叶产业局局长田连启说："晴隆春茶成长周期长达三个多月，价格是逐年上升。每年的冬至前，晴隆茶在这时就开始发芽，1月各地茶

商云集晴隆，他们为了抢到好的茶青，都会在晴隆县过年。当地常年在 1 月中旬至 2 月上旬即可开园采摘，制作早茶批量上市，比贵州省内茶区早 12～18 天，比国内主要茶区早 35～55 天，至 3 月 10 日第一波茶青被茶商抢完。3 月 10 日之后，全国各地新茶开始上市。"

2021 年，晴隆茶园面积达 20 万亩，干茶产量达 2 万吨，综合产值达 4 亿元，带动就业人口约 1.2 万人，辐射带动农户 3.2 万户，13.4 万人增收，老百姓受益达 2.5 亿元，形成 "10 个万亩茶叶乡镇，20 个 3000 亩以上茶叶专业村" 的特色产业格局。

黔茶第一春茶叶交易市场，于 2020 年 3 月 28 日开工建设，建筑面积达 5306.52 平方米，2020 年 12 月 15 日完工，有多个茶叶销售门面，2021 年 2 月 20 日，改名中国早茶市场。

"一县一业"打造万亩茶园

为了全面了解晴隆茶业的发展与历史。2021 年 3 月 12 日，笔者采访了晴隆县茶叶产业局局长兼晴隆茶业公司总经理田连启。

1978 年 8 月，田连启出生于贵州省兴义市；1998 年 8 月，考入安徽农业大学茶业系机械制茶专业，田连启对于晴隆茶业的历史与发展如数家珍。

沙子水库茶场一角（陈亚林摄影）

田连启娓娓道来：晴隆茶业的历史分为四个阶段。

新中国成立后，为第一阶段。如花贡茶场，1955 年建的劳改农场，1962 年转产种植茶叶，1983 年花贡农场搬迁。那个时候，花贡茶在全国

是响当当的品牌；中国红水茶共分五个标准（一至五套样），花贡红水茶属国家二套样标准，从贵州省政府到各个厅局基本上都用花贡红水茶。因为，花贡茶出了名（农业部到花贡建苗圃基地，设正科级单位，编制45人）。农业部授予南亚热带名优作物示范基地——大叶茶。当时，红水茶在广东口岸免检出口。

20世纪80—90年代，为第二阶段。人民公社管理的农场就多达34家。生产队做茶，只给农民计工分，大家种茶以公社、大队、生产队为单位，每年由供销社统购统销。

第三阶段为2000年至2018年。这十几年，晴隆茶叶种植率开始下滑，由于经济转型，晴隆县定位以"矿石、煤炭开采、山上养羊"为主，导致晴隆县吃老本，从全国有名、贵州前三的种茶大县，跌落到一个极度贫困县。

第四阶段为2018年之后的近三年。晴隆县县委县政府确定了"一县一业"主导产业计划的推进，在脱贫攻坚的关键时期，晴隆县打造了万亩茶园，取得脱贫攻坚最后胜利。

在县茶叶产业局的宣传栏上，笔者看到了他们的规划。

田连启自信地说："2018年之前的茶叶，叫种植业。现在从1100亩茶苗基地，到种植茶叶15.2万亩，到新建茶叶初制加工厂16座，再到中国早茶市场的建成，可以说全产业链已经畅通。"

田连启从参加工作的第一天，就怀揣着把晴隆建成中国茶业基地之一的梦想，这个梦想的实现，还得感谢政府主导"一县一业"产业计划的推进。

晴隆县茶园种植面积从2018年的13.2万亩提升到15.2万亩，投产茶园从6.7万亩提升到9万亩，全县投入资金5000万元，新建茶叶初制加工厂16座。现有省级龙头企业10家，州级龙头企业17家，加工企业

34家，茶业店铺和种植合作社超过200家。

事实证明，发展农业产品当作民生事业来干是可行的。

田连启谈到晴隆茶业的远景规划时说："如果，晴隆茶业现在还是按照国有公司经营，不对接、不转型，机制体制不顺，晴隆茶要走向世界难度很大。"

我说："一个产业的起步阶段，政府的主导作用非常重要，一旦走上正轨，政府要相应松绑、要放权，让他真正走向市场。您作为县茶叶产业局长，又兼任县茶业公司总经理的双重身份，下一步你们有什么打算呢？"

田连启说："重新组建一个混合所有制的公司，把中国早茶市场做大做强，让晴隆成为大众茶集散地，倾力打造中国茶籽化石之乡、中国早茶之都。"

晴隆茶业"群英谱"

晴隆，云贵高原中部山区的一个内陆小县，自建制 600 余年来，她以高原儿女特有的气质，向世人展示着博大而宽容的胸怀。大自然和造物主没有忘记馈赠晴隆，也没有忘记对朴实善良的晴隆人慷慨给予。

这里涌现出了一大批种茶新秀，如：晴隆绿茶民企带头大哥——罗景杰，龙井新秀——黄帅，彝茶翘楚——谢陆军，翠芽高手——李国柱等人，让我们走进茶园、茶厂看他们为脱贫攻坚所作出的贡献。

贵隆小兰花 连中"三元"

小兰花属绿茶类，不是花茶，为历史名茶，创制于明末清初。我国著名茶学专家陈椽教授著《安徽茶经》载："传说在清朝以前，当地士、绅阶层极为讲究兰花茶生产"。小兰花茶与碧螺春、太平猴魁、涌溪火青、六安瓜片、铁观音等名茶同在清朝创制，迄今已有二百多年历史。

贵隆小兰花是晴隆县田连启创制的一款新茶。从籍籍无名到声名鹊起，只用了几年时间。

贵隆小兰花的创制成功，有一个感人的故事。

2002 年田连启在安徽农业大学毕业前夕，导师带领他去舒城实习，导师说："今天带你来看来舒城小兰花的制作，要求你们单独制作一份小兰花。"

　　田连启大胆地制作了一份小兰花，导师看了后，让茶艺师冲泡了一杯，然后，拿给各位同学细品。导师向他竖起了大拇指，并对他说："我这里的东西，你已经学到了八九成，要想成为制茶大师，还需不断探索、实践、创新。"

　　这些年，他记住了导师的话，一个人要有成就必须在盐水里泡三次，在碱水里煮三次。无论走到哪里，他总是把明朝抗倭名将安南总兵邓子龙将军的一副楹联记在心上：为名忙，为利忙，忙里偷闲且喝一杯茶去；劳心苦，劳力苦，苦中作乐，再倒二两酒来。

　　他为人低调，处事公允，带领全县茶农、茶园，种植大叶、中叶和小叶茶；在茶业界，总是帮助制茶新人，有问必答，随到随教，开发了红、黄、白、绿、青、黑系列茶。经过多年的研究，理清了晴隆茶树种与产品的关系。因此，他的声望很高。

　　田连启说："晴隆茶青可以制出六大茶产品中任何一款茶。"

　　2016年，贵州省组织开展名优茶"黔茶杯"大赛。为了参加这次大赛，他把自己关在车间，两天两夜，最终制作了一款贵隆小兰花。令他没有想到的是，贵隆小兰花荣获2016年"黔茶杯"特等奖！2017年、2018年，贵隆小兰花在"黔茶杯"评比中再次荣获一等奖、银奖。

　　2021年，贵州省省委书记谌贻琴到"晴隆县中国早茶市场"调研，田连启让茶艺师舒凯怡讲解了贵隆小兰花，并当场泡了一杯贵隆小兰花。谌贻琴书记品后说，贵隆小兰花。真是养在深闺人未识。

　　之后，贵隆小兰花成为贵州省省委省政府接待用茶。在笔者即将离开晴隆时，田连启局长打电话告诉我，贵州省外事办来函：晴隆县茶叶公司生产的贵隆小兰花，连年夺冠，现邀请公司携获奖产品——贵隆小兰花，

参加国家外交部品鉴推介会。

花贡茶 名闻遐迩

2021年3月8日，女神节，正是踏青的最佳时节。我们与朱富梅老师再次到晴隆县采访。在县文联主席王光伦、县宣传部副部长龙春林和美女作家朱妮妮的陪同下，我们一行5人驱车前往花贡与普安龙吟交界的普纳山采风，零距离感受普纳山厚重的历史底蕴，浓郁的民族风情，贡峰绿茶清怡的茶香。

普纳山，因明朝洪武年间的普纳山之战、周姓富商停办炼银厂两个历史事件而载入史书。

在普纳山茶场，蓝天白云下绵延的茶园，勤劳的采茶女在采摘青青茶尖，海拔1800多米的普纳山群峰连绵，清爽的气候、纯净的空气让我们沉醉其中。

我们来到普纳山茶场，大家习惯地抖了抖春尘，一边喝茶，一边听胡州巨总经理介绍，从他简明扼要、干净利索的话语里，我觉得普纳山茶场已过了严冬的光景，正透出春天的气息了。

胡州巨说："山高适合种福鼎大白，它抗寒性特别强，香气特别好，汤色好看（福鼎大白是从福建调过来引进的）。"

在普纳山上种茶，由于山势高，昼夜温差大，在选种茶树品种方面，胡州巨费了一番脑筋。

胡州巨的茶园就隐在普纳山古战场右侧的山腰，和对面山凹里。从古战场俯视，眼前的片片山坡叠青泻翠，逶迤的山脉在湛蓝湛蓝的天空中纤

晴隆县苗族妇女在普纳山有机茶园采摘春茶（陈亚林摄影）

毫毕见。

凝眸所及，层云迭起，万壑云卷云舒，真有脱尘之感。

从 2009 年开始种茶，已过去了 12 年，胡州巨的到来，使终年烟霭旋绕，寂静了 600 年的普纳山生机一片。当年，他离开花贡镇竹塘村，只身来到普纳山，与村委会签约，承包普纳山 1807.5 亩荒山播种茶叶，合约签署后，便上山安营扎寨。之后，每日都有百十来人上山拓荒整地、拉行打窝，经过数月的激战，辟出茶地 448 亩，每亩播种福鼎大白茶苗 3000 株，合计 134 万多株。

2010 年，固然蒙受世纪一遇的大水灾，但是他种茶的雄心未减，这一年，共开垦茶地 352 亩，铁观音加盟后，每亩播种福鼎大白茶苗 3000 株，合计 106 万株。同时，胡州巨在晴隆县工商局注册成立"晴隆县茶贡镇巨鑫茶叶农民专业合作社"，守法运营管护茶山。

2011 年，巨鑫茶叶农民专业合作社接续扩展茶叶播种范围，新增茶地 408 亩，播种优良龙井茶苗 204 万株。目前，巨鑫茶叶种植面积达 2000 多亩，茶树 600 多万株。

胡州巨带领我们走进茶厂的会议室，他转身对我说："何老师，朱老师，你们远道而来，品一品我的花贡茶。"

我说："在北京早就听说了你种的是有机茶。"

茶座上，茶具虽只有一套，茶叶却有十数种，有都匀毛尖、湄潭毛峰、西湖龙井、福建铁观音，这些名茶大概是用来与普纳山的贡峰比较的。

品了多种茶，委实感觉各种名茶之色、香、味迥异。心想：普纳山之贡峰系列，虽才出道，但也打入了首都，成了稀世贡品。它虽还不如武夷山茶、西湖龙井、黄山毛峰、都匀毛尖、福建铁观音等久负盛名，但自有一番韵味，亦如小家碧玉，玲珑剔透胜似大家闺秀一般。

我们相信，贡峰绿茶会与 20 世纪花贡红碎茶品牌一样，将成为人间珍品，茶江湖之翘楚。

普纳山是一座人文荟萃之山，亦是座神奇之山。四季风光旖旎。放眼望去，昔日荒凉的古战场，如今已是一片苍翠，千亩茶园，层层叠叠，呈现在眼前，美不胜收。

绿茶民企带头大哥——罗景杰

当我们走进晴隆山水茶业有限责任公司时，总经理罗景杰立即出门相迎。

笑着说："稀客，有朋自远方来，不亦乐乎。"

晴隆山水茶业有限责任公司坐落在晴隆县沙子镇，凡是去过晴隆县的人都知道，沙子镇离县城最近，也是晴隆县最富裕的乡镇之一。

罗景杰，1976 年 10 月出生于晴隆县长流乡，那是晴隆最北部一个偏远乡镇。

看着他身后墙上摆放着五颜六色的茶，对面的书柜上放着各式各样的茶书。

我玩笑地说："看书喝茶，来你处莫属。"

罗景杰说："茶者，南方之嘉木也。我其实是一个粗人，用我们老百姓的话。茶嘛，就是树叶。你们文化人叫品茗，佛家曰参禅，老百姓叫喝茶。何老师、朱老师到我这儿来，想喝什么类型的茶，我这里都有，不必客气。"

我说："都可以，主要是想听听你的故事，在晴隆，他们为何叫你绿茶民企带头大哥呢？"

"在晴隆，我也就是中等水平，黔西南州和县里开展斗茶比赛，获了一些奖。"

"你的奖牌一面墙都挂不下了，令人赏心悦目。"

"老师客气，我也是一个半路出家的。"

"哦，说来听听。"

罗景杰说："之前，我在县茶叶公司工作，2008 年出来单干。当时，可以说是三无人员。"

朱老师疑惑问道："三无人员，干茶业？"

"无资、无茶山、无设备。"

我说："哦，你有技术，有人脉，有资源啊！"

罗景杰笑了笑说："2008 年 5 月，我从亲朋好友那儿借一点钱，又从银行贷了款，七凑八凑，弄了 30 万元钱，开始办制茶加工厂。2010 年年底，我就把投入的成本收回来了。2011 年，我建了厂房和办公楼，花了 38 万。"

朱老师向他竖起了大拇指，问道："你当时，请了多少工人呢？"

"当时，人工工资每月 1600 元，我请了 14 个人，人休息，设备不休息，连轴转。货供不应求，厂子里基本上没有存货。"

朱老师问："效益很好吧！"

"不是太多，1 斤挣 5 ~ 6 元钱。"

"茶青的收购价格怎么样呢？"

"茶青 0.5 ~ 0.8 元 / 斤，现在翻了很多倍了。"

"现在，茶青价格在 40 ~ 45 元 / 斤，价提上来了，茶农收益高了，我们挣得也多了。"

望着他们一问一答，我忍不住地问道："听说，茶青提价是茶叶产业局局长田连启一个重要举措。"

"是的，田局长是一个站位高的领导，晴隆茶业要得到长足的发展，必须走名优茶中、高端路线。"

2019年春，为了提高茶青的收购价格，茶叶产业局局长田连启召集种茶代表和制茶企业开会。在会上，他宣布晴隆茶青收购价从20元/斤提高到40元/斤，制茶企业不要，县茶叶公司兜底，茶青涨价后，茶农积极性提高了，茶的品质也好了。

罗景杰的山水茶业，2014年开始种茶，在碧痕镇、碧痕镇社区碉堡山上，一次性租赁荒山500亩（20年），种植茶苗150万株，2018年开始采茶。之后，他修了5公里毛路，买了2台挖掘机，从住地到茶山约25公里，开车来回2小时。采茶季节，他每月都会守在山上，妻子、孩子也会上山帮忙。

罗景杰的夫人刘伟琴是他的好帮手，每次出差，他就把企业交给夫人管理，他的夫人早年也在县茶叶公司干过，制茶技术好。刘伟琴生了两个孩子，老大21岁了，大学毕业后留在父母身边帮忙打点茶企业；老二13岁，目前在县城上中学。

2018年在县茶叶产业局的支持下，山水茶业引进了两条生产线：一条名优茶生产线，一条大众茶生产线，总投资400万元。2019年12月建成，2020年已投入生产。每天可产出2万斤茶青，每年可生产500吨干茶，产值500万元，利润100万元。茶农受益300万元。

目前，罗景杰通过线上线下已经将"山水茶业"制作的名优茶和大众茶销往全国各地。

龙井新秀——黄帅

行走在阿妹戚托小镇街道上，在一个十字路口的广告牌下，我们停了下来，一则招人广告映入眼帘：急招采茶工人，10公里内包接送。地址：大厂镇三望坪，联系人黄帅……

我寻着电话拨过去，接电话的人正是黄帅，我说明来意，想找机会采访一下他。

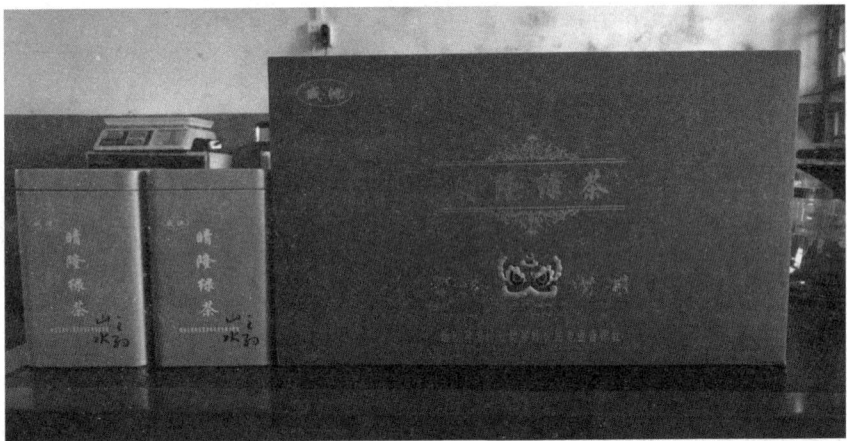

黄帅说："何老师，最近好忙，每天凌晨五点就起来接采茶工人，要陪着他们采茶，晚上好晚才能回公司，有时间再联系你。"

短短的几句话，便挂了电话。

一个非常耿直的男人。我随手拨通了严智茶业总经理谢陆军的电话向他说了刚才发生的事情。

谢陆军说："何老师，黄帅跟我很熟，我约他。"

2021年3月10日清晨，我接到谢陆军打来的电话。

谢陆军说："黄帅邀请咱们去他公司看看，你有时间吗？"

我说："去啊，马上就去。"

一刻钟后，我与朱老师、谢陆军、罗景杰四人，便驱车从晴隆县城出发，向大厂镇高岭村三望坪进军。

一个小时后，我们来到了黄帅的茶厂。走进"高岭云雾茶农民专业合作社"。黄帅给我们泡了一杯毛峰茶，我是第一次喝这种茶，口感像碧螺春。

我一边喝茶，一边问茶厂的情况。

黄帅说："严格意义上说，这个茶厂是我父亲一手创办的，我们兄弟俩是 2014 年才接手的。"

谢陆军说："他有一个弟弟叫黄成。"

罗景杰打趣地说："他是富二代，不像我们白手起家。"

黄帅不理会他们，只是白了他们一眼。

朱老师说："能把你的父亲请来吗？"

谈笑间，黄帅的父亲黄生财从隔壁房间走了进来。

黄生财，1960 年 6 月出生，初中文化，1978 年 11 月在云南参军，1982 年 11 月转业。

我说："老哥，您参加过军队啊！"

朱老师问："这几年，退伍军人待遇有所提高了。"

他笑了笑说："2012 年退伍军人发钱，开始每月 100 元，现在每月可以拿 650 元了。"

我问："老哥，你很有眼光，怎么想到办茶叶加工厂呢？"

"嗯，何老师、朱老师，我哪里想到办茶厂呢？走了很多弯路的。"

黄生财转业后，学过医，开过锑矿，亏了不少钱。但是，他不管怎么样，读书和看报一直没有丢。

阿妹戚托
——易地搬迁奇迹

2008 年，中央提出要大力发展农业，温家宝总理在报告中花了很大的篇幅谈产业转型。

黄生财从报告中，嗅到了商机。当天晚上，他组织全家开了家庭会议。第一个表态的是他的妻子，听孩子他爸的。小儿子黄成是 1992 年 8 月出生的，当时只有 16 岁，不懂事，但也得表态，这毕竟是家里的大事情。

黄成说："爹妈决定的事情，我同意。"

有思想的还是黄帅，他比弟弟黄成大三岁，在外面闯荡过，去过远地方，认为祖祖辈辈都没有离开过大厂镇，若同意了父亲的决定，自己就再也别想外出了。

黄生财用真挚的目光望着大儿子，问道："黄帅，你的想法呢？"

黄帅漫不经心地说："我不想种茶叶，这个太累了。"

黄生财严厉地说："你想做什么呢？"

黄帅低着头，怯怯地说："我想搞一个木材加工厂。"

"你都快 20 岁了，这些年到处漂，挣到钱没有呢？"

他不敢看父亲的眼睛，犟嘴说："反正我不种茶叶。"

黄生财最后扔下一句狠话："你不听话，以后，我们都不会管你的。"

年少气盛的黄帅只认自己的理，他看中的木材加工厂，必须要办。

2008 年 8 月，黄生财承包了集体 500 亩茶树，签订合同 20 年，每年租金 5 万元。2009 年 8 月，开始改造茶园，挖掉之前的大叶茶，种上了 150 万株"龙井"。

黄生财自信地说："我们植入新品种'龙井'，在大厂镇是第一家。"

黄生财因为孙子孙女在叫他，他走出了房间。

黄帅自言自语，又像是对我们说："2014 年，茶叶市场不景气，家

里亏了不少钱。可以说雪上加霜，我在外面开的木材加工厂，也亏损了。看着父母日渐老去，我的心软了。毕竟在外漂泊不是长久的事情，后来，我就回来帮忙了。"

坐在一旁喝茶的罗景杰说："黄帅长大了。"

这时，我也端起放在茶几上的玻璃杯，看了看杯中的毛峰，喝了一口，然后，观察着毛峰在杯中舒展的形状。

毛峰的特点是形美、色翠、香味醇。茶色银绿，翠碧诱人。

黄帅说："二位老师，这茶怎么样？"

朱老师说："汤色碧绿清澈，叶底嫩绿明亮，颇为赏心悦目。"

黄帅说："毛峰干茶条索紧结、纤细，呈螺形，茸毛遍布，毫风毕露；但冲泡之后，就是您刚才说的银绿色。入口清香，回味适中。这是我们最好的一款茶。"

谢陆军说："他们做得最好的龙井茶。"

我说："好茶，还得跟懂茶的人品，做茶人是懂茶的，喝茶的人能入味，难知味。"

三位老板似乎听出了弦外之音。

黄生财突然从外面走进来说："茶是为了友谊而存在的。做茶的人是知味的，品茶的人也知味。"

我对黄帅说："茶厂是怎么起死回生的呢？"

黄帅说："从大厂镇到山上4公里，那个时候，山上没有房子。2015年，我们家只有背水一战，从原住地搬到了山上。当时，这里就只有我们这一家人住在山上，您现在看到的繁华，是近几年，附近的茶农都把新屋建到了这里。"

黄生财补充说："最可气的是，我们的茶青卖不出去。"

朱老师问："为啥呢？"

黄帅说："许多老板住在沙子镇，他们低价收购茶青，有时疯狂压价，到了晚上，不卖不行，只能廉价卖给他们。由于我们没有建加工厂，只能求助他们加工。记得有一次，200多公斤茶青躺在他们的加工厂地上，到了晚上，那个老板突然对我说，小黄，现在是黄金时期，他们这里很忙，让我拿到其他地方去加工！"

黄帅心中委屈，又无可奈何，只能将地上茶青收拾好，含着眼泪背出了那个加工厂。

回到家里，他当着父母、弟弟的面发誓，一定要建一个自己的茶叶加工厂。

2016年9月，黄帅把家里的茶树、茶园抵押贷款60万元，建了一个900平方米的茶叶加工厂；2020年6月，从四川雅安招商引资100万元，他与黄雪珂老板注册了一家合资企业"三望坪茶叶有限公司"，注册资金500万元，加上货款和家里的钱，一共花400多万元，建了一个2000平方米厂房，并引进了两条生产线（一条名优茶生产线，一条大众茶生产线）。目前，一年加工精制茶叶200吨，40万斤干茶，年产值飙升2000万元，利润达到300万元。

从2018年12月开始"高岭云雾茶农民专业合作社公司"成为黔西南州级龙头企业，他每天忙得不亦乐乎。现有固定工30人，每天约250人采茶，5台面包车从早上5点起床去镇上接采茶人，需要接2个多小时。茶基地扩大到1200亩，带动周边农户360户脱贫致富。

离开大厂镇高岭村时，我们有点依依不舍，不舍的原因是，我们十分

敬佩这一家人，在困境中，能够逆袭，不向命运低头。可以说他们一家与茶是结缘的，他们爱茶，茶也懂他们。

彝茶翘楚——谢陆军

2020 年 8 月 2 日，我们采访了严智茶业总经理谢陆军。严智茶业是晴隆县一家新兴的茶业公司，在阿妹戚托小镇设有门店，而且生意线上线下都非常火爆。

1994 年 6 月，谢陆军出生于三宝乡，是一个地地道道的彝族小伙子，长得高大结实，给人的第一印象就是特别能吃苦、特别能抗压。

这还得从他的成长经历说起。

2009 年 3 月，刚满 15 岁的谢陆军，有了少年的狂想，那颗不安分的心开始蠢蠢欲动，向往着山外的世界。

一天晚上，他跟父母闲聊："爸妈，我不想在这里当一辈子农民，我

要出去闯荡一下。"

母亲说："你还是一个小孩，能去哪呢？"

"我想好了，去广东东莞打工。"

父亲说："家里没有钱供你读书，你想出去也行。"

在父亲的鼓励下，谢陆军开始了一个人的远行，一路颠簸来到了广东省东莞市，当时东莞的工资是一天 30 元。年少的他并不懂事，只晓得蔫头蔫脑地干活，而且是拼命干活。年纪稍大一点的男孩子常常嘲笑他，说他笨，不晓得偷懒耍滑，干起活来，他一个人能抵一条生产线。在那个厂子干了一年，当他离开工厂的时候，主管依依不舍地说："我给你加工资，提拔你当组长，一天 45 元，你留下来继续干行吗？"

16 岁的谢陆军，谢绝了主管的好意。

之后，谢陆军跟着表哥从广东来到了海南。他感觉天涯海角就是不一样，海南的天特别蓝，云特别白，就像一个蓝花瓷瓶倒扣在天上。望着天上朵朵白云，他有了自己的想法，无论干什么工作，每天的工资比 45 元多他就干，他进入了一家外资企业，也是在生产线上做事，工资 50 元一天，超过了他的期望值。

18 岁那年，他一个人去了浙江温州，从事服装生产，一天工资 68 元。这时，他发现工厂有一个搞计算机编程的技术员，一天工资 150 元，他特别羡慕那个技术员，天天跟着人家后面叫师父，从自己的工资里挤出钱，请他吃饭，时不时还买烟给他抽。

有一天他试探地问："师父，你可以教我编程吗？"

师父轻蔑地说："就凭你？你怎么可能学得会？你什么文化自己不知道吗？"

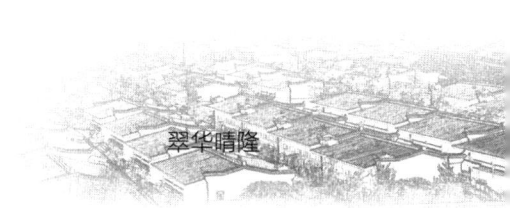

当时谢陆军的心就像被针刺了一样疼，疼到了骨髓，心想："大家都是两条腿的人，怎么我就不能学会呢？"

当天下午，他就找了家书店买了一堆关于编程的书，工作之余只要有一分钟时间就读书。

谢陆军笑了笑说："我曾经干过一件最荒唐的事，就是在生产线上特意拆掉几个螺丝，再去报修机器。技术员来修时，我就在一旁偷学，再对照书本查找问题，功夫不负有心人，就这样花了一年时间学会了编程。"

2018 年，回家过春节，24 岁谢陆军闯荡江湖多年，有自己的思想和见识， 三宝乡易地扶贫整乡搬迁触动了他。

父亲给他泡了一杯三宝红茶，他喝后回味无穷。小时候，母亲烤茶的时候整个房子都是茶香，这是记忆里的味道。然后就不停地问父亲，这茶是哪里来的？他想认识这位老板。

父亲说："镇上就有卖，明天带你去看看。"

第二天清早，他去了阿妹戚托那家门店，认识了三宝红的董事长陇光国。聊了几句，他说自己是去面试的，陇光国问："你懂茶吗？"

他说："不懂。"

"之前干过吗？"

"没有。"

"你会什么？"

"我 15 岁就出去打工了，什么活都干过，什么苦都能吃的。虽然我现在还不懂茶，但我可以学的。"

他说完可以学之后，陇光国说："你可以回去等消息了。"

面试出来的时候，谢陆军并没有抱多大希望。没想到三天后，陇光国

通知他，让他来上班。

到三宝红后，刚开始从事的是人事管理工作。他说，一直非常感谢董事长（陇光国），陇光国是他的伯乐，第一个月开出的工资就很高，4000元，他干了8天，陇光国找他谈话，把他的工资提到4800元，让他去处理生产问题。这是谢陆军第一次接触茶叶生产，从15岁出去打工，谢陆军从流水线生产，到车间管理，在外干了9年。谢陆军一直在不断学习，茶厂在他的打点下，产量质量进一步提高，工厂越办越红火。

一天，陇光国问道他："小谢，你知道当年我为什么要招你吗？"

他摇了摇头。

陇光国说："第一，你是晴隆人，对这儿有一份特殊的感情。第二，你在外闯荡多年，虽然文化水平不高，但你的身上有一股别人没有的闯劲，这股劲无时无刻不在影响着你身边的人。第三，你爱学习，求进步，我第一次面试你的时候，你说你可以学，我相信了你，你也没让我失望，你一直在不断地学习，不仅是你，整个工厂也在不断地学习，一个企业只有学习才能进步。"都说人与人之间是有缘分的，他与陇光国的相识就是一段茶缘。三个月后，陇光国把他带到茶场，教他如何种茶，半年后，又把他带到茶厂，教他如何制茶，一年后，把公司交给了他打理。

陇光国离开晴隆县回到兴义市去时，又特别叮嘱："陆军，好好学，好好干，我相信你。"

这句话并不是只是随口说说，事实上谢陆军做到了。

我们采访他的时候，他对中国的茶如数家珍，从红茶说到绿茶、黄茶、白茶、黑茶，每一种茶他都熟知。三年的时间，从了解茶叶的生长习性、种茶到烤茶；包装、推广、销售，他都是亲力亲为，可以说晴隆县的年轻

人中再没有比他更懂茶了。

谢陆军茶厂的员工都是晴隆人，三宝红的品质更是晴隆的一张名片。三宝红茶种植面积已突破 200 亩，新建厂房 450 方平米。如今，谢陆军将三宝红茶做得越来越好，他曾在抖音带货，一次就卖出了 3000 包红茶，他的公司已有五家企业入股。这一切离不开晴隆人民辛勤的劳动，离不开谢陆军干不死就往死里干的"小强"精神，离不开陇光国先生的伯乐眼光。

翠芽高手——李国柱

中国是茶之古国，是茶及茶文化的发源地，是世界上最早种茶制茶、饮茶的国家。

"茶者，南方之嘉木也。""茶圣"陆羽用简洁的八个字给予了茶一个清晰、深刻的概括与赞赏。几千年来，茶在世人的眼中，因品性而多姿，因蕴香而馥郁，因气润而清雅，因内敛而神秘……

晴隆一行，我们结识了很多种茶、制茶的朋友。关于泡茶、品茶和悟茶，又有了新的认识，借用晴隆县茶叶公司总经理田连启的话说："晴隆，让中国的茶叶回家。从 2008 年晴隆开始引进'云南大叶茶、浙江龙井茶、福建福鼎白茶'等茶品种，几乎都能自由生长，长势喜人。"

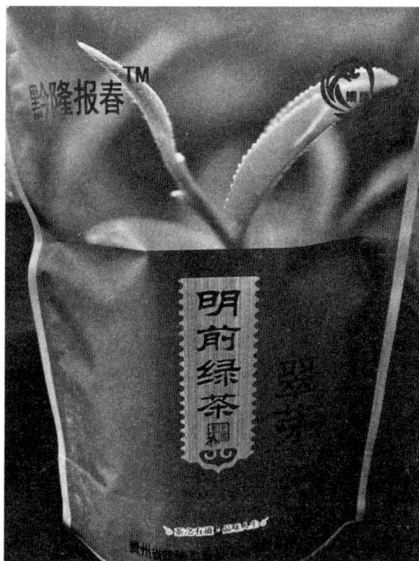

晴隆茶从花贡、小兰花、龙井、三宝红，再到李国柱的翠芽……让我们对茶的理解有了进一步的提高，茶可以行道，可以雅志，可以修身养性。

说到翠芽，品茶人的脑海里，一定会跳出四个字"湄潭翠芽"。

李国柱，晴隆本地人，1978年7月出生，2004年开始办茶叶加工企业。他的成长似乎跟晴隆民企茶叶加工企业一样，从最初向银行贷款20万元，到50万元、100万元、150万元，最多的一次贷款200万元，现在的固定资产达1000万元，引进了两条生产线：一条名优茶生产线，一条大众茶生产线。

春晨茶业总经理李国柱介绍：晴隆翠芽每年元旦至清明前开采，以明前茶品质最佳。特、1～2级翠片采摘标准为：一芽一叶初展，芽长于叶，芽叶长度分别为1.5厘米、2厘米、2.5厘米，三级翠片采摘标准为：一芽二叶初展，芽叶长度不超过3厘米。通常制500克特级翠片需采5万个以上芽头。一级翠片约需4万个左右芽头。采回的芽叶必须分级摊放在通风阴凉处，摊放厚度每平方米1～1.2公斤，失水量8%左右。一般历时3～5小时。

晴隆翠芽品质好，茶外形扁平光滑，形似葵花籽，隐毫稀见，色泽绿翠，香气清芬悦鼻，粟香浓并伴有新鲜花香，滋味醇厚爽口，回味甘甜，汤色黄绿明亮，叶底嫩绿匀整。

晴隆县茶叶产业局局长田连启说："李国柱之前不会种茶，因为，他的老婆是茶农，经常给岳母背茶青去卖，加之，他在粮站上班，单位不景气，家人一劝，便出来单干了。"

李国柱说："田局长是我的恩师，这十多年来，一直是他的细心教导，才有我的今天。"

　　田连启说：“一枝独秀不是春，万紫千红才是春。我们县茶业公司对民营企业扶植力度很大，截止到 2020 年年底，已投入资金 5000 万元。李国柱的春晨茶业公司，从 2010 年开始推出十几款新茶，如：翠芽、小兰花、碧螺春、毛尖、毛峰、草青、黔隆红等。他们的创新意识很强，品质很好。”

　　春晨茶业的加工能力，从年产 300 吨提升到年产 800 吨，产值达 1200 万元，毛利 300 万元，纯利 100 万元，茶农受益 300 万元，带动脱贫人数 500 余人。如今，晴隆拥有全国闻名的大型茶场和星罗棋布的农村茶园。李国柱是晴隆民企茶叶产业中的佼佼者。

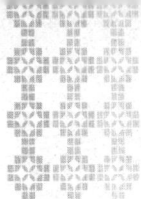

天麻的传说

三毛说：每个人心里都有一亩田。

二十四节气渲染着大地，也浓淡着心情。一年又一年的枯荣里，我们年龄的日历流水般逝去，许多的东西来了又走了，还有许多的事情蛰伏在我们必经的路上。

让我们一道走进三宝乡，看一看那里发生的故事。

三宝乡海拔在 1350～1600 米之间，属高海拔丘陵地带，气候温和湿润，年平均降雨量 1439 毫米，年平均气温 12℃，夏季林间最高气温不超过 30℃，冬季最低气温不低于 −6℃，冻土层不超过地表下 5 米。乡境内山高林密，森林覆盖率 70%，云雾缭绕，土质松软肥厚，具有优质天麻生长良好气候和生态环境。

2018 年年初，国家正式批准了天麻作为"药食同源目录"，在云南和贵州两省先行试生产，给天麻产业发展带来了千载难逢的机遇和广阔的市场前景。

为此，晴隆县政府成立了聚源农业开发农民专业合作社。主要从事农业开发，农产品加工、中草药种植、加工、销售等。合作社运营为公司＋合作社＋农户模式。

随着现代生活的不断改善，很多人都开始注重身体保养以及健康的护理。古诗曰：

天马定风草，传为世上仙。

潜入地下跑，并非菌类草。

形似鹦哥嘴，密环菌类绕。

头晕麻木症，就数它最好。

下面我们讲一个天麻治疗头痛的故事。

相传晴隆三宝彝族山寨有一个彝族阿咪子（彝语：姑娘）叫依麻阿木。依麻阿木长到 16 岁时，如出水芙蓉、亭亭玉立。用现代的话说，就是青春美少女迷倒了一大批彝族男青年。

依麻阿木看上了同寨的青年尔呷。尔呷十分爱依麻阿木，他们相约每天早上去山上采野果、摘蘑菇，每天采夕阳的余晖牵着对方的手回到山寨。

一天傍晚刚回到家里，不料灾难降临，依麻阿木头痛得厉害，一下子就晕倒。尔呷急得团团转，立即去大寨请来了彝族最好的医生，医生来了，开了一个药方，让他去安南城（晴隆县城）抓药。

尔呷去安南城了。

依麻阿木硬撑着从床上爬起来，在"干栏式"住宅门口横上一块黑心木。

尔呷急忙从安南城买回了药，当来到依麻阿木住的房前时。

突然听到依麻阿木格窗户含泪唱道：

金丝鸟断翅栽山洼，

阿哥莫要再到我家；

不是阿妹，不中呀，

拖累岩鹰，石板难开花……

尔呷听罢，非常伤心。他接着唱道：

暴雨打折素玛花，

花瓣凋了有根芽；

阿妹戚托

——易地搬迁奇迹

待到雾散春风暖，

绽开的花朵似云霞……

尔呷唱着唱着，双手扒开木栏走进去，只见依麻阿木头痛难耐，双手抱住头，尔呷找了一块毛巾把依麻阿木的头包裹着，然后立即点火为依麻阿木熬药。汤药熬好了，又把依麻阿木从床上扶起来，然后一勺一勺地给依麻阿木喂药。

依麻阿木清醒后，知道自己病情严重，为了尔呷的幸福，将其送给她的耳环放在门口，独自走向望云山。

在望云山的深处，她绝望痛哭，为了让尔呷对她死心，也为了结束自己年轻的生命，她在一堆烂树叶里，找到一种无枝叶的怪草，随手一扯就带出了根茎，毫不犹豫地吃下去，然后，安静地躺在一株古树旁边。

正所谓：人到绝境是重生。

过了一会儿，依麻阿木感觉头没有那么痛了，自己并没有死去，而是头脑更清醒了，她惊喜地发现，自己刚才吞下去的怪草治好了她的头痛病。

尔呷发现依麻阿木的耳环放在门口，推开房门，里里外外找了个遍，也不见依麻阿木的踪影。他立即带着弩箭进山寻找。当洪亮的呼喊声从山谷传来时，依麻阿木知道痴情的尔呷来了。

依麻阿木小鸟依人般从古树后走出来，尔呷放下弩箭奔过去，他们的手紧紧地攥在一起。

依麻阿木告诉他，怪草可治头痛眩晕之症。

于是，他们沿着古树四周挖了很多怪草根茎。手牵着手，唱着山歌回到彝寨，尔呷大声喊：依麻阿木的头痛病，被怪草根治好了！

引来了彝族的毕摩（彝族长老），毕摩问明原因，说："里扎，瓦几瓦（漂亮，好得很）。"

尔呷将带回来的怪草根送给患有头痛眩晕、四肢麻木、手足不逐、风湿痹痛、癫痫抽搐、破伤风等病魔缠身的同胞。同胞的病也都逐渐好了。后来，彝族同胞遇上头痛眩晕、四肢麻木等症状就去山上挖这种根，挖多了，一时用不完，就随手插在房前屋后的土地里，怪根也就奇迹般地生长，人们把这种怪根叫"天麻"。

天下美食——薏仁米

在黔西南大山深处，有一位抖音百万级粉丝的网络达人，她就是黔西南州晴隆县本地的"薏仁姐姐——吴荣艳"。

她带领团队将"晴隆糯薏仁"加工企业进行股份制整合，打造出一家荣获"国家级商贸流动服务业先进集体"荣誉。

她利用电商大数据平台，创建"畅销码"农产品应急销售系统，疫情期间为农民卖出近千吨蔬菜。

吴荣艳是一个黎族大美女，1989年1月出生于晴隆县，2008年大学毕业，2013年，任贵州晴美农业科技发展有限责任公司、贵州薏米阳光产业开发有限责任公司行政部经理，后任副总经理，2016年被评为贵州省农委薏仁米项目评审专家。

2020年8月，我们驱车前往晴隆县碧痕镇采访。同车的有作家朱富梅、

记者何静、晴隆县工业园美女李巧和卓康鞋业有限公司总经理黄静一行5人，小车行驶在山谷的公路上，放眼望去，满山遍野绿油油的薏仁尽收眼底。一阵微风吹过，薏仁秸秆挂满小灯笼似的谷穗在轻轻摇动，李巧介绍，碧痕镇有5000亩薏仁米，长势喜人，丰收在望。

一个小时后，我们来到了群山环抱的碧痕镇，下车后"薏芝坊"三个字便映入眼帘。在这座偏僻的小镇，我们见到了薏芝坊的两位董事陈善凯和袁光敏。

接待我们的是公司的秘书靳泽灵。

靳泽灵说："何老师，您来得真不巧，吴荣艳董事长到东南亚出差了。"

陈善凯介绍，薏仁米生产有多年的历史，从1981—1996年贵州省晴隆县碧痕镇陇氏、陈氏、朱氏、李氏、叶氏家族联合，从传统种植薏仁米到加工销售，并首次将薏仁米用板车在北京进行推销，打开省外市场。

晴隆县以大力发展"茶、羊、蔬、果、烟、薏"六大产业为主导，

吴荣艳（右一）

阿妹戚托

——易地搬迁奇迹

到 2020 年年底，全县薏仁米种植面积达 15 万亩，平均单产 300 公斤以上，年产量达到 4.5 万吨，薏仁米原料总产值达到 9 亿元，助推 2028 户、7708 名贫困人口脱贫。令人意想不到的"糯薏仁"孵化出年产值上亿的产业，薏芝坊已拥有两条年加工 4500 吨糯薏仁生产线、两条年产 1000 万个薏仁玫瑰茶生产线及研发中心的中型企业，以农产品供应链、新媒体电商为一体的州级龙头企业。

袁光敏说："薏芝坊共有四位股东，我与靳泽灵各占 25%，吴荣艳董事长占 40%，另外还有一名女股东向兴花，占 10%，她大部分时间在仓库工作。"

靳泽灵补充说："吴董事长特意打电话来，让我们接待您。"

袁光敏倒着茶水抢过话茬说："你们远道而来，辛苦了。"

与我们同行的记者何静说："客气了。"

靳泽灵介绍：薏芝坊 2010 年发展成为中国贵州省第一批微型企业，开始逐步完善机械设备进行加工，并成立飞龙雨、仁和、薏中仁薏仁米品牌，这些都是时下薏仁米最畅销的品牌。2011 年在具备稳定的销售市场和品牌知晓力后，扩建加工厂房，生产线从原来的一条发展至两条，并建有五个仓库。吴荣艳任公司总经理一职以来，工作雷厉风行，她有胆有谋，以"巾帼不让须眉"的干劲带领公司所有员工，如期完成一次次的任务指标，深受公司员工的好评。

秘书靳泽灵补充说，他们在吴董事长的带领下，公司除经营"薏芝坊牌薏仁米"，还开发了"薏仁水果麦片""薏仁玫瑰茶""薏仁保湿面霜"等系列产品，以公司＋城市经销商＋移动电商的模式进行市场建设，覆盖了北京、合肥、上海、广州、亳州、杭州等六十多个城市，稳定畅销约

30 余年，年均产值 1.25 亿元。荣获"贵州省民族贸易企业""贵州省黔西南州龙头企业""贵州省黔西南州巾帼示范基地""晴隆县农业产业销售冠军"及"2018 年晴隆县农业产业脱贫攻坚贡献奖"等荣誉称号。

碧痕镇，属温凉湿润的高原亚热带季风气候区。气候温和，光能资源较好，出产的薏仁米品质优良，镇上曾有许多小作坊进行薏仁米粗加工。随着市场需求的改变，传统小作坊逐步被淘汰，"薏仁姐姐"管理的薏芝坊应运而生。

晴隆县"糯薏仁米"一举成为了国家地理标识，而碧痕镇成为了晴隆薏仁米之乡。如今，晴隆薏仁米已经实现从收割、粗选到精深加工的完整产业链。而在位于碧痕镇碧痕村岩脚组、加工生产薏仁米的薏芝坊，来自全县各乡镇 30 多个合作社及外地的薏仁谷汇集在这里进行深加工，轰隆隆的机械声似乎在向我们唱响着百姓丰收的喜悦。

52 岁的袁光敏，如数家珍地数着公司的产品，从她的脸上看不出岁月的痕迹。这是一个眼里有故事，脸上不见风霜的女人。在她的人生履历中，走过了一段风和日丽的春天。

她说："20 多年前，薏仁米加工在碧痕镇全是单打独斗。那个时候，我们在自己家里，用布袋装，用大缸洗，纯手工制作。"

陈善凯说："从小作坊，到半自动化，再到全自动化加工，走过了 30 年发展历程。"

靳泽灵说：公司经历了产业升级。2018 年公司投资 5000 万元进行贵州糯薏仁大数据产业园新厂区建设，旨在加强打造"晴隆糯薏仁"产品品牌，按照产业整合发展的思路，全产业链打造，全要素配置，全面提升了企业生产、销售能力，充分发挥了州级龙头企业的扶贫带动效应。

"走嘛，我们去生产车间看看吧。" 陈善凯迫不及待地带我们走进加工车间。

工人正在打包薏仁水果麦片。

陈善凯指着生产线说："我们的生产线有粗加工、精加工。"

在加工车间，车间工人正在去皮、封袋、装车……他们分工明确，各司其职，有理有序。

"这些小小的薏仁米将运往韩国，这是吴董事长年后打开的新市场。"袁光敏说道。

在包装车间，工人谢琴正在为薏仁水果麦片打包，在这个车间里，她是打包"老手"。

"我是去年来这里工作的，平均一天能挣一百多元钱，能够在家门口找到工作，赚钱带娃两不误，真好。"谢琴告诉我们。

谢琴是碧痕村岩脚寨组的村民，她在薏芝坊除了打扫办公室外，公司订单量大的时候，她还做一些计件的工作，单是 2020 年 6 月，她就拿到了 7000 多元工资。

说起目前正在推广的"畅销码"，袁光敏拿出手机向我们热情介绍——通过"畅销码"，能够利用薏芝坊原有薏仁米的销售渠道，将更多的农特产品销售出去，助力黔货出山。

"畅销码"现在已经在晴隆县广泛运用。网上随时都会有人上来问，还有没有薏仁米销售。

镇上薏仁米种植户胡定凤通过扫描"畅销码"，最后决定将自家种植的薏仁米卖给薏芝坊。

"你们来看看品质嘛，都是你们之前发的种子种的，质量好得很！"

胡定凤在微信上说。

胡定凤的家离薏芝坊不远，她扫码填信息半小时不到，陈善凯就和工作人员一道上门对胡定凤家的薏仁米进行收购。

靳泽灵说："通过这样的大数据农业加直播电商的方式，我们实现了用市场销售推动产业发展、产业发展带动脱贫攻坚的想法和目标。"

李巧说："利用电商平台'薏仁姐姐'前不久成功帮助安龙县解决了万斤小瓜滞销问题，还受到了晴隆县产业园的表彰。"

通过采访，我们了解到：初级农产品的销售，得瞄准一二线城市的农贸市场或者社区。如果是农特商品的话，通过网红主播渠道很管用。

陈善凯和袁光敏两位董事是做销售的，而且业绩很好。

陈善凯说："针对不同农产品的销售，吴董事长有不同的'山货经'。"

何静说："现在国家在搞内循环，你们要发挥薏芝坊现有平台的优势，卖出更多优质的农产品，让你们的'山货'都走出去。"

袁光敏说："下一步，吴董事长准备在兴义市建立贵州省首个西南直播基地，将大数据农业和直播电商的方式辐射到更多区域，解决农产品的产供销问题，全面助力脱贫攻坚。"

陈善凯说："你们再来兴义的时候，我要带你们看看我们首个西南直播基地，保证不让你们失望。"临走时，陈善凯和袁光敏两位董事向我们发出了春天的邀请。

天下好酒——薏皇后

春天来了，万木竞发，桃李夭夭，灼灼其华。

春天的诗很美，春天的梦很甜，春天的脚步更快。春水蔓发，春茶可期。

2021年3月10日，我们与作家朱富梅在晴隆县文联主席王光伦、贵州庄稼汉薏米产业开发有限公司董事长舒伯精和晴隆县县委宣传部副部长、县广电网络公司总经理龙春林的陪同下，驱车前往碧痕镇参观世界茶籽化石发源地。

舒伯精一路上向我们介绍了碧痕镇的人文和种茶历史。40多年前，晴隆县农业局高级农艺师卢其明在云头大山发现一枚古茶籽化石，不仅改变了贵州茶历史，也改变了世界茶历史，将人类茶叶历史向前推进了100万年。

聆听春天的声音，是天籁的深邃；追逐春天的影子，是微笑的期盼。

我们离开古茶籽化石发源地，走向民间传说的酿酒皇后出生地——土司家族的旧址。

在当地几位老人的陪同下，听他们讲土司女儿的爱情故事……

"薏皇后"传奇

相传在明末清初，安南卫必黑营（安南卫设置的必黑、凉水、保定三营五寨之一）是陇姓都司的领地。都司名唤陇官，膝下有两儿一女，两个

儿子在安南卫梁大人手下当副尉。女儿叫陇玉,全营上下称之为"官家小姐"。

这天下午,官小姐叫丫鬟陪她到对门的大岩山上采药,因为她酿酒的原料是薏仁米,必须配野生药材九十九味。

丫鬟背着药草走在前面,突然"啊"的叫了一声,官小姐抬眼一看,只见树丛里躲着两个人,约莫三十来岁,人已昏迷不醒,另一个人浑身是血。

官小姐放下背篓径直走上前去给躺在地上的人搭了搭脉搏说:"公子无大碍,只是暂时昏厥了,我马上给你止血,我家就在山下面,如不嫌弃,我扶公子到敝处如何?"

浑身是血的汉子点了点头。

入夜前,三人轮流扶着公子从小路向山下的必黑营走去。天渐渐暗了下来,一切归于静寂。

这位朱公子是南明永历帝朱由榔,彪形大汉是他的贴身侍卫。之前,永乐帝派人追杀,任得侍卫二虎拼死相救,朱由榔才得以脱险。

幸好官小姐的父亲陇官与安南卫梁大人远行了。官小姐偷偷地将两位男子带入府中,从背篓里找了几味草药,捣烂让那昏迷的人服了,又找来几味药,让那大汉敷在伤口处,不一会,那大汉疼痛感减轻,血也不流了。

官小姐换好装走进房间,扑哧一笑,朱公子看着官小姐如花容颜,看呆了。想不到如此深山老林中,竟有此等俏丽佳人。官小姐望着眼前这个三十来岁的男子,只觉英气逼人,眉宇轩昂,让人有种不可侵犯的霸王之气。

晚上进餐时,丫鬟抱了一坛酒过来,二虎倒了一杯给朱公子,便抱着坛子喝了起来,一口气喝了半坛。只觉舌底生津,意犹未尽。

二虎问道:"俺,走南闯北,从来没有喝过这等好酒,这叫什么酒?"

官小姐说："这是奴家酿的薏仁米酒，加了九十九味草药，有安神补肾之功效。"

朱公子赞曰："这等绝世之佳酿，普天之下恐怕只有来到安南卫才能品到。"

这一夜，官小姐在酒坊酿酒，朱公子想知道官小姐酿酒的原料和秘方，官小姐取来笔墨，让朱公子书写酿酒秘方。事后，朱公子将随身携带的玉佩赠予官小姐，两人私定终身，并约好一月后娶她过门。凌晨，朱公子在家丁的护拥下，同官小姐挥手告别。

官小姐让丫鬟四处打听，才得知这位朱公子是南明永历帝朱由榔，官小姐每日揣摩玉佩和字迹，左思右盼，一月假期已过，仍然没有朱公子消息。

陇都司回来，听到管家汇报大发雷霆："此等朝廷重犯，怎么能放他走！闺女尚未出阁，留陌生男子在府上过夜，这事要让外人知道，了得，必须尽快找到一户人家嫁了。"

三天后，陇官迎了一群客人进都司府，为首的正是白鸡山下的大富刘三爷，原来父亲已将她许配给刘三爷家的浪荡公子。刘三爷早就垂涎官小姐美色，虽已结婚，却央求父亲替他求亲，娶官小姐做二房。陇官虽有些瞧不起刘三爷，但刘家做的是鸡场黑城的柑橘生意，产品远销京都，因此家财万贯，况且他知道都司府留有陌生男人在府中过夜一事，只得答应了这门亲事。

没想到官小姐死活不答应，她说宁愿一生不出阁，也不嫁这浪荡公子。但陇都司铁了心，为防意外，每日派人严加看守，官小姐想出逃，谈何容易？

这天下午，迎亲客来了，都司府张灯结彩，大摆筵席，家丁说官小姐在闺房内化妆，陇官听说后放心地迎接客人，远近三营五寨的营主和寨主都来了，连安南卫梁大人也亲自光临，给足了陇家面子。

正在酒酣耳热之际，突听丫鬟惊慌地跑来报："老爷，不好了，小姐跳湖了！"陇官一听大惊，一众客人也是心惊胆战，想不到陇家红事变成了白事。

刘三爷心想今夜美人在抱，不想就此出了变故，急忙向湖边跑去，可惜官小姐一心为朱由榔殉情，神仙也救不活了。

官小姐吩咐丫鬟埋葬的球形石头和羊皮卷，长埋地下，直至民国元年，舒氏后人在池塘边掘土挖出了球形石头和羊皮卷，羊皮卷里完好无损地保存了官小姐酿造薏仁米酒的秘方。

2017 年舒伯精连同他的好友范祥等人一起回乡创业。2018 年创立了贵州庄稼汉薏米产业开发有限公司，为了纪念官小姐这位远古的祖师，他们便把生产的薏米酒改进工艺后称为"薏皇后"酒。

良久，我们几个人还沉浸在那个凄美的爱情故事中。

舒伯精的一声催促"走吧！"把我们从故事中拽了出来。

"几位老师，还是去我的'薏皇后'酒厂看看吧！"

在舒伯精的带领下，我们参观了酿酒车间。他一边走一边介绍：生产设备为不锈钢设备，发酵缸是陶瓷酒坛，生产工艺为传统固态发酵工艺。

阿妹戚托

——易地搬迁奇迹

在发酵缸旁边，我们停止了脚步，问正在忙活的女职工余倩。

余倩是沙子镇搬迁户，在酿酒车间担任小组长。

1987年7月出生的余倩，2005年与搬迁户彭优结婚，生育三个孩子。之前，男人还外出打工赚钱养家，自从移民到沙子镇后，迷上了赌博，再也不出去赚钱了，一个好吃懒做的男人，还时常偷妻子的钱去赌博。

"薏皇后"酒业成立后，余倩就在这里打工，月工资已涨到4000元。

尽管丈夫不争气，在与她谈话的语气中，我们了解到她还是蛮知足的。

朱老师问她："我们都是女人，你没有想过跟丈夫离婚吗？"

她回答得十分爽快："等孩子大了，再说吧！"

"那时，你老了，嫁给谁呢？"

"就算我现在离，有三个拖油瓶，也没有人要啊！"

我叹了口气，这个母亲平凡而伟大，虽然文化不高，也不懂什么大道理，但她用心用情专注做一件事情。这其实是相互成全，企业成全了她，她也成就了企业。

路过办公室，一个叫龙欢欢的，急忙给我们泡茶。

龙欢欢一边倒茶，一边对我们说："你们是老板的客人啊！"

王光伦答道："是，你在这儿上班怎么样？"

"这里好啊！管饭管住，每月工资4000元，双休日休息，老板对我们好，同事好说话……"

她说起话来滔滔不绝，脸上洋溢幸福的笑容。

在舒伯精的引领下，我们来到了科研室，有几个大学生正在做实验。

舒伯精说："现在就业压力大，去年我们新招了几个大学生，一个毕节的，一个六盘水的，一个遵义的，其他都是本地人。"

龙春林问："给他们发多少工资呢？"

"月工资 4000 元，配有股份。"

舒伯精带领我们参观了酒窖，这里有新酿制的 500 吨白酒，酒窖一半藏于山洞，一半露于山外，常温控制在 15 度左右。

舒伯精介绍："新酿制的'薏皇后'不能喝，大约 65～70 度，要经五年以上冻藏，这样酒味更为纯正。入口绵柔，醇香四溢，不辣喉，不上头。还有活血化瘀，健身强体的功效。"

离开贵州庄稼汉薏米产业开发有限公司时，我在想，董事长舒伯精是懂经营之道的，用情意留人，一批年轻的大学生能够选择这里创业，正应了那句古话：天时、地利、人和。希望他们在这里大有一番作为，也希望"薏皇后"酒火遍大江南北！

中国名菜——桃源脆皮猪脚

阳春三月，桃红李白。

从牛头山观景台下来，县文联王光伦主席陪着我们在阿妹戚托小镇街上漫步，一块美食招牌映入眼帘"桃源十一碗"。

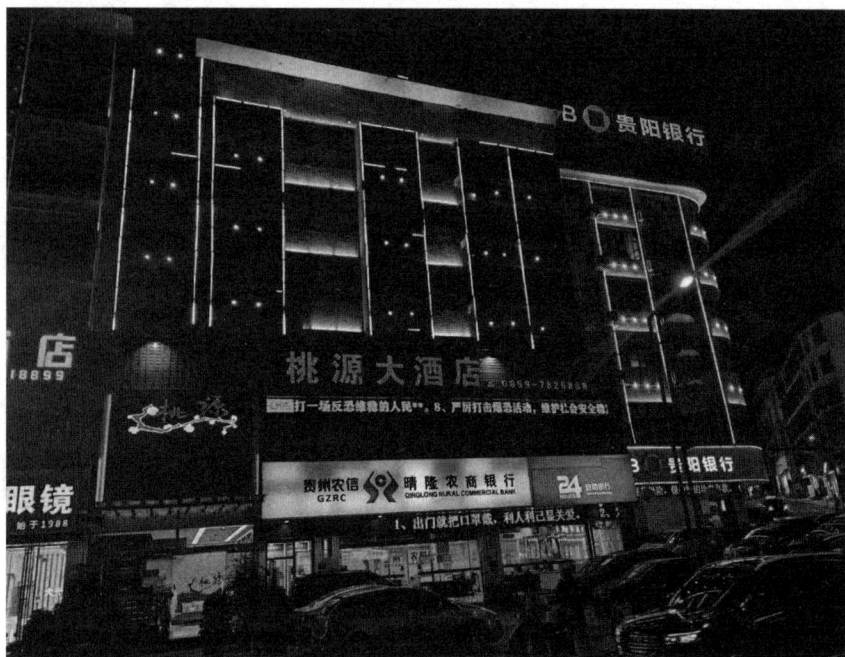

据王光伦介绍："桃源十一碗"是在原来"桃源八大碗"的基础上新开发的一套菜品佳肴。阿妹戚托小镇自 2018 年开镇以来，累计接待国内外游客人数已超过 50 万人，晴隆县县委县政府为了把小镇打造成为贵州省文化旅游的一张新名片，让小镇的硬件软件跟上配套服务。2020 年，县

委主要领导邀请桃源大酒店落户阿妹戚托小镇，引领这里的餐饮事业发展。身为晴隆县餐饮协会会长的向秀权义不容辞，毅然投资 90 万元装修，晴隆分店终于开业。

分店开业以来，生意火红。大堂经理龙锋介绍，管理"桃源十一碗"的经理是向畅，她是桃源大酒店向秀权总经理的女儿。

王光伦说："这里的脆皮猪脚、盘江水煮鱼、辣子鸡都很有名气。"

这时，向畅总经理走过来说："欢迎远道而来的客人。"

向畅与我们一一握手后，便转身对王光伦说："王主席是晴隆的美食家，其实我们的店菜是'脆皮猪脚'。"

大堂经理龙锋补充说："这里的脆皮猪脚肉质鲜嫩，是很多人都非常喜欢的美食，不仅是口感好，重要的是猪蹄中含有丰富的胶原蛋白，还是美容的圣品。"

之后，向畅详细介绍了脆皮猪脚的来历，制作工艺。向畅三十来岁，她轻盈而灵动，如一杯清润之茶。

我们坐下聊了一会，喝了一杯晴隆绿茶，因为，要赶另一场采访，便匆忙与向畅道别。

第二天，应向秀权总经理之约，我们来到位于晴隆北街黄金地段的桃源大酒楼，刚迈入酒店大门，向总立即走过来跟我们握手。一位儒雅、举止得体的中年男人，看上去很年轻，一问，他已入花甲之年。

据他介绍，桃源大酒店创业于 20 世纪 90 年代初，至今已 32 年。店名最初叫桃源餐馆，后来叫桃源山庄、桃源大酒楼，现在叫桃源大酒店，包括分店"桃源十一碗"。

向总的生意做得很大，扩张速度很快，从餐馆、山庄，到大酒楼、大

酒店，32 年间，这其中隐藏着岁月的密码。

桃源大酒店面积约 2800 平方米，经营餐饮、住宿，有包间数十间，客房四十余套，连同阿妹戚托小镇"桃源十一碗"，员工近百人。墙上挂着若干获奖的奖牌，其中有一块是 2017 年 6 月中国饭店协会授予的"中国名菜"奖牌。品名：桃源脆皮猪脚，制作：晴隆县桃源大酒店；还有一块是晴隆县县委和县人民政府颁发的"讲晴隆美食好故事、讲好晴隆美食故事"银奖的奖牌。另外，桃源大酒店的名菜、名食还获得了 2017 大美黔菜展示品鉴活动"最受欢迎菜品"。

晴隆县地处云贵高原之上，土地较贫瘠，但是这些并不妨碍这里的居民创造他们自己的生活，饮食就是他们在这一地区顽强生存的见证，通过这些当地的传统食俗，让我们更好更全面的了解贵州文化的精髓。

贵州各族群众除喜欢饮酒外，还普遍爱吃辣椒，民间有"湖南人不怕辣，四川人辣不怕，贵州人怕不辣"的说法。

贵州各民族在长期嗜辣的实践中，创造了五花八门、琳琅满目的辣椒制品和系列辣椒菜肴。

如：老干妈麻辣酱创始人——陶华碧。1947 年 1 月，出生于贵州省湄潭县一个偏僻的山村。如今，陶华碧牌"老干妈"是继"贵州茅台""黄果树""二十四道拐"之后，贵州省又一张品牌。

我们希望中国名菜——"桃源脆皮猪脚"也能够成为贵州的另一张新名片，走进海内外游客的心中。

中国美食之乡——晴隆"三碗粉"

晴隆县的羊肉粉、牛肉粉、凉剪粉斩获"中国三碗粉之乡"称号，黔西南州还被定为"中国饭店业绿色食材采购基地"。去晴隆县旅游，吃"三碗粉""听美食故事""赏民族歌舞"，那才算不虚此行。

羊肉粉：一生鲜草 一碗好肉

大多数人认识晴隆，都是通过电视剧《二十四道拐》，鲜少有人了解晴隆也是一个美食之乡。

晴隆最有名的是当地的"羊肉粉、沙子镇牛肉粉"。二十四节气"冬至"刚过，对十分注重养生的贵州人来说，正是吃羊肉的好季节。而晴隆"羊肉粉"则是当下正"走红"的美食之一。

2019 年，朋友圈刷爆了"你是砍柴的，他是放羊的"。

揭晓谜底是：资源整合，互利互惠。他牵着羊，你带着柴，大家一起来吃一顿烤全羊。最后，砍柴的和放羊的合作了，并在贵州晴隆开了家"晴隆羊·十三花店"，如今火了。这个故事告诉我们：有柴有羊，烧柴烤羊，共享美味，互利互惠。

2019 年 12 月 9 日，我们与画家斧子去了一趟晴隆，特意去看望中学同学贺剑峰。30 多年没见面了，见面之后特别高兴。

贺剑峰说："来晴隆没有什么好的招待，三碗粉必须品尝。"

我傻傻地冒一句："三碗粉吃不完，一碗就足够了。"

斧子戏谑我："三碗粉就是指晴隆羊肉粉、凉剪粉和牛肉粉。"

羊肉粉，在晴隆有很多种打开方式，有老地方羊肉粉馆，朱记花溪原汤砂锅羊肉粉，特色泡椒羊肉粉……每个地方都有独特的滋味。

第二天清早，贺剑峰来到宾馆接我们去吃羊肉粉。

十几分钟车程，我们来到了一家名叫"老地方"羊肉粉馆。

贺剑峰说："吃羊肉也要看"'血统'。"

"晴隆羊"生长在低纬度、高海拔的晴隆高山牧场，远离城市工业污染，一生享用天然、新鲜的牧草，因此肉质鲜美，高纤维、低脂肪、不腥膻，是烹饪羊肉的优质肉源。

我说："吃碗羊肉粉还有蛮多讲究，难道'血统'是杂交的啊！"

剑峰说："你猜对了。晴隆羊是用杜泊羊、澳州白羊为父系，克尔索羊、湖羊为母系进行人工授精杂交，在后代中进行巧妙选择和培育的理想型个体。具有杜泊羊的生长速度、澳洲白羊的肉质、克尔索羊的抗病能力、湖羊多产的优良特性，并具有世界上优质肉羊的品质。晴隆羊双羔率75%，出生6个月就能长到50公斤以上。"

斧子说："你这样说，我都嗅到晴隆羊肉粉的独特美味了。"

早上9点半，"老地方"羊肉粉馆内已是人头攒动，就餐的晴隆人正通过这碗羊肉粉开启自己一天的新生活。

"老地方"羊肉粉馆在晴隆已开了100多年时间，在当地有口碑。吃粉的人或是围坐在桌旁酣畅淋漓地吃，或是手拿油光锃亮的号码牌排队。

贺剑峰介绍：一碗正宗的羊肉粉，肉、汤、粉都有讲究。晴隆羊肉质鲜嫩、脂肪低于5%，蛋白质含量高于20%、没有膻味。不需要繁复的处理，

羊肉粉的汤，讲究原汁原味的"鲜"字。厨师以大锅加入水、羊肉、羊骨和杂碎，辅以调配多年的十余种香料熬制汤底。经过大火煮沸，随后文火慢熬数小时，汤的味道又香又鲜。与此同时，锅中的羊肉慢慢在汤料中发挥自己的香味。将熟而不烂的羊肉捞出，晾至有些余热，沥干水分，羊肉切成片形，薄厚一致，大小整齐，嚼起来有滋有味。羊肉吃起来比鸡肉要软，比牛肉还香，带着一股特有的"奶香味"。

当厨师将白色米粉在翻滚的锅中一起一落地烫熟后，一碗鲜香的晴隆羊肉粉即将呈现。清澈又滚烫的汤衬着圆白细嫩的米粉，带皮的半肥半瘦的羊肉片伴随着绿绿的芫荽蒜苗，用油炒制的酱料和着酸甜的萝卜丁，端上桌后，每个人可根据自己的口味加蒜瓣、胡辣椒面。不仅有清汤还有红油，提供小米辣、油炸的干辣椒等4种辣椒选择。我们加了一些胡辣椒面和盐吃起来，羊肉粉的味道清淡、鲜美还带些辣意。

还得浇上一大勺"原汤"。在点点翠绿的衬托下，这碗羊肉粉已经足以让人垂涎三尺。

一会儿"老地方"羊肉粉第四代老板刘世如走过来与我们打招呼，问我们吃得咋样？

斧子说："很好吃，能不能再加点米粉呢？"

刘世如让服务员加了一小碗米粉，并浇上一大勺"原汤"。

刘世如告诉我们，

晴隆山羊肉鲜嫩爽滑，价格比绵羊肉要贵，山羊批发价通常每斤45元，剔除骨头要50元左右。他家曾试过用绵羊肉，但遭到食客的反对。

吃着青草长大的晴隆山羊，呼吸清新空气，饮用山间泉水，肉质特别紧实柔嫩，品尝时唇齿留香，真是让人欲罢不能。

　　"好山好水好草出好羊""一生鲜草，一碗好肉"。"晴隆羊"既保护了生态环境，又帮助农户脱贫致富，更助推了晴隆旅游业的发展，当地更是率先获得无公害农产品产地和产品认证，率先使用欧盟标准屠宰系统，率先通过畜牧检疫，"晴隆羊"已成为晴隆打赢脱贫攻坚战、助力贫困农户精准脱贫的重要支柱产业之一。

　　羊肉粉是晴隆独特的一张名片，也是晴隆的一道风景。无论春夏秋冬，不管清晨、黑夜，在古城大小不一的羊肉粉馆里，瓷碗碰撞的声音、卖粉师傅的吆喝声、人们吸吮米粉的声音，都在诉说着晴隆人的生活。

莲城"凉剪粉"的传说

贵州风味小吃名目众多,历史悠久。因其选料独特,食风、食俗都具有浓郁的民族文化个性和地方传奇色彩而声名远播。古安南(今晴隆)莲城"凉剪粉"与明朝抗倭名将邓子龙将军有一段传奇故事。

在明朝万历年间,65岁的前朝武状元,抗倭名将、军事家邓子龙将军官拜副总兵印,暂署安南卫参将职,与安南卫指挥使梁琪同治安南卫。梁琪是莲城开山之祖梁海的后人。

话说邓子龙在治安南期间,在城西飞凤山挽袍着墨挥写了"欲飞"二字,世称"欲飞石刻"。不一日,梁大人陪他参拜金钟山之玉皇阁,陡然间见一条驿道逶迤远去,其中有一条三岔路口,往南直通黑城,分岔左拐,绕城墙外向东门。候到申时城门关闭,那些过往客商和乡民只得绕道行走。而那三岔处较为空旷、荒凉,苦无遮日避雨之物。心中想及乡民疾苦,便心有培植风水之念。邓子龙于是便与梁大人商议,自愿捐银倡建亭台。梁琪欣然应允,这就是"莫忙亭"的由来。

有一日,邓将军带人进入南山伐木,但见南山杜鹃如火,游赏之下,不觉饥肠辘辘。当下便询问建亭的乡民,附近可有什么小吃充饥。那带工的匠人是当地人,名叫王祥。当下便说白家塘的胡氏有一门好手艺,他内人吴氏拌的凉剪粉小有名气,时人称一绝。邓子龙听后大喜,便叫王祥带路,唤两名士兵去担来。不多时,那胡氏夫妇便挑来了剪粉,后面一俏姑娘提着一篮调料和竹筷。邓将军叫大伙聚拢来,说他请客。于是那吴氏便

阿妹戚托
——易地搬迁奇迹

挽起袖子，一双白皙的巧手拌起凉剪粉来。姑娘在旁将各种佐料一字排开，一面吆喝，一面麻利地给她母亲打下手。那邓志良见别人吃得津津有味，便从那俏姑娘手中端过一碗粉，囫囵一口扒下去，一时被辣得龇牙咧嘴，哇哇大叫。那姑娘瞧着他"扑哧"一声笑了。这一笑不打紧，却羞得这个军中强汉双目发呆。邓子龙一瞧这姑娘约十七八岁年纪，真个是笑靥如花、楚楚动人。他转头看到侄儿发窘的呆样，不由心中一动。当下便与那胡氏交谈，了解他家的境况。原来这主人姓胡，是明初征战普纳山一域的大将胡源将军的后人，名字就叫胡老三，浑家因排行第三叫吴老三，凉剪粉乃家传手艺，家中只有一个女儿，名唤莲花，能织绣断字。眼睛高过房檐，一般后生瞧不起，至今待字闺中。邓子龙一一记在心里了。

第二日一早，邓子龙便有意叫侄儿带那两名军士去帮这吴氏挑凉剪粉，说是修亭期间的早餐都由官家包了。那吴氏眼瞧这小将军俊眉朗目，不由暗暗喝彩。邓志良见那芦花丛中一红衣短袄小美人在背后打量着自己。一时不由心中怦怦而跳，手中桶不知不觉落入井中，已是痴了。

一天傍晚，夕阳坠山。邓子龙唤邓志良入帐说："现有一件事和你商量，盼你答应，以了却我一番心愿，不知你意下如何？"邓子龙捋须大笑，便将有意留邓志良佐梁琪守安南卫，并安排娶胡氏莲花姑娘为妻室的事和盘托出。

当天晚上，邓志良走后。邓子龙便连夜去拜访梁大人，那梁琪正在灯下看书。听门人报邓将军来访，便起身迎至厢房。梁琪知其来意后便道："邓将军忠心卫国，其志可嘉，邓小将军一事包在我身上。将军之侄便是我梁某人之侄，绝不辜负老将军之托。"

那胡氏夫妇每日仍做剪粉挑来。在修亭期间，邓子龙则亲自去了胡氏

家考察了一番，心中更有数了。邓子龙虽是员虎将，但他见多识广，却也是个大食家。于是他帮助胡氏改进制作工艺，调料除油，盐、姜、葱、蒜之外，还加了料酒，他还根据本地食材，加了腐乳酱、豆瓣酱、芝麻酱等。并使用芫荽、木姜子、八角、桂皮、豆蔻、丁香等香料增味提香。制作工艺改进后，味更鲜、辣、酸、甜、咸五味俱全。入口隐隐然舌底生津。从此，莲城凉剪粉声名远播，名传千古，这是后话了。

于是按照梁琪安排，主亭完工后，梁琪便又捐出银两，说在主亭之右侧二丈七尺之驿道旁，置辅亭一座，在左上方二丈七尺许，往黑城方向之驿道左侧，亦置辅亭一座。

新亭落成之日，梁琪知邓将军乃一代儒将，便请他为三亭题名。于是邓子龙便脱下战袍即席挥毫，将主亭命名"莫忙亭"，并在亭柱上挥就一联曰：

为名忙，为利忙，忙里偷闲，且喝一杯茶去。

因公苦，因私苦，苦中作乐，再上四两酒来。

梁琪大为叹服，称此乃古今奇联也。

邓子龙远眺群山，提笔为二辅亭命名曰"遮日亭""避雨亭"。顿时不由豪情陡生，他咕咕灌了一碗茶，大喊：兄弟们，抬酒来！于是又连喝了三大碗酒。趁着酒兴，又为东北侧之"遮日亭"书就一联：天高日吐焰，亭矮影纳凉。"避雨亭"亦有一联曰：山廓能顶雨，水酒可御风。邓子龙书完，斗笔一搁，哈哈大笑，风中白须髯髯，众人莫不叹服。

不日，梁琪为邓志良做媒，到胡老三家商定了邓志良与胡莲花成婚之事。邓子龙因公务紧急，便留下侄儿邓志良在安南，奉命带上三千子弟兵赴朝鲜抗倭，名震天下。

邓志良与胡莲花夫妇，继承了邓子龙将军对"凉剪粉"的改进工艺和秘方，在莫忙三亭内置水酒与茶肆，为过往客商供给凉剪粉，使莲城"凉剪粉"在市井商贾中获得众口一词的称赞，流传至今而不衰。

一百年后，南明皇帝朱由榔在沙子保家楼（史称保驾楼）品尝莲城"凉剪粉"，念念不忘，朱由榔在入主安龙府的几年间，便命邓氏后人入宫，钦命"莲城'凉剪粉'"作为皇帝御餐的安南三碗粉之一，由此传入安龙，并享誉黔州大地。民间便有"王氏灶""胡氏碗""吴氏锅"之誉。莲城"凉剪粉"的故事流转至今而不衰。

沙子镇牛肉粉久负盛名

晴隆县位于贵州省西南部，云贵高原中段，黔西南布依族苗族自治州西北角。交通便利，资源富集。由于地处低纬度、高海拔山区，晴隆立体气候非常明显，具有"一山分四季，十里不同天"的特征。冬无严寒，夏无酷暑，雨热同季，是天然的原生态大草场，具有发展草地生态牧畜业得天独厚的自然优势。

俗话说：靠山吃山，靠海吃海。晴隆县独特的大山环境孕育了享誉中外的晴隆羊、晴隆黄牛，所以晴隆羊肉粉、牛肉粉更是独具一番风味，其中尤其以沙子镇牛肉粉最为出名。

沙子镇位于晴隆县西南部，镇政府驻地距县城约15公里，辖21个村，共2万人。海拔高差大，800～1400米。年降雨量充足，无霜期大于280天。气候温和湿润，雨热同季。适宜种植经果林和晴隆羊、黄牛养殖，如柑橘、甘蔗、茶叶、早熟蔬菜、烤烟、花生、薏仁米等。

进入21世纪，晴隆人穷则思变，集中智慧，以满山的草，满坡的牛羊宣战石漠化，挑战贫困，创造了"晴隆模式"，被国务院扶贫办树立为全国的典范。因地制宜，靠人工种草养牛羊，实现经济效益、生态效益和扶贫效益同步发展的模式，这是一个富民的模式。

在晴隆的山山岭岭，多种牧草共生共荣，绿色逐步覆盖了裸露的石头，以建设"西南草都"为目标，打造"晴隆模式"3.0版，做强做优"晴隆牛羊"品牌，推进"百万只牛羊基地县"建设，打造中国南方草地畜牧示范区。如今，

山变绿了，地有生机了，生态不再脆弱，有效遏制石漠化蔓延，明显改善生态环境。

2020 年 4 月 15 日，在扶贫干部杨坤老师的陪同下，我们与摄影家青衣一道驱车去了一趟沙子镇易地扶贫搬迁安置点采访。沙子镇腾龙岭新市民小区是 2018 年易地扶贫搬迁居住区，小区建成后，美化亮化配套设施日臻完善。

杨坤说："何老师，沙子镇就数这家'味之极'牛肉粉正宗了。"

我笑了笑说："来晴隆必吃'三碗粉'，昨天吃了羊肉粉和凉剪粉，今天吃牛肉粉。"

我们走进了一家"味之极"牛肉粉馆。

女老板立即从后厨走出来说："各位请里面坐，吃汤粉，还是卤粉？"

青衣说："卤粉，要切大片的牛肉。"

我说："汤粉。"

杨坤说："两碗卤粉，一碗汤粉。"

沙子镇当地人喜欢食辣椒，早晚更喜欢食牛肉粉；牛肉粉是沙子镇的一道特色小吃，做得好的要算"味之极"的厨艺了，其独特的汤料，汇聚多种名贵中草药精心制作，做出的牛肉粉与众不同，汤鲜味美，肉香。精选上等黄牛、精制米粉或酸粉、多髓牛骨，熬成鲜浓原汤，加上爽滑的蒸气米粉，配以醇香的牛肉，添上开胃的泡酸菜，吃过的人赞不绝口。

女老板转身走进了后厨。

杨坤向我们介绍牛肉的制作原料主要有牛肉、酸莲花白、芫荽等。

青衣望着大堂里悬挂着一腿牛肉，问道："杨坤老师，这一腿牛肉就这样挂着，不会坏吗？"

杨坤说："不会的，这才是四月天，就是到了七八月份这些牛肉都不会坏的。"

"有诀窍吗？"

"当然有喽，我未参加工作时，曾经开过米粉店。"

"你蛮厉害的。"

杨坤感叹："生活所迫啊！"

青衣催促着："杨老师，别吊胃口了，快说吧！"

杨坤说："我曾参加一个正宗牛肉粉培训班。"

青衣追问："哇，这也要培训啊！"

"这些都是祖传的秘方，之前是不能外传的。现代人知道，你不传别人传，所以保密比较困难，不如开课授艺，也是一门赚钱学问。"

青衣说："杨老师，您口水真足啊！"

"好，好，马上说。免费赠送给二位老师，不收钱的。"

杨坤说，做一碗正宗的牛肉粉不容易，起码要经历过以下几个步骤：牛肉的处理方法及高汤的煲制技术。；各种香料的配比和配制方法；各种辅料的比例及火候的把握；牛腩、牛肚的处理及香料包的配制；秘制油辣椒及贵州胡辣椒面的做法；泡菜以及香酥小辣椒的做法；黄焖、泡椒、红烧、原汤口味的牛肉粉制作方法及配方等。

牛肉粉好吃的秘诀正如杨坤老师所说：一是味香，二是味厚，三是有回味。首要秘诀是中药卤包，其次关键的是汤；然后重要的还是"火候"。

原汁原味的汤，是由牛骨熬制而成的。原汤含有丰富的可溶性蛋白质，其中的氨基酸是人体必需的完全氨基酸，这也是很多粉面得以流传至今的关键所在。说到底牛肉粉的精髓，就是选什么卤料，这对加工牛肉的味道

有决定性的影响。总之，汤是与粉面相配套吃法的精髓。

谈笑间，女老板端着一碗热气腾腾、色香味俱全的牛肉粉送到我的眼前。

杨坤说："何老师，你先吃吧！我们的卤粉还要等一会儿。"

我的汤粉吃到一半时，他们的卤粉上了桌子，看着他们不慌不忙地把碗里的米粉拌了拌，然后开始将桌子上的花生米、青菜、香菜、葱花、胡椒粉、陈醋、辣椒往里面倒。

我坐在一边傻傻地望着他们两个人吃得津津有味。

青衣笑着说："何老师，要不要尝一尝我的卤粉。"

我夹了一点卤粉尝了一下，连连说了两声："好吃，好吃，美味！"

青衣笑着说："以后出来玩，别总是喝汤。"

离开沙子镇"味之极"牛肉粉馆，坐在车上，我一直想：中国饭店协会授予晴隆县"中国'三碗粉之乡'"的美誉，为何不把晴隆"米粉"餐饮连锁店开到全国各地呢？我们这些做媒体宣传的人，为何不为晴隆脱贫致富出一份力呢？让晴隆全县农民增收致富，实现小康梦。

总之，消除贫困、改善民生、逐步实现共同富裕，是社会主义的本质要求，是我们党的重要使命。全面建成小康社会是习总书记"四个全面"战略布局的组成部分，是战略目标。打赢脱贫攻坚战，我们才能建成小康社会。人民富起来，国家就能富起来；国家富起来，就会变得更加强大，才能有能力保护好整个国家的人民，为我们营造一个和平、安定、幸福的家园。

后 记

时间是一个好东西，她守在缘分的路口，让我们相逢！

京黔两地相距甚远，写这个题材，家人质疑，很多人不理解。

2020 年 1 月 17 日，由于母亲摔伤，我提前回湘过年，一场疫情发生了。2 月 23 日上午 10 时武汉封城。

春节，应是阖家团圆的日子，新冠疫情像一个巨石砸入我们原本平静有序的生活，一时间，巨浪翻涌。全国人民不出门、不走亲戚，在家睡觉，也是为国家作贡献。

春节期间，由于疫情，返京日期被一推再推！清明过后，黄静夫妇回乡祭祀，邀请我们一道前往晴隆，4 月 7 日晚上，我与女儿茜文坐汽车从衡阳出发，折腾一夜才到晴隆县城。

在晴隆的日日夜夜，我们采访了许多人，有很多故事感人至深。

书跟人有缘，一切都是最好的安排。2020 年 8 月 25 日，《阿妹戚托》的书稿终于完成了。从采写到撰稿，百日之中，无一日之闲；百日之中，无一夜好眠。创作的心酸，冷暖自知。要感谢的人，记在心中；要感谢的话，写在书中。

写书，没有感同身受，只有冷暖自知，要承受得了落寞，才能创造奇迹；出书，总是一件遗憾的事，由于我们不是第一见证人，许多人与事不能还原，需要补充的内容太多，而北京与晴隆相距太过遥远。2021 年 1 月，书稿送到黔西南州州委宣传部和晴隆县县委宣传部审核，得到了州、县两级领导的鼎力支持和深切关怀。

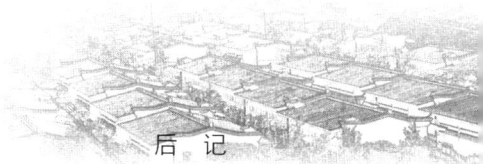

书中人名、地名、数据错误较多，按照黔西南州州委宣传部和晴隆县县委宣传部提出的修改意见和建议，我决定再次赴晴隆县进行补采。

出版之际，首先要感谢贵州省省委、黔西南州州委宣传部领导的高度重视，感谢晴隆县县委、县人民政府，县委宣传部、三宝街道相关领导的厚爱；其次要感谢二十四道拐文化旅游集团有限公司和三宝工业园区相关企业的鼎力支持。另外，要感谢晴隆县茶业公司、晴隆县广电网络公司、晴隆县庄稼汉薏仁米产业开发有限公司、晴隆县华生医院、晴隆县桃园大酒店、晴隆林下农业产业投资（集团）有限公司等单位和个人的帮助，他们开车接送，提供大量采访资料，这份情意弥足珍贵。还要感谢晴隆县诗词协会的刘建能先生、付作参先生、戴时昌先生、岑岚先生、柳氏四兄弟、文家三姐弟，县摄影协会的陈亚林主席，县文联的朱妮妮女士，县第二中学吴永珍女士等，特别感谢顾毅先生两次为本书勘正。他们为本书提供了大量翔实、鲜活的图片和故事。他们为地方文化的贡献，并非笔墨万一之所述。

感谢岁月，感谢缘分，感谢各位专家和老师的斧正。

《阿妹戚托——易地搬迁奇迹》就像一幅迁徙的画卷，浩荡壮观……让我们感动的是晴隆县有一大批党的好干部，为易地扶贫搬迁而疲于奔命。

岁月是个高级工程师，它为我们建造空中楼阁、海市蜃楼，同时也为我们提供灵感，碰撞火花，建设人间杰作和艺术之都。

阿妹戚托小镇建设难、搬迁难，就连我们写这本书，也是一半时运，一半天成。

在缘分的路上，当我们打马归来，胸怀千秋伟业，恰是百年风华。生于华夏，何其有幸。见证建党百年华诞，愿山河锦绣，四海升平。祝愿祖国繁荣昌盛！

2021 年 6 月 25 日 北京东城